I0847285

SEDUZINDO um Estranho

KERRIGAN BYRNE

OLIVERHEBERBOOKS

Copyright (Direitos Autorais)

Todos os direitos reservados

NOTA: Esse título foi publicado anteriormente como "Um Cavaleiro das Trevas e Tempestades".

Nenhuma parte dessa publicação pode ser vendida, copiada, distribuída, reproduzida ou transmitida de qualquer forma ou por qualquer meio, mecânico ou digital, incluindo fotocópia e gravação ou por qualquer sistema de armazenamento e recuperação de informações, sem a autorização prévia por escrito da editora, Oliver Heber Books, e da autora, Kerrigan Byrne, exceto no caso de breves citações contidas em artigos e resenhas críticas.

NOTA DO EDITOR: Essa é uma obra de ficção. Nomes, personagens, lugares e incidentes são produto da imaginação do autor ou são usados ficticiamente. Qualquer semelhança com pessoas reais, vivas ou mortas, estabelecimentos comerciais, eventos ou locais é mera coincidência.

Seduzindo um Estranho Copyright 2019, 2025 © Kerrigan Byrne [originalmente Publicado como "Um Cavaleiro das Trevas e Tempestades"].

Design da capa por Dar Albert, Wicked Smart Designs

Traduzido por Tania Vezio

Publicado por Oliver Heber Books

0 9 8 7 6 5 4 3 2 1

Para minha Anam Cara.
Eu te reconheci instantaneamente e nunca mais olhei para trás.

PREFÁCIO

O Inspetor-Chefe Carlton Morley é e sempre será parte da minha série Rebelde Vitoriana.

No entanto, minha editora e eu percebemos rapidamente que a história de Prudence e Morley não se encaixa no final de uma série, porque é um novo começo. As Goode Girls [1] são escritas no mundo das Rebeldes Vitorianas — e essas heroínas têm destaque —, mas as histórias são, em última análise, sobre essa família notável e essas mulheres que encontram o amor apesar de serem escandalosas, imperfeitas, ultrajantes, únicas ou ousadas por querer o que a sociedade lhes diz que não devem querer.

Para esse fim, UM CAVALEIRO DAS TREVAS E TEMPESTADES tornou-se A SEDUÇÃO DE UM ESTRANHO.

---

1. O significado de "Goode Girls" pode variar de acordo com o contexto: pode descrever uma mulher que se conforma com as normas e expectativas sociais, vista como obediente e submissa, mas geralmente se relaciona a atributos positivos associados às mulheres; é frequentemente usada para obter elogio pelo comportamento de uma jovem. No geral, o significado de "Goode Girls" pode variar de acordo com o contexto, mas geralmente se relaciona a atributos positivos associados às mulheres. Na Era Vitoriana eram chamadas de "As Rebeldes". No livro "Seduzindo um Estranho" , Goode é o sobrenome da família de Prudence.

Espero que você goste da série que escrevi para celebrar o fato de que não precisamos ser boas meninas para fazer grandes coisas.

PRÓLOGO

LONDRES, OUTONO DE 1855

O hálito do diabo era um arrepio frio e persistente no pescoço de Cutter Morley. Ele acordara assustado nas primeiras horas da manhã, encostado na porta da Igreja de São Dimas, onde se refugiara. O Vigário Applewhite adoecera, e por isso a casa paroquial estava fechada para evitar que vagabundos entrassem. Uma pena. Ele não conseguira juntar dinheiro suficiente para pagar um quarto pulguento para passar a noite, mas o fato de sua irmã gêmea, Caroline, não tê-lo encontrado no pátio da abadia significava que ela encontrara um teto para dormir.

Ou um protetor disposto a deixá-la entrar no calor de sua cama por um quilo de carne.

Ela não era uma prostituta. Jamais. Ela estava apenas... desesperada. Ambos estavam.

Mas não por muito tempo. Ele tinha um plano — um que implementaria assim que tivesse idade suficiente, ou melhor, assim que parecesse ter idade suficiente.

Ele estava tão perto. Só mais um ou dois invernos. Mais uns dois ou cinco centímetros. Ninguém tinha certeza da idade deles... talvez treze ou quinze anos. Provavelmente não mais, mas suas lembranças dos primeiros anos eram vagas, então ele não podia ter certeza.

Eles não tinham documentos.

A inquietação que a nova profissão ocasional de Caroline causava nela era um leve zumbido em comparação à sinfonia de perigo e desgraça iminente que lhe roía os nervos.

Isso o assombrava enquanto ele seguia de Spitalfields para Shoreditch, aumentando a cada passo até que ele levantou a mão suja para espantar a coceira e alisar os pelos arrepiados da nuca. Ele já tinha dificuldade em se manter aquecido apenas com o casaco cheio de buracos que havia surrupiado de um monte de lixo, mas algo naquele dia congelava a medula de seus ossos.

Ele pensou em despistar o demônio inquietante na cidade de tendas chinesa, esperando que pudesse ser distraído pelos habitantes dos antros de ópio de cheiro enjoativo com a mesma facilidade com que era atraído pelos chiados e aromas da comida preparada ao ar livre. Seu estômago se revirou de desejo, mas não encontrou oportunidade para roubar um café da manhã. As pessoas estavam ainda mais cautelosas hoje. Talvez elas também sentissem algum presságio pairando no ar.

Ele vagou por entre multidões de judeus peculiares e elegantes, com o ouvido atento aos sotaques líricos da Crimeia daqueles que escapavam da violência na Rússia, Prússia ou Ucrânia. Pensou que sua agitação laboriosa talvez afugentasse essa insondável sensação de luto. Mas, infelizmente, percorreu todo o caminho pela Leman Street com a saudável sensação de que a calamidade o observava das sombras dos prédios paralisados e apodrecidos, esperando para atacar.

Não era uma questão de se, mas de quando. Ou... não... talvez já tivesse acontecido. A coisa. A coisa terrível. E o mundo prendia a respiração, esperando sofrer alguma consequência terrível.

Virando pela Common Doss Street, ele subiu a passos largos até o número três, um lugar decadente, coberto com mais mofo do que argamassa.

A Sra. Jane Blackwell era a proprietária dos únicos sete cômodos livres de vermes. Pelo menos, vermes que não fossem humanos. Em Whitechapel, os vermes eram tão inevitáveis quanto às névoas amarelas tóxicas expelidas pelo Tâmisa e engrossadas pela fuligem das refinarias.

Cutter não precisava de convite para entrar na porta da casa comum de Blackwell; ele fazia isso desde criança.

O cheiro penetrante de soda cáustica cortava o barulho e o fedor que emanavam de homens e mulheres de duvidosas ocupações noturnas, que já haviam começado a beber cerveja ao meio-dia. Isso o atraiu para os fundos da casa, onde um quadrado de jardim era conectado por vários becos pavimentados com sujeira. Usando um vestido escuro e um avental sujo, a Sra. Blackwell mexia a roupa lavada em uma panela fervente.

"Mais bastardos descartados nesses lençóis do que em toda Notting Hill", ela resmungou com uma careta. "Vou cobrar um extra do Forest se ele for se masturbar em cima dos meus lençóis, maldito pervertido."

Ela olhou para cima quando Cutter se aproximou, seus olhos negros como mármore se enrugando com um bom humor que faltava por ali. Em um lugar onde a maioria dos humanos era tudo menos humana, onde a corrupção era o único negócio legítimo e o vício a única saída, Jane Blackwell era um oásis de compaixão caloroso, embora rude.

Cutter teria dado seu olho direito por uma mãe como ela, ou qualquer mãe, na verdade. Ela era uma mulher grosseira e vulgar, mas ele não conhecia outro ripo de pessoa. Ela herdara aqueles aposentos do pai antes que a pobreza perniciosa tomasse conta de Whitechapel completamente, e o vício em gim completasse sua herança. Ou melhor, esgotasse.

Além do aluguel, ela podia cobrar dois centavos a mais por semana pelos serviços de lavanderia e, quando conseguia ser econômica, o dinheiro permitia que ela e o filho, Dorian, tivessem luxos como carne, queijo e, às vezes, leite.

Não era de admirar que o sortudo fosse tão alto e largo, mesmo tendo apenas começado a entrar na adolescência.

Enquanto a Sra. Blackwell mantivesse os dentes quebrados — cortesia do pai desaparecido de Dorian — atrás dos lábios, ela ainda era uma mulher bonita. Seus cabelos cor de noite permaneciam livres de grisalhos e se enrolavam sob a touca, sob o vapor da roupa lavada. Ela apertava Cutter contra o peito de vez em quando, em um acesso de tristeza ou bom humor efervescente, e ele estaria mentindo se dissesse que não gostava disso. Ele gostou duas vezes quando teve que provocar Dorian sobre isso até que seu melhor amigo corasse e lhe desse uma pancada.

"Vou me casar com a sua mãe", ele provocava antes de sair dançando. "Então eu vou te criar direito."

"Cai fora", Dorian respondia irritado.

"Não se preocupe, não vou fazer você me chamar de pai."

"Vou te chamar de pior que isso, seu maldito idiota."

Ao pensar em futuras brigas, Cutter lançou-lhe um meio sorriso, aquele que ele sabia que lhe fazia formar uma covinha na bochecha, e ergueu o pouco brilho que lhe restava nos olhos. Era a primeira vez que se sentia perto do calor o dia todo.

"Olá", cumprimentou. "A Caroline tomou café da manhã aqui?"

"Eu não a vi, Cutter", Jane cumprimentou com um sotaque notável e sem pronunciar nenhum "T".

Ele levou a mão à nuca e esfregou mais uma vez, embora pequenas agulhas de arrepios já lhe arrepiassem cada centímetro da pele.

"Dorian está por aí?" ele perguntou.

"Na cozinha, roubando das prostitutas os ganhos suados com os dados, pelo que verifiquei." Ela limpou a testa com as costas do pulso e torceu o nariz para ele. "Estou pensando em cozinhar seu traseiro na minha panela agora, seu goblin [1] nocivo. Consigo sentir seu cheiro daqui."

O cheiro investigativo de Cutter foi interrompido por um braço forte em volta do seu pescoço, enquanto ele era puxado para um estrangulamento que poderia parecer um abraço efusivo, se alguém estivesse se sentindo generoso.

"Ei! Acho que você cheira bem." A voz de Dorian parecia engrossar a cada dia, embora a de Cutter tivesse mudado há mais de um ano, para grande consternação competitiva de Blackwell. "Ouvi dizer que há um cadáver ou algo assim que apareceu no Hangman's Dock." Os olhos escuros de seu companheiro brilharam com uma espécie de travessura gananciosa. "Que tal irmos interagir com a multidão?"

Interagir com a multidão era a linguagem deles para aliviar os espectadores distraídos de seus relógios, moedas e carteiras.

"Talvez mais tarde." Cutter esfregou o peito enquanto o medo que o perseguia agora mostrava os dentes e o atacava, dilacerando seu coração com uma dor gelada.

Dor significava fraqueza. E nunca se demonstrava fraqueza ali, nem mesmo na presença daqueles que se conhecia melhor. Ele sempre disfarçava sua dor com humor, ou com indiferença.

"Sua mãe acabou de se oferecer para me dar banho." Cutter arqueou as sobrancelhas sugestivas e evocou um sorriso atrevido sabe-se lá de onde. "Agora vá andando, filho."

Um pano quente o atingiu em cheio no rosto, provocando um guincho nada másculo de surpresa.

"Lave o rosto, seu pirralho, e depois vocês dois desapareçam, tenho trabalho a fazer!" O berro de Jane foi suavizado por uma piscadela, e Cutter se esfregou sem muita convicção antes de

---

1. Um goblin é uma criatura humanoide, pequena e grotesca, frequentemente encontrada no folclore europeu. Eles são tipicamente retratados como seres travessos ou maliciosos, capazes de causar problemas aos humanos. Os goblins são caracterizados por sua feiura, agilidade e habilidades mágicas, frequentemente aparecendo em histórias como espíritos domésticos ou ladrões.

jogar o pano sujo de volta na pilha de roupa suja e lançar outro sorriso para Jane.

Ela retribuiu com um xingamento e um aceno de cabeça.

Ele sentia esse estranho tipo de veneração por ela desde a primeira vez que Dorian o trouxera com Caroline. Ela os deixara se aconchegarem na cozinha, dormirem como cães perto do fogão no inverno e comerem as cascas que ajudavam a limpar das mesas. Na manhã seguinte, ela os mandara para Wapping High Street com chá forte e quente na barriga e algumas dicas de como mendigar.

"Vocês são dois anjos de cabelos dourados, não são?" Ela puxara seus narizes com carinho. "Vocês esvaziam mais bolsos do que um peep show [2] safado, com olhos tão grandes e azuis. Principalmente você, querida." Ela beliscou as bochechas pálidas da tímida Caroline e puxou seus cachos dourados.

E assim fizeram. Durante anos, Cutter e Caroline trabalharam pelas ruas de Londres, sua irmã contando com a gentileza daqueles que paravam para oferecer uma moeda, enquanto ele aprendia a se livrar do resto com um furto e uma fuga ágil.

Às vezes, eles eram pegos, e Cutter levava a surra que era para os dois. Essas eram frequentemente as semanas mais lucrativas, pois ele podia usar os hematomas e escoriações lamentáveis para solicitar mais caridade.

Isso os mantinha alimentados até passarem da primeira década e não serem mais jovens e miseráveis o suficiente para despertar compaixão. As pessoas começaram a procurá-los em

---

2. Um peep show é uma forma de entretenimento que envolve a visualização de imagens ou objetos através de uma pequena abertura ou lupa. Pode se referir a vários tipos de espetáculos, incluindo: exibições fotográficas (fotografias ou imagens visualizadas através de uma pequena abertura), performances sexualmente explícitas (uma performance ou filme sexualmente explícito, frequentemente envolvendo nudez). De modo geral, um peep show pode variar bastante em seu conteúdo e apresentação, frequentemente envolvendo uma combinação de elementos visuais e narrativos.

vez de lhes oferecer bondade, e eventualmente Cutter aprendeu a responder às surras que recebia com violência própria.

Como não tinha a força dos outros garotos, ele dependia de reflexos mais avançados do que a maioria, e dominava um estilingue, além de sua destreza manual, o que lhe valeu o apelido de "Deadeye".

Foi esse nome que as prostitutas de Whitechapel gritaram enquanto ele entrava cambaleando na sala comunal com Dorian, caminhando em direção à entrada principal.

"Vocês, moças, já viram um anjo e um demônio tão 'bonitos'?" Uma garota que eles ironicamente chamavam de "Darky Sally" cutucou uma de suas amigas, que se reuniam à mesa de tábuas compridas, bebendo cerveja forte e esperando a noite chegar para poderem exercer seu ofício.

Cutter soube instantaneamente que ele era o anjo, já que a abundância de cabelo preto e brilhante de Dorian e seus traços afiados marcantes e satíricos tornavam a comparação bastante óbvia.

"Não vejo nenhuma moça aqui." A prostituta mais velha e gordinha chamada Bess deu uma gargalhada alta antes de olhar para os rapazes. "Já transei com muitos demônios na minha vida, mas eu transaria com um anjo com olhos lindos como esses de graça." Ela estendeu uma mão quase masculina para Cutter. "Venha aqui, querido, e vamos ver o que você está carregando."

Cutter não levantou os olhos do chão enquanto suas bochechas ardiam. "Você viu a Caro?"

"Olha! Alguém que ainda fica vermelho nesse buraco de merda," gritou outra mulher. "Aposto uma moeda que ele é virgem."

"Caroline, você a viu ou não?" ele perguntou novamente.

Seios saltaram enquanto davam de ombros ao redor da mesa, embora fosse Dark Sally quem falasse. "Ela se envolveu com um velho relojoeiro, pelo que ouvi." Ela se virou para Bess. "Lembra-se daquela pessoa, tinha uma laranja para compartilhar e nem er. Natal?"

"Eu faria coisas muito doentias por uma laranja", murmurou uma garota que ele não reconheceu. "A vadiazinha o roubou antes que alguém tivesse a chance."

"Cuidado", Bess jogou um lenço sujo sobre a mesa. "Aquela vadiazinha é irmã dele."

"Eu gosto de virgens", suspirou uma mulher magra e irritada enquanto bebia um gole de cerveja. "Eles ainda não aprenderam a ser cruéis, e acaba rápido o suficiente. Que bom que são." Ela avaliou Cutter com um olhar que o fez se contorcer.

"Nessa idade, eles pagam para tentar de novo em cinco minutos!" disse Bess.

"E o que lhes falta em habilidade, compensam com entusiasmo", acrescentou outra.

Os olhos de Dark Sally passaram de gentis a malévolos enquanto ela lançava nos garotos um ódio que eles ainda não tinham idade suficiente para entender ou para merecer. "Nenhum homem por aqui se preocupa com habilidade", ela zombou. "Eles crescerão e não serão diferentes."

Uma gargalhada seguiu os rapazes para o pátio enquanto escapavam das mulheres barulhentas e obscenas, apenas para serem engolidos pelo barulho abafado das ruas.

Um vento cortante de outono soprava através de suas roupas gastas, e Cutter ergueu a gola do paletó para cima, embora isso não tenha ajudado muito. Ele esfregou a nuca e novamente apareceu a dor vazia em seu peito.

Algo estava muito errado. Fora do lugar. Ausente.

"Pulgas em você de novo?", Dorian zombou.

"Não, eu só..." Cutter não conseguia pensar em nada que descrevesse o que estava sentindo. "Só estou com frio."

"Onde está o casaco que você comprou na Sociedade de Assistência às Senhoras nessa primavera?", perguntou Dorian, enfiando as mãos nos bolsos. "Esse casaco que você está usando não esquentaria nem uma ovelha tosquiada."

"As mangas mal passam dos meus cotovelos", ele respondeu, esticando os membros recém-alongados com um gesto irônico. "Além disso, o casaco da Caroline foi roubado de um albergue há um tempo, então eu dei para ela."

Dorian assentiu.

Uma humilhação morna se instalou próxima ao demônio que perseguia Cutter, e ele olhou para Dorian para sondar os pensamentos do amigo. "Caro não é como aquelas prostitutas lá dentro", ele se apressou em explicar. "Ela só... bem, ela não me deixa gastar meu dinheiro com um quarto enquanto a temperatura ainda estiver acima de zero, então ela faz o que precisa."

"Eu sei." Dorian assentiu com seriedade, curvando os ombros um pouco mais para frente. "Ela quer sair tanto quanto nós."

"Talvez mais."

"Já temos quase o suficiente, Cutter." Um fio de aço endureceu a voz do amigo e apertou seu maxilar enquanto ele olhava tão longe que poderia semicerrar os olhos para o futuro. "Aposto que o que conseguirmos hoje vai dar para pelo menos um de nós."

"Mas vamos juntos", reiterou Cutter.

"Juntos", Dorian assentiu, e eles bateram os antebraços.

Alguns meses antes, Cutter havia arquitetado um plano no dia em que a realeza desfilou pela High Street para celebrar o noivado de uma princesa.

Deslumbrado com os soldados que o acompanhavam em seus casacos carmesim e rifles, ele decidiu que, no espaço de um ano, ele e Dorian seriam altos o suficiente para mentir sobre suas idades e se juntar ao Exército de Sua Majestade, recebendo, então, um centavo por dia. O suficiente para manter Caroline num quarto e até mesmo mandá-la para a escola. O suficiente para conseguir remédios para a saúde debilitada de Jane Blackwell.

O suficiente para comprar um futuro que não terminasse em uma morte prematura ou, pior, numa prisão.

Mas isso exigia documentos... certidões de nascimento que eles não tinham, e falsificar documentos exigia dinheiro. Então, todos guardavam todas as economias que conseguiam juntar em uma lata escondida na parede de Dorian, esperando o dia em que teriam o suficiente.

"Tudo o que precisamos fazer é fugir dos policiais até lá." Dorian apontou o queixo para um par em sua ronda, com os porretes já em punho, embora não houvesse perturbação. "Eles te dão uma pena em Newgate por quase qualquer coisa hoje em dia."

"Você ainda vai se casar com ela, não é?" A pergunta suave de Cutter quase se perdeu no barulho. "Mesmo depois do relojoeiro. Mesmo depois —"

Um soco forte acertou seu ombro. "Claro que sim, seu sapo. A Caro é meu primeiro beijo e tudo, e... todos nós temos que fazer o que precisa ser feito para sobreviver."

Dorian menos do que alguns, Cutter não disse.

Porque não era culpa dele ter uma mãe, um teto sobre a cabeça ou pelo menos uma ou duas refeições garantidas por dia. Além disso, Dorian e a Sra. Blackwell eram generosos sempre que podiam.

"Talvez, se eu for me casar com a Caroline, à mamãe a deixe dormir no meu canto comigo."

A cabeça de Cutter se ergueu de repente enquanto ele lançava um olhar furioso para Dorian.

"Não desse jeito." Dorian ergueu as mãos em um gesto defensivo. "Eu não vou tocar nela nem nada. Só... para que ela não tenha que dormir em outro lugar. Com... mais ninguém."

Cutter teve que engolir em seco antes de responder.

"Você faria isso?"

"Claro. Somos uma família." Dorian deu de ombros. "Eu

pediria por vocês dois se a mamãe não alugasse cada centímetro do nosso espaço a um preço exorbitante."

"Está tudo bem. Eu me viro sozinho."

Eles pulavam, desviavam e deslizavam pela multidão em direção ao cais, atendendo aos chamados dos outros rapazes da rua, a maioria dos quais os temia ou venerava. Dorian, porque era forte como um cavalo de carroça, com um temperamento agressivo à altura, e Cutter, por causa da sua já mencionada mira certeira e punhos afiados.

Cutter lhes lançava respostas amigáveis apenas por hábito. Por alguma razão, quanto pior se sentia, mais firme era em manter uma aparência de normalidade.

Se alguém soubesse que você estava caído, te daria um chute por isso.

Então, ele fez o possível para esconder o demônio do medo que o dominava hoje.

Eles chegaram ao Hangman's Dock ao mesmo tempo em que o carro do legista, então tiveram que agir rápido antes que a polícia dispersasse a multidão.

"Olha", Cutter apontou para cima. "Tem um senhorio cobrando uma taxa para dar uma olhada pela escada de incêndio. Aposto que tem pelo menos um punhado de xelins naquela caixa."

"Ele é o nosso alvo." Dorian fez uma rápida avaliação dos prédios e casas de barcos acima do rio. "Acha que consegue subir naquele cano de esgoto ali e chegar ao telhado acima dele? Vou criar uma distração e levá-los embora enquanto você rouba o que puder da caixa."

"Vou roubar a maldita caixa inteira." Cutter assentiu e cuspiu nas mãos antes de remexê-las no lodo seco da margem e esfregá-las. Eles só precisariam chegar ao outro lado da multidão e, então, ele agarraria o cano de esgoto, deslizando mão após mão até escalar os dois andares, e correria para o telhado, pronto para se jogar no lugar que o desgraçado abandonaria assim que disparasse atrás de Dorian.

Este era um de seus truques favoritos.

Cutter não se importava com o cadáver. Que diabos, ele já tinha visto a morte se fartar depois que a última epidemia de tifo assolou o East End; o que era um achado em um rio cheio de gente?

Isso era muito chato.

Ele seguiu o amigo enquanto eles empurravam, escorregavam e se misturavam com o maior número de pessoas que podiam, as suas mãos empreendedoras mergulhando em todos os lugares e conseguindo muitas moedas.

Quando chegaram à frente e respiraram, cada um pegou o que havia encontrado e trocaram um sorriso ao perceberem que somavam quase dois xelins entre eles, mais do que um dia de salário por essas bandas. O dia de hoje poderia torná-los ricos, da maneira correta.

Estavam prestes a correr em torno do arco semicircular para mergulhar de volta para o outro lado, em direção ao prédio, quando toda a multidão soltou um suspiro coletivo e deu um passo para trás, deixando-os estranhamente expostos.

Ele mal ouviu os sussurros incrédulos, tão concentrado estava em sua missão.

"Ela está em pedaços..."

"Que tipo de animal...?"

"...não mais que uma criança..."

Cutter virou as costas para o rio e fez menção de mergulhar de volta na segurança da multidão quando a mão de Dorian agarrou seu pulso com força.

Ele não disse nada, mas não precisava.

O demônio que o assombrara o dia todo rugiu.

Rasgava e arranhava, cortando fundo o suficiente para separar um membro. Era realmente assim que parecia. Algo havia sido arrancado dele. De seu corpo. Algo vital e precioso. Desaparecido.

Amputado.

Ele já sabia antes de se virar para olhar.

Antes de ver os fios de cabelo dourado idênticos, manchados pela sujeira do rio, balançando como juncos macios na pequena represa criada por um cais de concreto. Antes de registrar as escoriações vermelhas nos pulsos e tornozelos nus dela, ou o padrão ridículo do casaco da primavera passada, aquele que ele lhe dera, com apenas um braço enfiado descuidadamente na manga.

Antes que ele percebesse que mesmo uma água tão poluída nunca fora tão vermelha.

A moeda nas mãos de Cutter caiu no chão. Ele pisou nelas enquanto se lançava para frente, com o nome dela lançado ao céu pelo demônio que o perseguia. Certamente tinha que ser ele. Porque nenhuma criatura humana poderia ter dado um grito tão desumano.

Caroline.

CAPÍTULO 1

LONDRES, 1880, VINTE E CINCO ANOS DEPOIS

rudence não desejava mais ser boa.

Ou melhor, ser uma Goode.

Foi por isso que ela estava parada no portão da Escola para Jovens Damas Cultas da Srta. Henrietta à meia-noite, com o peito arfando e a determinação desmoronando. Ela tinha vindo até aqui. E ela queria isso. Não queria?

Apenas uma última noite de liberdade. Uma noite que ela mesma ia criar. Sua própria escolha.

Uma noite de prazer antes que seu pai a impusesse ao nobre de mais alta patente, desesperado o suficiente para tê-la aos vinte e nove anos.

Três meses. *Três meses* até que sua vida estivesse irreparavelmente arruinada, e ela teria que amar, honrar e obedecer ao mais notório bebedor de álcool, cheio de amantes, tagarela e o maior briguento idiota de toda a Grã-Bretanha.

George Hamby-Forsyth, o sexto Conde de Sutherland.

Ele se casaria com ela porque ela tinha um dote obsceno o suficiente para cobrir suas dívidas e ainda sustentar uma ou duas gerações.

Não porque a amasse.

Meu Deus, que tola ela tinha sido!

Pela enésima vez, a tragédia de sua natureza crédula a atingiu até suas bochechas queimarem. Teria sido ontem mesmo que ela descobrira que seu feliz noivado era uma farsa? Que todos ao seu redor sabiam que ela seria humilhada, e ainda esperavam que ela fosse até o fim?

Que as duas pessoas mais próximas a ela no mundo não a amavam o suficiente para lhe contar.

A cena ia atormentá-la para sempre, iluminada com a mesma clareza que fora sob o brilho do sol do fim da tarde do dia anterior. Cada decisão que ela tomara era uma mistura perfeita de timing e sorte, até que ela tropeçou em sua própria tragédia.

Pru estava agradavelmente exausta depois de passar um dia com as costureiras para seu enxoval de casamento, extremamente fino. Sua irmã Honoria a acompanhara, junto com sua amiga e vizinha mais antiga, a Sra. Amanda Brighton, da Farley-Downs Brightons.

"Vamos ao Hyde Park", Pru gesticulou expansivamente em direção ao parque em questão, apertando o braço de Amanda em sua ânsia. "Estou louca para passear por Rotten Row e dar umas voltas em Oberon."

"Vamos." Honoria, sua irmã mais velha — já casada — ergueu o nariz e olhou ao longe, onde a pista de corrida de cavalos, coloquialmente conhecida como Rotten Row, fervilhava com a aristocracia do império, tanto humana quanto equina.

Amanda tinha quase a mesma idade de Honoria do que a de Pru — que era três anos mais nova —, mas ela e Amanda compartilhavam uma natureza alegre e enérgica que as havia tornado naturalmente amigas instantâneas.

Honoria, embora fosse uma beldade, nascera para ser uma matrona sisuda , tediosa e séria, e cumpria sua vocação com uma seriedade assustadora.

"Eu não me importaria nem um pouco de dar uma olhada nos novos jovens no mercado", disse Amanda com um sorriso jovial, levantando sua miríade de sardas. Ela enlaçou um braço no de Pru e o outro no de Honoria, e quase as arrastou em direção à praça.

O passeio de Prudence pela fileira tinha sido tão emocionante e gratificante quanto ela imaginara. Amigos e conhecidos gritaram seus calorosos parabéns, o que produziu o tipo de sorriso que ela sentia com todo o seu ser.

Esmaeceu quando ela teve um breve encontro com Lady Jessica Morton, que era o motivo pelo qual todos a chamavam de *"Prudunce"* [1] na escola de aperfeiçoamento. Mas até mesmo sua inimiga solteirona havia expressado suas felicitações com um grito. Se o sorriso de Jessica estivesse em um cachorro, seria chamado de rosnado, e Prudence teve que lutar contra um impulso de maldade vitoriosa.

Ciúme tinha uma cor tão pouco lisonjeira.

Ah, não era sua melhor qualidade, mas *tinha* sido uma sensação indescritivelmente boa "vencer", por falta de uma palavra melhor. Durante toda a sua vida, ela ficara em segundo lugar. Segunda mais velha e segunda mais bonita das quatro "Goode Girls".

A segunda que se casaria, também.

Mas com um Conde! E não *qualquer* Conde, mas um dos solteiros mais cobiçados do reino. Seu feliz noivado era delicioso em qualquer dia, mas se tornava puro prazer quando exibido na frente de Jessica.

Despedindo-se alegremente das costas afastadas de sua antagonista de infância, Pru entregou Oberon a um dos cavalariços e partiu para encontrar as damas para o chá.

Batendo seu chicote de montaria na coxa, animada, Pru as procurou ansiosa para compartilhar sua fofoca sobre sua conversa com Jessica.

Ela encontrou Honoria e Amanda em um banco, com as

---

1. Prudunce tradução = prudência

cabeças juntas. Elas admiraram um grupo de jovens elegantemente vestidos, desfilando em cavalos puros-sangues, e bebericavam copos finos de limonada que transpiravam sob o calor do verão.

Ela estava prestes a chamá-las quando se atrapalhou com seu chicote de montaria e o deixou cair, chutando-o para trás de uma árvore.

Amaldiçoando sua constante falta de jeito, ela correu atrás dele e ainda estava se abaixando para recuperá-lo quando Amanda disse: "Que ousadia da parte de Lady Jessica abordar Pru em público."

Honoria pegou um espelho de sua bolsa e verificou o tom de seus lábios perfeitos, a palidez de sua pele úmida, e prendeu uma mecha de cabelo escuro para trás sob o chapéu antes de fechá-lo. "Eu detesto Jessica Morton. Ela atormentava Pru sem parar na escola."

Amanda fez uma careta, como se sua limonada tivesse ficado repentinamente azeda demais. "Eu pensei que o caso dela com o noivo de Pru tivesse terminado, mas agora não tenho tanta certeza."

Os traços excessivamente bonitos de Honoria se contraíram em uma carranca de desaprovação. "George e Jessica? Você tem certeza?"

Desconsiderando sua nova jaqueta de montaria de veludo vinho, Prudence a pressionou contra a árvore, menos um movimento furtivo do que um colapso. Ela precisava de algo para se sustentar.

George... *Seu George...* e Jessica Morton?

Quando? Por quê? E como? E quantas vezes? E... *Quando?*

Certamente, ela nunca presumira que ele fosse um santo, não com sua aparência travessa e atraente, mas agora que iam se casar, ela pensava que ele não precisaria de outras mulheres.

Que ela seria o suficiente.

Que o amor deles conteria toda a paixão que ele exigiria.

Amanda deu um tapa em um inseto com o leque que estava pendurado em seu pulso. "Ouvi falar disso no Baile de Prescott, Maureen Broadwell e Jessica Morton reclamaram que Sutherland é um amante vil e venal. Ela disse, e eu cito: 'Aquele homem consegue ler o corpo de uma mulher como um cego consegue ler música.'"

A respiração de Honoria engatou com o gole de limonada e ela escondeu uma série de tosses delicadas atrás do lenço.

Pru engoliu o próprio soluço. O Baile de Prescott acontecera apenas duas semanas antes. George fora seu acompanhante... e essas mulheres estavam falando sobre ele de tal maneira enquanto ele a conduzia em uma valsa no topo das nuvens.

"Pobre Pru", Amanda resmungou, esperando Honoria terminar seu ataque de tosse antes de acrescentar: "Você não acha um pouco nojento quantos bastardos o dote de Pru sustentará quando George colocar as mãos em todo o dinheiro dela?" Ela suspirou e então deu de ombros como se não fosse mais decepcionante do que uma unha quebrada.

Bastardos?

Pru puxou a gola alta do vestido, lutando para respirar.

Tudo o que ela sempre quis foram filhos.

Colocar os filhos gordinhos na cama. Beijar joelhos ralados e lágrimas. Ela queria ouvir as gargalhadas quando seu pai forte os jogasse no ar e os deixasse subir em suas costas.

George tinha sido aquele homem em seus sonhos. Tão elegante e viril.

Ele já tinha filhos?

Honoria se inclinou para frente, olhando atentamente para a pista como se procurasse a figura de Prudence. "Pobre Pru, de fato. George convenceu a todos de que a ama. Até William... até a mim. Acho que deveríamos contar a ela."

William Mosby, Visconde Woodhaven, era o amigo mais próximo de George e marido de Honoria.

Agora que Pru pensava nisso, Honoria não parecia particularmente satisfeita com o noivado, e sempre presumira que era porque Pru se casaria com um Conde, enquanto William era apenas um Visconde e, portanto, socialmente inferior a ele.

Ela fora tão absurdamente cega.

Amanda soltou um suspiro desencantado. "Pru precisa aprender como o mundo funciona, eventualmente. Que não é só pôneis, bailes e redes para caçar borboletas."

Honoria mordeu o lábio, um gesto que fazia sempre que estava em conflito. "No entanto, eu odiaria arruinar o casamento dela, e não é como se ela pudesse romper o noivado agora. Eu deveria tê-la alertado sobre George há muito tempo, mas William me proibiu expressamente."

Amanda assentiu, alisando os vincos do vestido creme. "É gentileza nossa, eu acho, manter sua ingenuidade frívola por mais um tempo."

"Sim. Gentileza." A famosa compostura de Honoria se desfez por um breve instante, revelando as feições de uma mulher ator-mentada por uma miséria abjeta. "Ela precisa de uma vida inteira para se decepcionar com um marido."

Pru tapou a boca com as duas mãos para não dizer nada. De gritar no meio do movimentado parque, alto e por tempo sufici-ente para toda a elite londrina ouvir. Ela ainda não conseguia encará-los. Não conseguia separar sua mágoa, raiva e humilhação o suficiente para encontrar uma única coisa para dizer.

Ingenuidade frívola? Era isso mesmo que pensavam dela? Sua melhor amiga e sua irmã mais velha? Honoria... a mulher que ela idolatrara por toda a vida. O bastião da perfeição feminina pelo qual ela fora comparada. A debutante mais adorável a agraciar os salões de Sua Majestade em décadas.

E Amanda? A fada travessa que reunia todos os seus segredos e tristezas. Que saltava e ria pela vida sem a menor preocupação.

"Falando em decepcionar maridos... o meu volta para a cidade amanhã à noite", disse Amanda. "E então, acho que *aquele* com as pernas musculosas será minha próxima aquisição." Amanda apontou na direção dos cavaleiros, e Pru piscou, confusa, entre lágrimas.

Sua amiga nunca havia demonstrado grande interesse por cavalos, e seu marido estava mais interessado em aquisições de propriedades do que em equinos. Ele possuía metade de Cheshire.

"Sempre admirei seu gosto", disse Honoria, em tom de aprovação.

Amanda se aproximou. "Lady Westlawn me contou que ele a levou ao clímax duas vezes na mesma noite. *Na verdade*, ele era tão habilidoso que ela lhe deu um de seus preciosos diamantes." O som que Amanda emitiu estava carregado de tanta libertinagem que poderia provocar uma praga bíblica.

Pru ficou boquiaberta. Elas não estavam especulando sobre cavalos. Mas sobre os homens a cavalo!

"Aos Cafajestes de St. James." Amanda ergueu sua limonada para um brinde, como um marinheiro atrevido em uma taverna. "Tem certeza de que não vai experimentar?"

Honoria brindou com o copo de Amanda, mas o colocou ao lado do cotovelo. "Por mais tentada que eu esteja, William me tem na coleira."

"Isso não significa que você não possa vir e dar uma olhada", Amanda ofereceu. "Isso não passa de olhar vitrines, na verdade."

"Não. Suponho que não." Honoria se levantou e foi em direção à Row, com Amanda atrás dela.

Pru não aguentava mais. Ela havia fugido para casa e imediatamente implorado ao pai para romper o noivado.

Ele vociferou por entre a barba imponente. "Você e suas irmãs são bonitas o suficiente para tentar os homens a se afastarem de suas amantes, Pru. Ouso dizer que Honoria conseguiu, e você é quase igual a ela." Ele afagou sua cabeça com o tipo de deferência carinhosa que demonstrava com seus cães. "Sutherland é um conde, um homem cheio de energia, de verdadeiro sangue azul inglês e com... paixões e temperamentos à altura."

"Mas, papai", ela falou soluçando. "Ele vai me humilhar. Vai me fazer de motivo de chacota."

"Bobagem. Sutherland sempre foi um homem discreto. Este casamento é seu dever para com sua família, então não deixe suas fantasias românticas e tolas atrapalharem, ouviu? Não dirá nada disso a Sutherland e, quando ele vier cortejá-la novamente, mantenha a língua na boca, ou não serei responsável pelo que fizer!"

Uma Pru perturbada e angustiada levou então sua alma despedaçada à mãe, pedindo-lhe que a ajudasse. Implorando que ela interviesse.

"É costume dos homens terem amantes, querida. E você verá que é uma bênção no final..." Com aquela resposta seca, ela acabou com qualquer esperança que Pru tivesse de recuperar o senso de si mesma.

Algo endureceu dentro dela então. Um punho de raiva rebelde apertou o último fragmento brilhante de seu coração.

No dia seguinte, ela visitou Lady Westlawn e, não tão discretamente, perguntou sobre os Cafajestes de St. James.

E foi assim que ela acabou ali. No portão do jardim da Escola para Jovens Damas Cultas da Srta. Henrietta.

St. James, lhe disseram, não era uma referência ao parque ou aos prédios, mas ao santo padroeiro da equitação.

De todas as coisas vulgares.

Enquanto olhava para o portão, Pru reuniu sua determinação. Ela não seria como George. Nem seria como Amanda. Uma vez que fizesse um voto de casamento, ela o manteria, independentemente do que George decidisse fazer. E se algum filho resultasse do casamento deles, ela os ensinaria a fazer o mesmo.

Um engano não merecia outro.

Mas esta noite, ela teria um amante. Um homem que não se pareceria em nada com o Conde de Sutherland em toda a sua glória sombria e brutal.

Ela reivindicaria uma noite de prazer só para si. Uma noite

que ela controlaria com seus desejos e caprichos, e onde sua satisfação fosse o objeto do ato.

Porque, pelo que ouvira, viveria sem isso pelo resto da vida.

Pru puxou o capuz de sua capa para baixo para proteger o rosto dos lampiões a gás instalados no topo do portão de ferro forjado e bateu três vezes na porta.

Um criado surgiu das sombras, um rapaz bonito, mal com idade para se barbear.

Ele lhe deu um breve aceno de cabeça. "A senhora tem um encontro marcado?"

O que Lady Westlawn lhe dissera para dizer se não tivesse combinado antes no Hyde Park? Ah, sim.

"Estou aqui para examinar o jasmim que floresce à noite."

O portão se abriu em dobradiças silenciosas e ela respirou profundamente, tremendo. Ela ouvira dizer que os limiares eram perigosos. Lugares intermediários, onde seres encantados e demônios podiam se intrometer com os vivos.

Ou assim acreditavam ancestrais supersticiosos.

Naquela noite, ela podia acreditar. Lá fora, naquela rua, não fizera nada digno de nota. Não era ninguém de grande importância. Prudence Goode. Uma segunda filha de uma nobreza de segunda categoria.

Uma virgem.

Atravessar aquele limiar significava ser mudada para sempre. Uma noite como essa sempre parecia tão monumental? O espectro do destino parecia pairar sobre a cabeça de toda mulher ao tomar uma decisão assim?

Algo intangível pairava acima da luz do lampião, mas abaixo das estrelas. Algo sensível e sombrio. Talvez um pouco perigoso e irado, embora, de alguma forma, ela não estivesse com medo.

O destino estava do outro lado daquele portão, ela sabia. Mais do que sua virgindade seria tomada naquela noite.

Não. Prudence balançou a cabeça. Não, não o destino. Que bobagem caprichosa.

Ela não estava aqui para desafiar o destino... apenas a fantasia.

Foram necessárias duas tentativas para controlar o nervosismo antes que ela levantasse a saia, cruzasse o limiar e perdesse o fôlego diante de uma maravilha.

Por um momento, ela se perguntou se, de fato, havia sido raptada pelas fadas.

Os jardins da Escola para Jovens Damas Cultas da Srta. Henrietta podiam muito bem ser um recanto de conto de fadas. Cordões de contas e fitas se desenrolavam por sebes vivas de formas curiosas e salgueiros estrangeiros com galhos exuberantes e murchos. Eles cintilavam e reluziam à luz tênue dos lampiões ao longo de paralelepípedos brilhantes, iluminando caminhos para lugares escuros.

Mais importante, eles criavam sombras que escondiam, algumas das quais já estavam cheias de festividade. Os terrenos eram vastos para a cidade, e a mansão brilhava alegremente do outro lado do jardim.

Disseram-lhe que ela não deveria se aproximar da casa. A escola, ironicamente chamada para jovens damas cultas, era tudo menos isso. O bordel da Srta. Henrietta era um dos mais exclusivos e caros de Londres, onde os homens encontravam prazer entre uma variedade de mulheres.

Os Cafajestes de St. James, no entanto, faziam visitas domiciliares discretas.

E no verão, em certas noites claras... eles se divertiam ao ar livre.

Só que, Prudence percebeu ao se aventurar pelos jardins, o ar livre não era tão rústico quanto se poderia supor. Os jardins de Versalhes poderiam lamentar o luxo ali, e se alguém quisesse encontrar um lugar para se sentir aconchegado em privacidade, não precisava procurar muito.

"Aproxime-se de qualquer homem que quiser, senhora, desde que ele não esteja acompanhado", o jovem criado a assustou ao aparecer ao seu lado. Ela havia se esquecido de que ele estava ali.

Ele se inclinou para sussurrar: "Eles vão brigar por gente como você."

"Quem... quem você recomendaria?" ela murmurou, arrependendo-se instantaneamente da pergunta ridícula.

O criado nem sequer mudou sua postura perfeita. Ela poderia ser noiva de um duque, e não uma debutante desregrada em busca de devassidão.

"Adão está no pomar, procurando sua Eva", ele proferiu, gesticulando em direção a um bosque, como se a instruísse a colher uma maçã, em vez do pecado original. "Vejamos... Daniel está preso em sua toca, ansioso para devorar, se você estiver se sentindo no papel de leoa esta noite." Ele apontou para uma sombra escura em um recinto de vidro coberto por hera.

"Lá está Golias, o bárbaro que pode ser domado pela mão direita e gentil. Ou Davi, se preferir alguém... mais jovem. Mais ansioso."

Prudence parou, repentinamente tomada pela indecisão e por um medo considerável de raios, mesmo em uma noite tão clara e sem nuvens. "Desculpe, mas todos os... er... homens recebem nomes religiosos?" ela questionou. "Parece uma blasfêmia, não é?"

Ele lançou-lhe um olhar zombeteiro e repreensivo. "Vá a uma igreja se quiser julgar, senhora, estamos todos aqui para cometer um pecado capital, talvez vários pecados."

Um ponto válido, esse. Ela assentiu e murmurou um pedido de desculpas, sentindo-se repentinamente muito inquieta e fora de seu elemento.

Com uma piscadela jovial que lhe disse que tudo estava perdoado, ele se curvou. "Se estiver se sentindo indecisa, recomendo que dê uma volta pelo jardim, deixe seus sentidos se deslumbrarem e veja o que desperta seu... vigor."

Parecia uma excelente ideia. Ela viera ali por uma razão. Uma experiência. Por que diabos não lhe ocorrera que o que viera buscar ali... era uma pessoa?

Um homem.

Um homem de sua própria escolha.

Que novidade. Ela só pensou em ser escolhida. As mulheres estavam sempre esperando, esperando ser escolhidas ou colhidas pelo homem certo. Selecionadas como uma bugiganga em uma loja, para serem levadas para casa e exibidas em eventos caros.

Esta noite, ela era a compradora. Ela escolheria o homem que quisesse e o pagaria para fazer o que ela desejasse.

Mas quem? Ela queria Davi ou Golias, Adão ou Daniel?

Um herói ou um herege.

Um santo ou um pecador...

Aventurando-se mais profundamente no jardim das fadas, ela permitiu que seus sentidos absorvessem tudo. A brisa suave agitando as fitas e drapeados de chiffon e seda ao longo do caminho. O leve som de água corrente ao longe. Uma risadinha naquele canto escuro. Um gemido vindo daquela tenda beduína ao lado.

Ela se recusou a olhar muito para o escuro, então manteve os olhos frequentemente voltados para o céu, para as estrelas.

Era por isso que ela nunca via a sombra escura agachada atrás de uma sebe viva perto da fonte.

CAPÍTULO 2

O Inspetor-Chefe Carlton Morley perseguiu seu mais recente vilão desde as fétidas escórias industriais de East Londres até Mayfair. Três jovens foram assassinados, e ninguém havia relacionado os homicídios até hoje.

Até ele.

As vítimas eram de vários bairros de Londres e nenhuma delas se conhecia, mas suas mortes foram idênticas. Ninguém havia notado a conexão até que os arquivos chegassem à sua mesa, porque inspetores detetives de diferentes posições raramente tinham motivos para colaborar uns com os outros.

Mas todos respondiam a ele.

Os casos haviam sido encerrados. Considerados insolúveis ou sem provas suficientes para prosseguir por meios legais.

Mas Morley tinha outros meios à sua disposição... e havia muitas formas de lei e justiça. A Justiça da Rainha. A lei da terra. A Justiça divina. As leis da natureza.

E a justiça das ruas. As leis que não eram escritas, mas universalmente obedecidas.

Era preciso cumprir as leis do país, e ele dedicara toda a sua carreira a isso.

Mas as leis das ruas lhe deram os meios para fazer justiça onde o sistema havia falhado.

E elas falharam com esses homens assassinados. Rapazes robustos e bonitos, queridos por suas famílias e comunidades, todos empregados da classe trabalhadora. E, no entanto, nenhum deles parecia ter dificuldades para sobreviver. Cada um vivia acima de sua posição social, mantinha os familiares alimentados e confortáveis em moradias limpas e respeitáveis com uma ninharia por dia.

A questão era como?

A resposta o trouxera até ali.

A Escola para Jovens Damas Cultas da Srta. Henrietta, de todos os lugares inimagináveis.

E como ele obtivera as informações que o trouxeram até ali por meios não estritamente legais, não poderia entrar pela porta da frente, muito menos obter um mandado.

Então, ele se refugiou na escuridão, como fazia com frequência alarmante ultimamente, disfarçando-se de vez em quando com uma máscara preta simples que tinha por perto, de um dos inúmeros eventos beneficentes da Duquesa de Trenwyth.

Sua visão do jardim era obstruída por sebes impenetráveis ou cercas de hera ao redor de ferro forjado, ou até mesmo por um muro de pedra no lado oeste. Ele finalmente decidiu contornar o portão trancado escalando um olmo próximo. Equilibrou-se em um galho até temer que ele não aguentasse mais seu peso e saltou sobre o portão, evitando habilmente ser espetado pelas estacas de ferro.

Morley pousou em silêncio entre as sombras e se manteve nelas enquanto caminhava ao longo da propriedade. Ele esperou e observou todo o seu corpo atento ao perigo, a uma possível ameaça. Um vilão ou um assassino.

Um casal caminhava por perto, e ele se fundiu com a escuridão enquanto um homem alto e elegante e bonito se inclinava para sussurrar algo escandaloso no ouvido de uma mulher dez anos mais velha e com mais de 110 quilos.

Ela estalou a língua, flertou, e então seu companheiro a puxou para seus braços, pressionando-a contra a coluna de um gazebo [1]. Ele a beijou apaixonadamente antes de agarrar a trava de uma pequena construção anexa e empurrá-la para dentro.

Que diabos?

Um galho de árvore quebrou na esquina de uma sebe. Morley sacou sua faca e respirou fundo duas vezes, preparando-se, e surgiu do outro lado da esquina, assumindo uma posição de combate.

Só daquele ângulo ele poderia ter visto a mulher amordaçada e vendada sob a árvore, segurando seus galhos mais baixos para se apoiar enquanto um homem a penetrava brutalmente por trás.

Algo nos sons abafados que ela emitia o paralisou. Eram latidos e gemidos de encorajamento. Inconfundíveis em seu ardor.

Confuso, Morley embainhou a faca e piscou para o casal que fazia sexo até que o homem o notou e fez um gesto impaciente para que ele fosse embora.

Seus quadris não perdiam o ritmo.

A mulher se divertia, mas o cavalheiro olhou para o relógio como se... estivesse controlando o tempo?

Morley recuou, virando-se para o jardim e vendo-o como realmente era.

Se alguém lhe dissesse que ele já havia morrido e ido para o Elísio [2], ele poderia ter acreditado. Pois aquilo se assemelhava a

---

1. Um gazebo é uma estrutura de pavilhão, às vezes octogonal ou em forma de torre, frequentemente construída em um parque, jardim ou área pública, Alguns são usados ocasionalmente como coretos.

2. Elísio também conhecido como Campos Elísios é uma concepção da vida após a morte que se desenvolveu ao longo do tempo e foi mantida por algumas seitas e cultos religiosos e filosóficos gregos. Inicialmente, era separado do submundo grego — o reino de Hades. Somente mortais relacionados aos deuses e outros heróis podiam ser admitidos além do rio Estige. Mais tarde, a concepção de quem

um paraíso pagão. Atrito e sexo eram sugeridos em todos os lugares, mesmo que não ocorressem de forma flagrante.

Ninguém *exatamente* transava ao ar livre, mas um gazebo, uma tenda transparente, um labirinto de sebes ou um bosque de árvores cuidadosamente posicionadas eram também considerados lugares apropriados para uma *brincadeira*.

Até o ar era mais doce aqui, sussurrando lilases e gardênias em vez dos aromas singulares da cidade. O jardim brilhava como se as próprias estrelas pudessem visitá-lo para assistir à devassidão. Era um sonho criado por uma iluminação em tons de mel e tecidos esvoaçantes.

De todas as besteiras bacanais bastardas.

Morley recuou para uma fonte quase pornográfica e se agachou atrás de um arbusto, agradecido pelo som da água abafar os ruídos mal disfarçados da folia carnal.

Uma pequena misericórdia, porque seu corpo estava começando a esquecer como ele estava exausto e pronto para responder à perversidade da atmosfera.

Era assim que esses lugares pegavam seus clientes. Inundavam você com sexo e fantasia até que o instinto assumisse o controle e o homem esquecesse quem ele era. Tornava-se uma criatura terrível e necessitada, alguém guiado por seu pênis em vez de sua razão, até que ele encontrasse sua carteira esvaziada por suas próprias fraquezas.

Um *bordel*. Ele fez uma careta. Ele havia invadido um bordel, de todos os lugares, enquanto procurava por um assassino. Ele devia ter tomado uma direção muito errada, ou então se deparado com outra pista importante.

De qualquer forma, ele não podia exatamente começar um interrogatório — ele olhou para o relógio — à uma e meia da

---

poderia entrar foi expandida para incluir aqueles escolhidos pelos deuses, os justos e os heroicos. Eles permaneceriam nos Campos Elísios após a morte, para viver uma vida abençoada e feliz, e se deliciar com tudo o que haviam desfrutado na vida.

manhã. Guardando o relógio, esfregou o rosto com as duas mãos antes de ajustar a máscara sobre os olhos.

Meu Deus, como ele estava cansado.

Ele havia sido emboscado a caminho daqui por um grupo da Gangue da Rua Principal, que, ao olhar para seu traje escuro e elegante, decidiu que ele era um alvo fácil.

Ele havia chutado quatro homens e os deixado amarrados na esquina para o próximo policial em sua ronda encontrar.

Com um bilhete, é claro, como era de se esperar.

Ele interrompeu uma briga doméstica que tinha se espalhado pelas ruas e deu a um garoto à beira da adolescência um centavo para dormir sob um teto diferente do de seu pai desajeitado.

Um homem em Wapping High Street havia confundido uma faxineira com uma prostituta e estava prestes a forçar suas atenções sobre ela quando Morley pegou uma pedra do tamanho da palma da sua mão e fez de sua gravata um estilingue giratório. A pedra na têmpora derrubou o agressor, e Morley não ficou para verificar se ele ainda estava vivo. Ele ignorou os gritos de agradecimento da mulher e seguiu seu caminho.

Ele não era nenhum herói. Eram apenas coisas que ele fazia, resolvendo pequenos crimes enquanto perseguia pesadelos pela noite adentro.

Quando tentava dormir, era torturado por eles. Eventualmente, aqueles pesadelos se infiltravam na luz do dia, seguindo-o da escuridão até preencherem cada canto de cada cômodo. Sombras e espectros. Os fantasmas daqueles que ele matou, daqueles que se esforçaram para matá-lo. Das almas que ele não conseguiu salvar e dos monstros que escaparam da justiça.

Por décadas, eles o assombraram, atormentaram-no infinitamente cada vez que ousava fechar os olhos. Até que ele fez algo a respeito.

Ele se tornou a coisa da qual os pesadelos fluíam.

Ele livrou a noite dos monstros, para que pudesse continuar a ser o homem que era durante o dia sem afundar em um miasma de loucura lenta e indelével. Ele era tanto o sistema de justiça quanto a sua sombra.

Porque a sombra podia fazer o que o sistema não podia.

Porque ele ainda tinha um olhar mortal, punhos afiados e lâminas ainda mais afiadas.

Porque ele havia vendido sua alma a um demônio por justiça anos atrás, e cada pecado subsequente apenas aprofundava o poço insondável em que havia sido jogado.

Toda vez que pensava ter chegado ao fundo, percebia que ainda estava caindo.

Que as profundezas sempre poderiam ser mais profundas. Que a noite sempre poderia ser mais escura. Que o mundo sempre poderia ser mais frio.

Essa honra já não parecia significar muito, e ele continuava a lutar uma guerra que talvez sempre estivesse perdida e por uma causa que não passava de uma ilusão.

Ele vinha lutando há tanto tempo. Por tantos anos intermináveis, e por quê? Hoje em dia, cada vitória parecia fazer tanta diferença quanto uma lágrima para o rio Tâmisa.

E ainda assim ele caçava, porque o que mais ele poderia fazer? Receber um salário até que os inevitáveis ataques do tempo e do arrependimento viessem buscá-lo, como aconteceu com todos os outros?

Um estalo de chicote e um rosnado vieram da estufa coberta de hera. Morley olhou de soslaio para ela, observando as sombras tomarem forma, iluminadas por uma lamparina fraca lá dentro.

Se não estava enganado, uma mulher montava um homem mas não seus quadris... Morley olhou de soslaio... seu rosto. Os sons de prazer dela filtraram-se pela fonte até ele, quentes e exigentes.

Reverberaram por sua coluna e pousaram em seus quadris.

Meu Deus fazia muito tempo que ele —

Outro som de espanto quebrou sua concentração, dessa vez atrás dele. De sua posição agachada, ele virou o pescoço para observar os braços circulando descontroladamente de uma mulher não conseguindo equilibrá-la antes que ela caísse sobre ele como uma árvore derrubada, derrubando os dois na grama.

Morley nadou em um mar de saias e anáguas, levando um tapa no queixo por seus esforços, embora tivesse quase certeza de que ela não pretendia atingi-lo.

A mulher deitada em seu colo se contorceu e se remexeu aparentemente tão surpresa quanto ele. Ele tentou puxá-la para o colo como se fosse uma criança, um braço atrás dos ombros dela e o outro sob os joelhos, mas ela não parecia capaz de se manter parada o suficiente para ele conseguir.

"De verdade", ela exclamou por trás de montanhas de seda. "Sinto muito! Você se machucou?"

Morley abriu a boca para garantir que estava ileso, mas ela não esperou por uma resposta.

A frase seguinte foi dita de uma só vez. "Sou eternamente desajeitada, desastrada, como minhas irmãs me chamam, e em um lugar como este é quase impossível não olhar para todos os lados ao mesmo tempo, e eu estava honestamente tentando não olhar para lugar nenhum, e você é meio moreno..." Ela finalmente levantou as saias e as arrastou sob os braços para encará-lo. Respirou fundo para corrigir... "Não, não escuro. Deslumbrante."

Morley piscou para ela, desejando de repente ter pensado em roubar um livro de poesias ao invés de se fixar em notícias de jornais policiais.

Porque a mulher em seus braços era um poema, e ele não tinha palavras para descrevê-la.

Seu abraço tornou-se repentinamente muito cuidadoso. Delicado, como se alguém segurasse uma xícara de chá na sala de estar de uma dama em vez das canecas de lata da Scotland Yard.

"Ah", ela disse sem fôlego, como se descobrisse clareza. "É você. É você quem eu vim procurar."

Mesmo em meio à confusão crescente, uma parte estranha dele estava tão feliz por ela ter — literalmente — tropeçado nele.

Ele balançou a cabeça, tentando se livrar da sensação.

Como Morley sempre fazia quando saía para cuidar de seus afazeres noturnos, adotou um pouco do sotaque cockney da infância. "Eu te conheço?"

As lamparinas pintavam as sombras de seus cílios ridiculamente longos sobre as bochechas que poderiam ter sido esculpidas no mais branco dos mármores romanos. Aqueles cílios contornavam olhos grandes e escuros, dois tamanhos maiores que seus traços delicados. O efeito intensificou sua expressão dramática enquanto ela parecia contemplá-lo com idêntica admiração.

"Sim, você se sairá muito bem, eu acho", ela sussurrou, sem pensar duas vezes. Sua voz, alternadamente rouca e doce, parecia incongruente com aquele lugar. Havia tentação nela, mas nenhum pecado. Inocência, mas também desejo.

Ela se inclinou para frente em seu colo, e ele se deu conta de que a segurava como um homem segura sua noiva ao cruzar a soleira da porta.

O pensamento o aterrorizava, e ainda assim parecia que ele não conseguia soltá-la.

"Qual deles é você?" ela perguntou como se fosse para si mesma, enquanto examinava minuciosamente suas feições. "Não consigo pensar em nenhum herói bíblico com quem você se pareça... e nenhum com máscara, além disso. Gosto de um pouco de mistério."

Ele inclinou a cabeça ao ouvir isso. Bíblico? Era tudo loucura. Ele não conhecia aquela mulher nem queria conhecê-la. Se ela era uma prostituta, era uma das melhores, mas ele não era um cliente. Ele deveria ajudá-la a se levantar e mandá-la embora. Ele tinha trabalho a fazer e —

O suave roçar dos dedos dela contra sua barba rala o congelou. Ela observou a própria mão com um olhar atordoado, quase desfocado, enquanto descobria a linha do maxilar dele com um toque leve como uma pena antes de segurá-la na palma da mão.

A terna curiosidade demonstrada no movimento desfez algo duro dentro dele.

"Não..." ela sussurrou. "Não, você não é um herói."

Ele não podia fazer nada além de prender a respiração, com todos os seus sentidos presos às próximas palavras dela. Qual seria o veredito dela, ele se perguntou? Ela o elogiaria ou o condenaria?

"Você é um anjo, não é? Um arcanjo, talvez. Ou um anjo caído? Um guerreiro..." ela decidiu. "Mas... de que lado?"

"Eu não sou um anjo", ele alertou. "Não passo de uma sombra." Morley odiava decepcionar as fantasias da mulher, odiava dissipar qualquer magia que ela estivesse tecendo através dele com seu toque. Mas era melhor que ele dissesse a verdade. Melhor para os dois.

"Que ridículo da minha parte, eu peço desculpas. Eu gostaria de dizer que fui pega em toda essa fantasia, mas seria uma mentira. Sou assim o tempo todo." Ao dizer isso, ela deu uma risadinha quase imperceptível, e o som era mais agradável do que o barulho da fonte sobre a qual haviam caído. "O senhor é uma sombra muito sólida, se me permite dizer." Seu olhar finalmente se concentrou em determinação. "Quanto custa?"

Ele franziu a testa. "Quanto custa?"

"Quanto custa?" ela o encorajou significativamente, com um movimento do queixo pontudo. "Para o senhor? O... er... criado me disse para escolher qualquer um dos Cafajestes de St. James que não estivessem comprometidos anteriormente. E eu escolhi você. Quero fazer amor com o senhor... ou melhor, quero que o senhor faça amor comigo. Mas só se... se o senhor não tiver outras mulheres... er... planos. Quer dizer, compromissos anteriores."

"Compromissos anteriores?" ele repetiu.

Seu rosto esperançoso se transformou em um beicinho petulante. "Alguém já marcou um encontro no Hyde Park para essa noite?"

"Não", ele disse cuidadosamente, imaginando o que fazer em seguida.

Ela se animou imediatamente. "Excelente. Então... explique-me como isso funciona. Eu nunca... contratei um homem para fazer amor comigo antes. E confesso que não sei como proceder de outra maneira que não seja de forma direta. Então, você me faria à gentileza... hum... a honra?"

Morley piscou para ela enquanto três coisas se tornavam inexoravelmente claras para ele.

A primeira era que aquela mulher falava sem parar quando estava nervosa, e seu balbucio era estranhamente cativante.

Segunda, ela era de uma família rica, provavelmente de sangue azul e provavelmente casada.

E terceira... ele provavelmente vivera quase quarenta anos e nunca conhecera uma mulher com quem desejasse tanto fazer amor.

Uma fome despertou dentro dele com toda a ferocidade de uma fera hibernando. Tinha dentes e garras e rasgou sua decência em pedaços antes de começar a se controlar. Seu coração batia forte nas costelas, que por sua vez o restringiam, aliviando-o da respiração.

Ele era um homem que tinha moral, *maldição*. Ordeiro e sem preconceitos ou vícios. Ele vivera como um verdadeiro monge por mais anos do que gostaria de admitir, e havia um bom motivo para isso. Ele deveria se levantar e se despedir dela. Agora mesmo.

Exceto, e se ela não fosse para casa? E se ela ficasse em busca de outro homem?

Isso não ia acontecer. Ele não deixaria.

Ele poderia jogá-la por cima do ombro e devolvê-la ao pai. Ao marido. Ou a qualquer indivíduo infeliz que tivesse a responsabilidade de protegê-la.

Ele estava prestes a fazer exatamente isso quando outra variável o atingiu.

E se ela voltasse amanhã à noite? E se ela tivesse prazer com outro homem?

E se... ele perdesse a chance?

O demônio faminto dentro dele rosnou, raspou as garras e expeliu fogo escaldante pelas veias como um dragão gerado pelo inferno, até que Morley teve que se forçar a inalar e expelir um suspiro prolongado.

Ele não era o tipo de homem que consideraria tal proposta. Não estava faminto por dinheiro nem carente de perspectivas românticas.

Não, isso era ridículo. Nada mais do que uma fantasia lisonjeira.

Ele abriu a boca, preparando uma rejeição gentil. "O que você quer que eu faça com você?"

Seus lábios se fecharam com força. A pergunta ricocheteou em sua mente desde o momento em que ela lhe pediu para dizer o preço. Mas foi a última coisa que ele esperava que escapasse de seus lábios.

Manchas de cor mancharam suas bochechas pálidas, mas ela não desviou o olhar. "E-eu gostaria que você fizesse... seja lá o que for que as mulheres te pagam com mais frequência." Ela enfiou a mão na peliça com capuz e pegou uma bolsa cheia de moedas. "A habilidade da qual você mais se orgulha. A coisa que as faz vir até você em uma noite como esta."

Morley não sabia quanto às mulheres pagavam para fazer sexo, mas sabia o suficiente sobre pessoas para responder. "Uma garota como você sabe o que pensa. Ela não vem atrás de um homem como eu, a menos que tenha alguma ideia do que pretende obter com o encontro."

Que diabos ele estava dizendo? Ele nem estava considerando isso... então por que...

Ela emitiu um som irônico. Meio riso, meio suspiro, enquanto estendia a mão para alisar a gola da camisa dele, que havia entortado quando ele arrancara a gravata. Algo naquele gesto nervoso o tocou. Algo que começara a desfiá-lo no momento em que ela caíra, e agora estava se desfazendo rapidamente.

"Meu noivo. Ele é um amante egoísta. Acho que ele nunca... Ela se perdeu por um momento, antes de compartilhar informações sobre um homem que Morley esperava nunca conhecer para não assassinar o bastardo. "Descobri que ele... bem, ele não é fiel. E entenda que ele não precisa ser... uma vez que a maioria dos homens da minha classe não é. Mas eu serei. Se eu fizer um voto de casamento, não o quebrarei, mas ainda não fiz os votos. Ela inclinou a cabeça para olhar para ele, uma pequena ruga desafiadora aparecendo sob suas sobrancelhas dramaticamente arqueadas. "Ele *ainda* não me possui."

Lágrimas coloriram sua voz, embora nenhuma tivesse caído, e algo dentro de Morley se contorceu. A dor não se acomodava confortavelmente em feições como as dela. Ela tinha um rosto que brilhava com uma luz interior, mesmo na penumbra pecaminosa daquele lugar luxurioso.

Ela não pertencia ali, no escuro, cometendo pecados no chão. O rosto dela era perfeito para o sol. Ela era uma mulher mimada, vivenciando sua primeira decepção amorosa. Aprendendo sua primeira verdade terrível sobre o mundo dos homens em que vivia.

Ela não sabia nada sobre dor.

E, no entanto... a maneira corajosa com que ela lutava contra sua emoção ameaçadora o deixava perplexo.

Deus, isso não deveria estar acontecendo. Que ele sequer cogitasse tal ideia era loucura. Essa mulher era obviamente um desastre emocional do qual ele não precisava, e havia um assassino para encontrar.

E, no entanto... ela era quente e perfumada, e eles estavam cercados por indiscrições sensuais, cujos sons deslizavam por aquela clareira infernal com intensidade crescente. Ela cheirava a uma iguaria esperando para ser devorada e sua boca não parava de salivar.

Então ele a abraçou, seu pênis duro como um diamante, e que Deus o salvasse se os olhos dela não estivessem dilatados de paixão. Ele sabia que podia dar a ela o que seu noivo não daria, e esse conhecimento o consumia por dentro.

Por mais inflamado que seu corpo estivesse, por mais faminto que o demônio dentro dele parecesse estar, ele ofereceu uma última e débil resistência.

"Fazer amor comigo não tornará as noites com ele mais fáceis", alertou.

"Eu sei", ela sussurrou, deixando a bolsa de moedas no chão ao lado dele para poder traçar as cavidades sob as maçãs de seu rosto com aqueles dedos suaves e inquisitivos, descendo em direção aos seus lábios.

A boca ríspida de Morley suavizou-se involuntariamente quando o toque leve como uma pluma dela sensibilizou a borda do lábio superior dele, enquanto ela mapeava qualquer curva que encontrasse ali.

"Eu — ouvi dizer que existem aqueles de vocês que conseguem levar uma mulher à plenitude com — com a boca. Acho que eu — gostaria muito de saber como é isso. E então... eu gostaria que você..." Seus cílios se fecharam novamente enquanto ela lutava contra a própria respiração por um momento. "Lady Westlawn me disse que alguns de vocês conseguem fazer uma mulher gozar mais de uma vez..."

Morley engoliu em seco duas vezes antes de se conformar.

De todas as injustiças e indignidades que ele havia enfrentado em sua longa e solitária vida, a que mais o atormentava era a ideia de que ambos passariam mais uma noite sem saber como seria para ela atingir o orgasmo com sua língua.

E depois novamente com seu pênis.

Embora a embalasse como se fosse uma criança, seus dedos se curvaram ao redor de seus membros enquanto a fome o consumia, espalhando-se quente e vitoriosa por suas veias.

Meu Deus, ele ia devorá-la.

E ela sabia disso tão bem quanto ele.

Ele viu isso no leve arregalar dos olhos dela, no entreabrir dos lábios. Na maneira como seu corpo enrijeceu um pouco e depois relaxou, acomodando-se em seus braços com um suspiro de submissão.

Aquele suspiro foi sua ruína final.

Ele abaixou a cabeça, erguendo-a para encontrá-lo. Ele não a beijou, mas a consumiu, sua boca exploradora e ardente separando as almofadas flexíveis de seus lábios, mergulhando nas profundezas adocicadas que encontrou ali.

Se aquilo era Elísio, então ela era ambrosia. E com ela em seus braços, ele se sentia como um deus.

Ele interrompeu o beijo logo em seguida para procurar um lugar para onde pudessem ir.

"A fonte", ela ofegou, deslizando as mãos para trás do pescoço dele para que pudesse puxá-lo de volta para sua boca, com os olhos fixos em seus lábios.

"Você será exposta", ele apontou, percebendo o quão ridículo soava ao dizer isso. Mas agora que decidira possuí-la, sentia inveja de que até as estrelas teriam a chance de ver sua beleza, quanto mais qualquer um que passasse por ali.

"Só para você", ela sussurrou, deslizando para fora de seu alcance e se erguendo para se empoleirar na ampla saliência de pedra.

O caminho com a fileira de lamparinas fracas terminava no outro lado da pedra de estilo italiano, deixando o lado deles da fonte mergulhado na sombra. Ele mal conseguia distinguir suas feições, mas ela devia ser capaz de vê-lo claramente.

Ela poderia ser uma deusa do mar comandando as divindades de pedra atrás dela para jorrar seu elemento na noite, ungindo sua riqueza de cabelos escuros cuidadosamente arrumados com pequenas joias de névoa.

"Eu... eu não sei se consigo me despir", ela disse em voz baixa.

"Eu vou fazer isso." Ele se ajoelhou e estendeu a mão para ela, mas ela interceptou suas mãos com as dela, entrelaçando os dedos finos com os dele.

"Quer dizer, sou reticente demais para fazer isso de corpo inteiro."

Ela queria manter seu vestido de seda fina... e ele achava isso estranhamente excitante.

E útil. Sua luxúria tinha dentes, e algo lhe dizia que, se ele fosse desembrulhar essa mulher, ele não duraria o suficiente para fodê-la bem.

Ela era linda demais, seu cheiro muito sedutor, e aquele olhar em seu rosto. Aquela mistura tímida de megera vulnerável e sedutora iria levá-lo além de todo controle.

Deus o ajudasse, ele estava fazendo isso. Com ela. *Para* ela. Uma parte dele sabia que se arrependeria, e ele não conseguia se importar.

Uma vida dura o transformara em um homem duro. Mais duro e frio a cada ano solitário que passava. E tudo o que ele fazia era trabalhar e lutar. Trabalhar para impedir que o homem duro se tornasse um homem mau e lutar contra o mal que ele reconhecia nos outros. Lutar para impedir que devorassem sua cidade, como tinham feito com sua família.

E ali estava alguém suave. Suave e... atormentada por uma solidão familiar. Pedindo para compartilhar alguns momentos de prazer com ele.

Ele estava cansado demais para resistir a uma barganha tão tentadora.

Soltando as mãos dele, ela curvou os dedos no colo, ajeitando as saias e levantando a bainha azul-claro para revelar botas e meias de renda brancas.

Era um convite irrecusável.

Morley mergulhou as mãos sob as dobras e babados, puxando-as para cima, pelas panturrilhas bem torneadas e cobertas de seda, até chegar aos joelhos dela. Ele os separou, preenchendo o espaço que havia criado com o próprio corpo.

Com ela sentada na borda e ele de joelhos, seus rostos alinhados. Ele reivindicou os lábios dela mais uma vez, maravilhado por haver uma boca nesta terra com o gosto da dela.

Ele mergulhou no calor, uma intrusão aveludada. Uma paródia do que faria com ela em outro lugar. A língua pequena e quente dela deslizava suavemente contra a dele, testando timidamente seu controle.

Encontrando o limite.

Um fogo de antecipação consumiu suas entranhas, e de repente ele sentiu uma vontade ardente de saborear cada parte dela. De rasgar seu vestido e ver se ela era tão pálida quanto à noite sugeria. Se veias iridescentes adornavam seus seios e a pele fina e macia na parte interna de suas coxas. Ele queria marcá-la com pequenas mordidas de seus dentes, para mostrar ao homem que nunca a satisfazia que alguém era capaz e tão disposto a fazê-lo.

Ele levantou as saias dela, as mãos se aventurando dos joelhos até as coxas, encontrando babados curiosos, ligas de seda adornadas com renda e pequenos laços presos com pontos delicados.

As mãos dele brincavam ali, tocando objetos e testando texturas enquanto ele saboreava a boca dela pelo tempo que seu corpo inflamado permitia.

As mãos dela não permaneceram ociosas.

Elas repousaram sobre os botões do casaco dele, abrindo-os com movimentos bruscos e incertos até que ela conseguiu abri-lo e deslizar as mãos para dentro. Ela explorou toda a extensão dele até que seus braços o envolveram.

A ternura incerta no abraço foi demais para ele suportar.

Morley interrompeu o beijo, afastando-se para avaliá-la. Para observar seus olhos se arregalando enquanto os dedos dele se enfiavam mais alto, seguindo a extensão sedosa da carne até encontrar a barreira de suas finas ceroulas de algodão.

Ela mordeu os lábios e tremeu, mas não desviou o olhar.

"Diga-me de novo o que você quer." Ele mal reconheceu sua voz, o sotaque sombrio e rosnado da rua, a insolência e a luxúria.

Ela engoliu em seco delicadamente antes de responder. "E-eu não consigo dizer."

"Você quer que eu te beije?" Ele cutucou, cobrindo seu montículo. "Aqui?"

Ela deu um pequeno pulo e seus joelhos apertaram os quadris dele, como se pudessem ter se fechado se o corpo dele não os impedisse.

"Sim", ela respondeu com um sussurro tímido.

Um calor feminino irradiava por baixo da fina barreira de sua roupa íntima, e Morley se inclinou para levantar seus quadris e puxá-los até os tornozelos.

Ele queria beijá-la novamente. Ele nunca queria parar de beijá-la e, por isso, não se permitia fazê-lo.

Beijá-la era perigoso. Assim como o doce aprisionamento de seus braços.

Um homem podia se tornar um prisioneiro voluntário dessas algemas, e ele não tinha essa inclinação. Ele não esperava por tanta doçura. Não estava preparado para a emoção correspondente evocada em seu corpo.

Melhor ele manter isso carnal.

Abaixando-se, ele enfiou a cabeça sob as saias dela. Os ombros dele abriram as pernas dela e ela se recostou, dando-lhe a sensação de que ela havia apoiado as mãos na pedra.

Na escuridão sob as saias dela, ele usou os outros sentidos para se guiar.

Ele inalou o aroma dela. Sabonete floral fresco, almíscar feminino e algo que o lembrava de frutas vermelhas maduras de verão.

Ele parou por um momento, apenas sentindo a sensação do que havia segurado em sua mão. O leve toque de pelos macios. Carne quente e flexível, que se abriu em uma fenda de calor líquido.

Ele separou as dobras dela com um deslizar lento do dedo, e ela se apertou ao redor dele com pernas surpreendentemente fortes.

"Você já está tão molhada", ele murmurou encantado.

"Er — eu deveria —?"

"Deveria não tem nada a ver com isso." Ele pressionou os ombros para frente, lutando contra o aperto reflexivo das coxas trêmulas dela. "Relaxe."

Ela deu um suspiro trêmulo, mas então obedeceu, suas coxas ficaram frouxas e seus calcanhares retornaram ao chão.

Ele moveu o dedo então, imaginando se alguma mulher já havia sido tão macia, tão pequena, tão incrivelmente quente. Permitiu-se uma exploração suave e carinhosa enquanto dava um beijo de adoração em sua coxa.

Ela era altamente responsiva, essa mulher. Ela se contraía e se contraía a cada movimento dele, a respiração ofegante em pequenos nódulos na garganta. O dedo dele sugou do poço que brotava do centro dela e desenhou suaves redemoinhos úmidos na pequena protuberância de carne intumescida.

Deus, ela estava tão pronta.

Ele nem precisaria se esforçar.

Incapaz de esperar mais, ele baixou os lábios para pairar sobre o próprio centro dela.

"Qualquer coisa que eu faça, não grite", ele alertou.

Em um instante, ela ficou tensa novamente. "G-gritar?"

Mas ele não respondeu à pergunta dela.

Porque ele havia aberto seu sexo com uma lambida longa e poderosa.

CAPÍTULO 3

*P*ru gritou.

Ou, pelo menos, jogou a cabeça para trás e abriu a boca, mas de alguma forma sua garganta se fechou sobre o som, soltando um gemido sufocado.

Meu Deus. Isso estava *acontecendo*. O homem mais lindo que ela já vira de perto estava agora sob suas saias.

Lambendo-a.

Ali.

Uma de suas mãos cobriu a boca, tentando conter o escândalo de tudo aquilo, a pura e simples maldade.

Um som vindo de baixo da seda de suas saias e anáguas filtrou-se pela noite. Um rosnado, ou um gemido, ela não sabia dizer.

Ela não conseguia ouvir. Só conseguia sentir.

Após aquela primeira lambida, ele fez uma pausa. Sua respiração, uma devastação quente contra a pele sensível dela. Seus ombros largos contra coxas que nunca haviam se aberto antes daquela noite. Sob saias que nunca haviam sido levantadas.

Ela mordeu o dedo, forçando-se a não estragar o momento com perguntas incessantes e ansiosas.

Ele estava desconfortável ali embaixo? Será que ele provou uma vez e decidiu não querer mais? Ela era diferente de outras mulheres, ou entediante e igual a todas as outras? Melhor ou pior? Ele queria parar? Ela entenderia, é claro. Talvez ela não tivesse se preparado adequadamente. Ela havia tomado banho e usara os melhores perfumes e loções, mas e se tal ato exigisse uma preparação que ela não havia pensado?

Ele estava fazendo o seu trabalho, lembrou a si mesma. Essa era a sua vocação... e as pessoas frequentemente achavam partes do seu trabalho desagradáveis.

E as faziam mesmo assim.

Mas a própria ideia a atormentava por inteiro com mortificação. Porque, afinal, apesar de suas intenções ao vir ali, ela não conseguia deixar de querer agradá-lo. Porque era assim que ela era. Ela queria que ele gostasse do que estava fazendo com ela.

Ela queria que ele gostasse... dela. Esse homem mascarado cujo nome ela não sabia. Cujos olhos eram tão frios quanto o Ártico e quente como uma chama azul.

E ele não estava gostando. Ele a odiava. Ela sabia disso. Ela o interpretara completamente errado e, agora que a experimentara, tentava descobrir uma maneira de se livrar da situação sem causar humilhação a nenhum dos dois.

Tarde demais para isso. Ela deveria simplesmente...

"Livre-se dele."

"O quê?" Prudence percebeu que sua mão abafou a pergunta, mas suas saias abafaram as palavras dele, então eles talvez nem estivessem conversando.

Ele empurrou os babados e as pregas da saia dela para cima para levantar a cabeça e lhe lançar um olhar de tamanha brutalidade, tamanha dominação carnal, que ela se encolheu. Deus, ele era... quase assustador. Mesmo com seus cabelos dourados elegantemente contidos, um maxilar com barba por fazer alguns tons mais escuros e seu comportamento majestoso, se ela o tivesse encontrado na rua, teria morrido de medo dele.

Ele ainda segurava suas coxas abertas, e o absurdo de suas posições a enchia de desconforto.

E outras coisas.

"Seu noivo. Livre-se dele", ele ordenou.

"M-mas —"

"Se há um homem neste planeta que prefere outra mulher a você... a esta...", ele passou o polegar áspero sobre o sexo escorregadio e dolorido dela, provocando um gemido suave dela. "Ele não te merece. Não deveria ter permissão para se reproduzir. Além disso, deveria ser fuzilado. Arrastado, esquartejado e apagado da memória."

Mesmo enquanto ele rosnava as palavras selvagens, Pru sentiu-se respirar aliviada. Ele estava sendo gentil, claro que estava. Mas o sentimento era apreciado.

Necessário, até.

Toda a sua ousadia parecia tê-la abandonado e ela de repente se sentiu como era. Uma donzela infeliz que nada sabia sobre homens. Sobre o mundo.

Que estava à mercê desse estranho, exposta diante dele, esperando que ele se banqueteasse com ela.

Aceitando seus elogios como um animal faminto.

Ocorreu-lhe agradecer pela gentileza, mas suas palavras se perderam quando ele se inclinou para ela, desta vez depositando um beijo reverente em seu sexo.

Incapaz de suportar a visão perversa, Prudence jogou a saia de volta sobre a cabeça dele.

A risadinha dele era uma vibração pecaminosa contra ela, e apertava algo lá embaixo em seu ventre. Um aviso do que estava por vir.

Ela ofegou quando ele pressionou os lábios nela, explorando suas dobras com lambidas lentas e lânguidas.

A desfez com a língua enquanto acariciava e deslizava sobre o núcleo inchado e dolorido dela, provocando um prazer que ela nunca soube que existia. Ela tinha a sensação de que ele saboreava isso como ela, o que era ridículo. Ele fazia isso todas as noites. Com todo tipo de mulher.

Não era de se admirar que lhe dessem diamantes. Ele estava nisso há apenas dois segundos e ela teria lhe entregado todo o seu dote se ele tivesse pedido.

E talvez seu coração.

Ela fechou os olhos, escapando dos sussurros de culpa e vergonha que sua criação havia lhe imposto. Concentrou-se, em vez disso, nas sensações táteis do momento. A maciez quase intangível da brisa fresca da fonte beijando seu rosto voltado para cima, como flocos de neve no verão.

Um milagre. Assim como a língua dele.

Os tentáculos de prazer provocados por suas ministrações se espalharam através de seu sangue, e então pareceram ser trazidos de volta ao seu âmago por uma contração na parte inferior de sua barriga. Um prenúncio do que estava por vir. Uma coisa pulsante, batendo forte, latejante, que se aproximava dela a grande distância.

Algo que ela tinha medo de perder e igualmente aterrorizada de ser atropelada. Como um trem ou uma manada de cavalos selvagens.

"Oh", ela se afligiu, sem fôlego. "Oh, céus. Eu— eu acho que —"

Ele afastou os lábios dela... roubando a sensação para sua total consternação e alívio.

"Não pense", ele ordenou com a voz de um homem acostumado a dar ordens.

"Não pare", ela implorou, sua mão alcançando cegamente a cabeça escondida sob suas saias.

Ele emitiu um som baixo de diversão, respirando uma corrente de ar frio contra sua carne superaquecida. Ele sussurrou algo que ela não entendeu direito e estava muito agitada para esclarecer.

Mas ela pensou ter ouvido a palavra "para sempre" antes que a língua dele voltasse a tocar o pequeno botão de pura sensação.

Seu toque era eternamente leve. Quase imperceptível, na verdade, mas lhe transmitia uma pulsação elétrica tão intensa que todo o seu corpo se contraía e se movia com ela, como se ele a tivesse ligado a uma das próprias máquinas de Edison.

Ela se arqueou e se curvou com tanta força que temeu quebrar a coluna em duas, e ele a recompensou sugando aquela pequena gota de carne para dentro de sua boca quente, rolando-a suavemente com a língua.

Um som áspero escapou dela, e ela voltou a colocar a mão sobre a boca, deixando a outra para apoiá-la contra a saliência de pedra, tudo o que a impedia de mergulhar de costas na água.

A onda a atingiu antes mesmo que ela percebesse que havia se formado no horizonte. Uma crista de euforia tão inimaginável e inconcebível desmantelou tudo o que ela sabia sobre si mesma.

Ela se desfez em suas mãos, contra sua boca, e esperou nunca mais ser encontrada.

Isso era felicidade. Êxtase. Paraíso. E um pouco do outro lugar também. Porque, uma vez que começara a cair nas garras do êxtase, já entendera que era passageiro. Que acabaria inevitavelmente, para que ela não morresse pela intensidade disso.

Pois certamente nada assim poderia durar.

Inevitavelmente, sua boca suavizou, se tornou delicada e a trouxe de volta para si mesma. Um eu com o qual ela não tinha certeza do que fazer. Ela era um desastre fraco, trêmulo e aflito, e parecia não conseguir se lembrar do próprio nome, quanto mais pensar no que fazer em seguida.

Então, sentou-se e respirou, pois tal era a extensão de sua capacidade funcional.

Ela esperava prazer... mas não isso.

Não o seu desenrolar inexplicável.

Ele a deixou, deslizando por baixo de suas saias, e usou um dos muitos babados de sua anágua para limpar a boca antes de se apoiar nos calcanhares para que pudessem se avaliar.

Ela não conseguia ver muito do corpo dele, já que ele estava vestido todo de preto e a noite era sem lua. As lamparinas filtra-vam-se pela fonte e projetavam sombras d'água em sua pele. Como uma miragem de lágrimas. Um oceano inteiro delas.

Elas escorriam por suas maçãs do rosto rígidas, criando cavi-dades, e o efeito, de alguma forma, fez seu coração inchar no peito.

"Você parece... como se estivesse com dor", ela arriscou, fazendo o possível para levantar os braços para alcançá-lo.

"Estou duro como mármore." Uma admissão grosseira, quase cruel, que trouxe seu corpo de volta à vida surpreendente.

"*Maldição*", ele ofegou, passando as costas da mão pela boca novamente como se quisesse livrá-la do sabor dela. Parando no meio do movimento, ele fechou os dedos em punho e mordeu a articulação. Compôs-se apenas o suficiente para ordenar: "Pare de me olhar assim, mulher, ou não serei responsável pelo que fizer a seguir."

Pequenos trinados de perigo percorriam suas veias. Algo primitivo e antigo naquele jardim de delícias. Algo tão antigo quanto às primeiras histórias, quando um homem encontrava uma mulher que o tentava a pecar.

As histórias sempre ofenderam Prudence enquanto ela se sentava obedientemente na igreja, ouvindo homens santos culparem Eva por tudo. Pelo conhecimento do bem e do mal e pela capacidade de dar frutos. Pela própria vida.

E pela tentação.

Por que Deus, em toda a sua infinita sabedoria, as dotaria com essas forças da natureza tão poderosas, sendo que mal havia consciência para negá-las? Não fazia sentido que uma divindade pagã fosse a responsável? Talvez uma com cabelos dourados e olhos elétricos. Com traços selvagemente belos e uma expressão meio faminta, meio ira.

Eva não foi tentada pelo diabo, mas pelo poder dos próprios impulsos que já a habitavam. Ela esteve no Éden, assim como Pru-

estava agora, e havia olhado para um homem que a olhava exatamente assim, infundindo nela poder, fogo e submissão sutil.

Como ela poderia tê-lo negado? Como ela poderia ter negado a si mesma?

Prudence deslizou da fonte até os joelhos diante dele, pouco mais que uma poça de prazer e desejo. Suas mãos o exploraram um pouco, testaram os montes de músculos sob o casaco antes de deslizá-lo sobre seus ombros e pelos braços musculosos.

Ele era duro e ela era macia. Ele era pedra e ela era água.

Molhado, pronto.

Disposto.

Ele a observou enquanto ela se aproximava, com os olhos estranhamente cautelosos e incertos. Sua pele se esticava sobre o formato dos ossos.

No momento em que ela libertou seus braços do casaco, ele assumiu o controle. Colocou-o sobre o musgo antes de guiá-la até lá e segui-la.

Ele a beijou suavemente, e ela sentiu o gosto de uma essência persistente de si mesma.

Tinha gosto de pecado. Lembrava-a de onde ele a havia levado. Um lugar como o paraíso.

Ela abriu as pernas para acolher a intrusão magra de seus quadris e ele tomou cada centímetro de terreno que ela cedeu.

Ele a distraiu com beijos suaves e penetrantes enquanto se abaixava entre eles. Levantando suas saias até a cintura, atrapalhando-se com a calça dele.

Nenhuma palavra romântica pontuava seus beijos e nenhuma era necessária. Embora seu desejo fosse áspero e aparente, sua boca era gentil e infinitamente inquieta. Ele arrastou os lábios pelo queixo dela, respirando em grandes suspiros, como se pudesse prender o cheiro dela no peito. Ele os pressionou contra as têmporas, as sobrancelhas, as pálpebras e a ponta do nariz.

Prudence manteve os olhos fechados, sob o pretexto de apreciar suas atenções. O tempo todo se preparando para lhe dar o que George não merecia mais.

Sua virgindade.

Ela não lhe contou. Não sabia dizer exatamente o porquê. Talvez porque ele a tratasse naquele momento como ninguém jamais o fizera. Como alguém cuja necessidade e conhecimento se igualavam aos dele. Alguém que pudesse receber o que ele estava prestes a lhe dar com todo o seu desejo primitivo e um pouco de raiva masculina, e lhe proporcionar um pouco do prazer que ela acabara de experimentar.

Só Deus sabia que ele havia merecido.

Ele retornou a boca para a dela no momento em que seus dedos se aprofundavam em sua fenda mais uma vez, deslizando contra uma umidade ainda mais abundante do que antes.

Ela se contorceu um pouco, ansiosa e em expectativa. Querendo que ele parasse. Querendo que ele continuasse. Sem saber o que dizer ou fazer além de se agarrar a ele.

Sim. Era isso. Ela se ergueu, envolvendo os braços em torno do tronco dele, e enterrou o rosto em seu pescoço. Ela inalou seu cheiro, um aroma de cedro e sabão forte e talvez um pouco de creosoto [1], como se ele tivesse estado em um pátio ferroviário recentemente.

Sua respiração aqueceu e umedeceu o pequeno espaço entre suas peles, e ela inalou avidamente enquanto os braços dele a envolviam.

"Por favor", ela sussurrou.

Ele roubou suas próximas palavras com um impulso forte.

Prudence mordeu o lábio com tanta força que sentiu gosto de sangue. Ela esperava dor. Ou talvez prazer. Mas não esta mistura insuportavelmente magnífica dos dois.

---

1. O creosoto é um composto químico derivado do destilado de alquitranos procedentes da combustão de carbonos graxos (hulha). A principal propriedade é sua qualidade biocida para os agentes causadores da deterioração da madeira.

Seus músculos íntimos não estavam exatamente tão receptivos quanto ela desejava no início, mas após a penetração inicial, pareceram se contrair contra ele. Puxando-o para dentro.

Ele alegou estar duro, mas ela percebeu que nunca tivera a mínima ideia do que aquela palavra significava. Ele era como aço aquecido dentro dela, sobre ela, ao redor dela. Ele estava em todos os lugares onde ela não estava e também onde ela estava.

Ele era o seu mundo inteiro, e ainda assim um estranho. Ele bloqueava o céu, a brisa e a escuridão, sua dor solitária e seus medos pelo futuro. Reduzindo toda a sua estrutura de existência a isso.

Ao lugar onde eles se juntavam.

De repente, ela desejou a luz do dia. Um filtro de iluminação através do qual pudesse apreciar sua forma nua. Ela desejou ter visto exatamente o que ele havia pressionado dentro dela. Mas, por enquanto, tudo o que ela tinha era isso. Escuridão e experiência.

E que experiência!

Com um rosnado sombrio, ele se retirou lenta e deliberadamente. Ele a segurou como um tesouro cobiçado enquanto curvava as costas para penetrá-la novamente. E então novamente.

Cada impulso suave e escorregadio era mais fácil de suportar do que o anterior, facilitando o caminho para o prazer que ele começou a bombear de seu corpo para o dela, afugentando as sombras persistentes da dor.

Ele emitiu sons sombrios, necessários e animais. Ela se deliciava com cada suspiro dele e com o puro assombro nas perguntas silenciosas que ele beijava em sua boca.

Ele sentia prazer enquanto o dava, e ela pensou: era isso que os amantes deveriam fazer.

Pois ele se sentia como um amante, embora o amor nada tivesse a ver com o que faziam ali na escuridão.

Era mais como um rito. Um ritual carnal que se intensificava rapidamente. Um abençoado por bruxas que seriam queimadas no passado. Enquanto ela queimava agora, imolando-se enquanto ele a injetava com brutalidade crescente, um calor líquido e puro.

Ela se afastou dos braços dele, não porque quisesse espaço, mas porque queria ver o que se formava entre eles. Porque aquela maré celestial de prazer ameaçava separá-la de si mesma mais uma vez, e ela precisava ter certeza de que, dessa vez, não estava sozinha.

Que ele gozasse junto com ela.

Gozo. É por isso que se chamava "gozar". Porque ninguém permanecia onde estava, dentro de si mesmo, dentro um do outro.

Eles vieram e foram para outro lugar completamente diferente.

Ela olhou para ele e imediatamente percebeu que ele estava mais perto de gozar, que temia gozar sem ela.

Seus traços eram uma máscara de tormento primoroso, mais belo do que qualquer obra de arte que ela já vira. Ela ofegava a cada movimento, enquanto ele a empurrava para o chão. Suas pernas se abriram, esticadas. Seu corpo se contraiu e ele emitiu um som áspero.

Ele se estendeu entre os dois e, com três toques mágicos do dedo, fez com que o prazer a invadisse e os levou a ambos a uma viagem pela noite adentro.

Eles gozaram juntos.

Presos em uma convulsão de êxtase que poderia parecer uma contorção de dor. Nenhum dos dois parecia capaz de emitir som, apenas movimentos tensos e impossíveis.

Todo o corpo dela pulsava em torno do calor longo e líquido que ele enterrava profundamente em seu ventre, e Deus, como isso intensificava toda a experiência.

Ela voltou a si antes dele, ao que parecia, seu corpo relaxando no chão enquanto o dele ainda vibrava com espasmos de prazer.

Pareceu derrubá-lo de repente, e ele desabou sobre ela. Não com todo o seu peso, mas com um peso delicioso que a comprimia em uma poça de afeição agradável.

Ele remexeu na poça de cachos arruinados na nuca dela, respirando fundo, pressionando beijos reverentes na pele sensível. Ela lutou contra a risadinha o máximo que pôde, mas, infelizmente, seu pescoço sensível interrompeu o momento.

Ele rolou para o lado, deslizando para longe e se ajeitando de volta na calça antes que ela tivesse a presença de espírito de espiar.

Ele era um profissional consumado.

Eles ficaram deitados um ao lado do outro sob as estrelas por uma eternidade, ou talvez apenas um momento. Suas respirações sincronizaram-se enquanto se aprofundavam e desaceleravam.

Uma sonolenta sensação de satisfação tomou conta de seus membros, e Prudence foi a primeira a rolar para o lado, agudamente ciente das consequências escorregadias deixadas em suas coxas.

Ele ainda estava longe, ela percebeu. Em algum lugar na noite acima deles, incapaz de retornar aos problemas da vida abaixo.

Ela entendia um pouco, pensou. A manhã não lhe traria prazer algum, especialmente depois que a confiança havia sido quebrada por aqueles que ela um dia considerara mais próximos. Mas sua tristeza parecia um fantasma perto do tipo de emoção sombria que se instalava em suas feições, e ela pensou em dissipá-la com um elogio.

"Seja lá o que o senhor cobre, não é o suficiente." Ela suspirou satisfeita. "O senhor é um mestre em seu ofício."

"Nunca o suficiente..." ele murmurou, com os olhos ainda um pouco desfocados, o peito ainda lutando para respirar.

Fazia sentido, ela pensou, ele tinha feito todo o trabalho. Ela apenas ficou ali deitada e se divertiu.

Sentindo-se perdida, ela se apoiou no quadril como a representação de uma sereia, com as pernas esticadas para o lado. Como se concluía tal interação? E por que ela não queria?

Não era uma interação, era? Mas uma transação.

E, no entanto, ela sentia uma estranha sensação de apego por ele agora. Isso era normal? Ela podia perguntar, mas algo lhe dizia que a pergunta o afastaria.

"Você está com frio?" Ela pegou o casaco dele debaixo do corpo e fez o possível para afastar os fios de grama soltos.

Ele finalmente olhou para ela, depois para o casaco, como se o visse pela primeira vez. "Não. Mas obrigado." Ele se sentou e pegou o casaco, vestindo-o deliberadamente. "Você *está bem?*" Ele fez a pergunta como se temesse a resposta, mas suas feições não transmitiam o que sua voz tinha.

Ela desejou poder identificar a expressão dele, mas era de um tipo inacessível. Agradável, mas malicioso. Distante, mas atencioso. Intenso, mas educado.

Com muito cuidado. Como se de repente ele estivesse cauteloso ou desconfiado dela.

Será que ela tinha feito algo errado?

"Nunca estive melhor." Ela evocou seu sorriso mais deslumbrante, desejando ter forças para abrir as pálpebras pela metade. Que não quisesse chorar de repente, não porque estivesse triste, mas porque algo poderoso acabara de acontecer e suas emoções não estavam preparadas para isso.

"Você alguma vez — isto é — você se importa com as mulheres com quem passou a noite?" ela arriscou. "Romanticamente, quero dizer?"

Seu olhar desviou-se dela, e ele encarou o portão, como se esperasse que a saída fosse próxima.

"Eu não me permito o luxo de um romance", ele respondeu, e Pru acreditou que nunca ouvira nada mais honesto. Ou mais deprimente.

"Você já quis, apesar de tudo?" Ela era uma tola sentimental, mas algo dentro dela ardia por saber.

Ele balançou a cabeça com firmeza. "Coisas terríveis acontecem com aqueles com quem me importo."

A resposta dele despertou a curiosidade e a compaixão dela, mas ele se levantou antes que ela pudesse responder e se abaixou para ajudá-la a se levantar.

Ele a levantou com uma força surpreendente. Ele não era nem excessivamente alto, nem mais do que elegantemente largo. Mas estava em excelente forma, cada centímetro endurecido por músculos bem trabalhados.

Ela tinha conhecimento de primeira sobre isso.

"É deselegante de a minha parte expressar gratidão?" ela perguntou. "Além da remuneração, claro."

O rosto dele se suavizou e seus olhos se derreteram por trás da máscara, seu olhar percorreu cada parte do rosto dela. "Sua carruagem está por perto? Como você vai para casa?"

"Eu dou um jeito, obrigada." Uma parte dela ficou triste. Claro, ele estava gentilmente dizendo a ela que era hora de ir. Que Deus o abençoasse por manter pelo menos a aparência de preocupação. "Qual é o seu nome?"

Um sorriso triste surgiu em seus lábios quando ele levantou uma mecha de cabelo dela que havia escapado do penteado. Ele a colocou de volta no lugar, alisando-a com um movimento tão delicado que sua garganta doeu. "Não importa. Sou apenas uma sombra."

Abaixando-se, ele pegou a ceroula dela que estava jogada perto da fonte e se virou para lhe dar privacidade. Ela também se virou, curvando-se para vesti-la.

"Mas e se eu..." Ela quase caiu ao tentar vestir a segunda perna da peça e teve que se equilibrar antes de continuar. "E se eu quiser te encontrar de novo?"

"Receio que não."

Ela puxou a roupa íntima sobre as meias e as ligas. Feliz por elas absorverem a umidade que permanecia ali, até que ela pudesse voltar para casa. Enfiando-se nelas, ela abaixou as saias e anáguas e as alisou pelas coxas.

Coxas que tinham acabado de ser abertas para ele. Para o homem que não queria lhe dizer seu nome.

Ela se virou novamente. "Eu sou Pru—"

Ele já tinha ido embora.

CAPÍTULO 4

TRÊS MESES DEPOIS

"Parabéns, Morley, você é famoso!" Millie LeCour abaixou o periódico que lia do outro lado da carruagem e arqueou as sobrancelhas escuras para ele. "Estão chamando você de *Cavaleiro das Sombras*." Ela se inclinou mais para o lado do Inspetor-Detetive Christopher Argent para poder mostrar a ele o estava lendo. "Suficientemente ameaçador, não acha, querido?"

"Aterrorizante," ele respondeu com sua característica indiferença prosaica. Não olhou para o jornal, mas inclinou a cabeça para inalar a proximidade de Millie antes de dar um beijo cuidadoso em seu cabelo escuro e penteado.

O humor sombrio de Morley se transformou em estrondoso. "Malditos jornalistas", ele murmurou esperando que seus companheiros acreditassem que os jornais eram os únicos responsáveis por sua ira.

E não as suas bobagens afetuosas.

Isso nunca o incomodara muito antes daquela noite com —

Não. Não, ele não se permitia ficar pensando nisso. Transpor traços delicados sobre os traços ousados de Millie, mesmo que fosse apenas porque ela compartilhava a silhueta delicada e o cabelo negro da mulher que assombrava seus sonhos.

Porque ele quase havia se convencido de que a noite mais memorável de sua vida tinha sido exatamente isso. Um sonho. Uma estranha invenção da imaginação. Uma alucinação induzida pelo cansaço, por uma psique sobrecarregada e pela completa falta de sexo.

"Ah, eu sei que vocês dois acham que isso é sensacional e absurdo", continuou Millie. "Mas, se pensarem bem, um vilão prestes a cometer um crime pode pensar duas vezes se estiver preocupado em entrar em conflito com o *Cavaleiro das Sombras*." Esticando-se, a famosa atriz afastou uma mecha rebelde de cabelo ruivo dos olhos sem alma de Argent. Ela o tocou com o carinho ausente de um amante de longa data, e Morley teve que desviar o olhar dos dois. Ele buscou refúgio na janela, na agitação e na claridade inexplicável de uma manhã de fim de verão em Londres.

"E não fique muito chateado com os escritores", ela cutucou Morley. "Qualquer pessoa na minha profissão cometeria um *assassinato* por esse tipo de imprensa livre."

Ele também cometera assassinato por isso...

O Cavaleiro das Sombras. Outra farsa. Outro manto que ele jogara sobre os próprios ombros quase por puro acidente. Há muito tempo, o Inspetor-Chefe Carlton Morley teve sua entrada legal negada em um bordel onde ele sabia que homens malvados vendiam jovens abandonadas e desesperadas a uma clientela repugnante.

Ele suspeitava que o Juiz envolvido na recusa fosse um cliente.

As vozes de todas as crianças vítimas que ele conhecera o dilaceraram. Dorian, Ash, Argent, Lorelai, Farah...

Caroline.

Ele não suportava isso. *Não ia permitir isso.* Não mais. Não em sua cidade e especialmente não dentro de seus próprios departamentos de Justiça.

Com sua decisão questionável fortalecida por mais conhaque do que gostaria de admitir, ele amarrou uma máscara sobre os olhos e sacou as ferramentas de um ofício que havia abandonado há muito tempo.

E um garoto que ele havia enterrado há muito tempo.

Ele pensou que havia deixado Cutter Morley na sepultura que ele mesmo cavou, mas também não foi Sir Carlton Morley quem matou a tiros todos os prostitutos do bordel antes de enviar as jovens para se refugiarem na Igreja de St. Dismas, em Whitechapel.

Naquela noite, algo se aliviou dentro dele. Uma sensação de desamparo que ele sabia que todo policial carregava consigo.

Os grilhões que a lei impunha aos seus aplicadores eram corretos e necessários. No entanto, criaram certas lacunas que se tornaram amarras, pelas quais um agente da lei poderia ser forçado a assistir a uma atrocidade acontecer sem poder recorrera nada.

Após anos de luta, de ver o sistema do qual fazia parte falhar com tantos, principalmente aqueles desafortunados que a maioria acreditava não serem merecedores de atenção, ele não podia mais ficar parado.

Ele era o herói de guerra condecorado com o título de Inspetor Chefe porque precisava ser, e se tornou o Cavaleiro das Sombras porque Londres precisava que ele fosse.

Quantos corpos havia agora? O relojoeiro pedófilo em Drury Lane. O estuprador assassino em Knightsbridge. Um médico maníaco que realizava experimentos horríveis em seus pacientes imigrantes, frequentemente resultando em desfiguração ou morte. Dois irmãos que tiraram tudo da tia enferma e se mudaram para a casa dela, mantendo-a prisioneira enquanto gastavam sua escassa renda.

Ele pretendia simplesmente despejá-los, mas um dos homens apontou uma pistola para ele. E bem... o olhar mortal de Morley fez o trabalho por ele.

Então houve —

"O público adora um apelido memorável." Millie interrompeu seus pensamentos.

"O público é idiota", lembrou Argent.

"Um público que *vocês dois* protegem, devo lembrar." Millie deu um tapa bem no peito dele, e Argent sorriu para ela.

"Se você me bater e eu descobrir..." Ele zombou sem emoção de sua pequena estatura e de sua força frágil.

Embora, Morley achasse que quase todo mundo parecesse diminuto perto do gigante ruivo.

"Pense em todas as pessoas que conhecemos com títulos honrosos que elas nunca pensaram em se atribuir," Millie listou suas conexões nos dedos. "The Rook, O Highlander Demoníaco, O Blackheart de Ben More, O Rei do Submundo de Londres, embora eu suponha que esses dois contem apenas como um..." Ela parou de falar e se virou para o marido. "Como você escapou sem um apelido?"

Argent deu de ombros de uma forma um tanto gaulesa. "Se um assassino se torna famoso o suficiente para ser reconhecido, é hora de ele se aposentar."

"Que bom que você fez isso", disse Millie com sentimento. Embora o homem não tivesse se aposentado por qualquer tipo de infâmia, mas porque encontrara sua alma gêmea. Ela. A mulher que ele fora contratado para matar e por quem se apaixonou.

Morley supôs que deveria se preocupar com quantas pessoas já estavam cientes de sua identidade. Argent imaginou que Morley começara a passar as noites como justiceiro antes mesmo de admiti-lo, apenas porque ele e o ex-assassino estavam atrás do mesmo vilão na mesma noite.

E o que Argent sabia Millie também sabia.

Morley havia confiado ao seu melhor amigo de infância agora conhecido como The Rook, o que significava que sua esposa, Lorelai, sabia. E provavelmente também os Blackwells, Dorian e Farah.

A imprensa começara a acompanhar suas façanhas, mas, como Morley previra, as descrições dele extraídas das lembranças de vilões e sobreviventes eram notoriamente duvidosas, perdidas no miasma de desinformação que era a imprensa londrina.

Todos se lembravam de uma máscara cobrindo a parte superior do rosto dele e do fato de que ele costumava usar um chapéu.

Ele usava muitos chapéus. Tanto figurativamente quanto literalmente.

Morley suspirou antes de repreender Millie. "Você, mais do que ninguém, sabe que não deve acreditar no que lê nos jornais. Eu não faço metade do bem que me atribuem. Ou melhor, esse Cavaleiro das Sombras idiota não faz."

"O fato de eles terem percebido que você é um cavaleiro significa que pode estar ficando perigoso para você", alertou Argent.

"Acho que o título é uma coincidência." Millie acenou com a mão, desdenhosa. "Com essa máscara, ele poderia ser qualquer um. O público apenas o distinguiu pelo mérito de seus serviços em benefício deles. Embora todos estejam *morrendo* de curiosidade para saber. Vi um anúncio dele na coluna dos corações solitários ontem mesmo." Ela se virou para Morley, franzindo os lábios de brincadeira. "Se você estiver interessado, a Srta. Matilda Westernra tem apenas dezenove anos e quer que você saiba que tocou seu coração virtuoso. Atrevo-me a dizer que o roubou."

"Isso é nojento, tenho o dobro da idade dela." Morley se remexeu na cadeira. "Além disso, não tenho interesse em tocar ou roubar corações, solitários ou não."

"Se você não quiser tocar o coração dela, aposto que ela deixaria você tocá-la —"

Millie franziu a testa para o marido. "Christopher, se você terminar essa frase, que Deus me ajude."

"O quê? Eu ia dizer virtude."

"Ora, como se fosse possível."

Morley percebeu que isso demonstrava a estima que Argent

tinha por ele, o fato de ter tido acesso tão irrestrito à vida pessoal do homem. Mesmo que Argent trabalhasse para Morley, só um tolo se consideraria chefe de Argent.

E Morley não era tolo.

Exceto, ao que parecia, quando se tratava de mulheres.

"Cavaleiro das Sombras." Argent grunhiu de um jeito que um homem gentil poderia chamar de riso.

Um acesso de histeria para o gigante taciturno.

"Cai fora", murmurou Morley, enquanto a carruagem parava ao lado da Holy Trinity Cathedral e o criado abria a porta.

Dali a cinco anos, se alguém tivesse dito a Morley que ele estaria compartilhando uma carruagem com Christopher Argent, o ex-assassino Blackheart de Ben More, ele teria rido.

Ou dado um soco.

Mas lá estavam eles, subindo as escadas em um dia de trabalho perfeitamente normal para comparecer a um casamento social obrigatório.

"Como você se meteu nisso?" perguntou Morley pelo canto da boca. "Eu não sabia que você conhecia o casal."

"Eu não conheço", disse Argent, olhando ao redor, um tanto perplexo. "Millie me fez experimentar uma sobrecasaca nova que ela mandou fazer para mim, e de repente eu tinha um lugar para usá-la."

Morley riu baixinho, mas Argent deu de ombros. "Na verdade, eu acho... que ela conhece a noiva, Prudence Goode, através das irmãs que são voluntárias na Sociedade de Auxílio às Senhoras da Duquesa de Trenwyth." Argent ergueu o queixo em direção à porta onde o pai da noiva aguardava os convidados para cumprimentá-los. "Quando Millie percebeu que o pai delas era seu superior imediato e, portanto, também meu, ela disse que nós dois tínhamos um motivo para comparecer."

Morley e Argent trocaram um olhar de desgosto. A segunda filha do Comissário Clarence Goode, Barão de Cresthaven, is se casar com um conde de algum lugar, e se Morley se ausentasse das festividades, como desejava, ouviria muitos comentários. Esperava-se que ele comparecesse. E Carlton Morley sempre fazia o que se *esperava* dele.

Para que nunca *suspeitassem* de seus pecados.

Enquanto subia as escadas para a capela, um corvo cacarejou de onde estava agarrado ao corrimão de pedra, provocando-o e batendo as asas.

Um corvo no dia do casamento. Não havia alguma lenda sobre corvos serem arautos da morte, da desgraça ou algo assim? Ele parou, olhando-o atentamente, paralisado pelo brilho de suas penas. Brilhante, ele pensou, porque, embora o pássaro fosse preto, refletia todo o espectro do sol com um brilho cintilante.

Assim como o cabelo dela quando a luz do lampião brilhou através da água...

Ele balançou a cabeça, tentando afastar o pensamento.

Na maioria das vezes, ficava feliz por não saber o nome dela. Porque então ela se tornaria real demais. Ele não conseguia ignorar aquela noite como um sonho fantástico que acontecera com outra pessoa.

Outras vezes, ansiava que ela fosse algo além de um pronome.

Sua.

Piscando, ele se virou, subindo as escadas dois degraus de cada vez para alcançar seus companheiros.

Ele precisava parar com essa loucura. Parar de procurá-la em cada mulher magra, de cabelos negros e aparência atraente que via nas ruas. Ou no parque. Ou na Scotland Yard. Ou em uma maldita igreja.

A cidade estava cheia de beldades de cabelos escuros, ao que parecia, e esse fato ameaçava deixá-lo louco.

Uma noite, quando não conseguia mais suportar seu desejo, quando seu corpo clamava por alívio e todos os seus sentidos estavam tomados pela lembrança dela, ele foi à Escola para Jovens Damas Cultas da Srta. Henrietta e se escondeu perto da fonte.

Apenas para provar a si mesmo que aquilo realmente acontecera.

Ele tocou a pedra lisa da borda da fonte onde ela ficara e havia levantado sua saia e a simples visão de suas panturrilhas bem torneadas o haviam levado além de toda razão.

Ele jurou que ainda podia sentir o gosto dela, frutas de verão e desejo feminino. Ele esperou por ela, seu milagre de cabelos negros, e ela não apareceu.

Não que ele estivesse surpreso. Ele disse que ela não o encontraria novamente.

E ele falava sério.

Morley passou a mão pelo rosto, esfregando o maxilar liso onde ela uma vez o encontrara com a barba por fazer, querendo apagá-la da memória.

O Comissário havia desaparecido na igreja enquanto ele se demorava em devaneios, e havia perdido toda razão pela qual tinha ido a esse maldito casamento para começar. Para ser visto por Goode e, assim, inventar desculpas para ir embora.

Isso tinha que parar essa... obsessão por ela.

Todo o caso tinha sido um erro. Ele nunca, em sua vida adulta, fizera algo tão ridículo. Tão perigoso.

Tão... maravilhoso.

Ele não tinha sido ele mesmo naquela noite. Ele estava esticado na ponta de uma corda longa e desgastada. Sua vontade enfraquecida pela exaustão e por uma luta aparentemente inútil entre ele e o mundo inteiro. Entre as duas partes de si mesmo. Ele fora fraco, não havia palavra mais gentil para isso. Fraqueza não era algo que ele permitia, nem em si mesmo nem naqueles que trabalhavam para ele.

Isso tinha que parar. Ele sussurrou um voto solene ali mesmo de nunca olhar outra donzela de cabelos escuros nos olhos. Nunca procurar por seu maxilar afiado e sobrancelhas arqueadas, ou suas orelhas delicadas.

O que ele faria se a encontrasse, afinal? Ela o considerava um prostituto ou, se fosse uma mulher inteligente, teria descoberto que ele era o chamado Cavaleiro das Sombras por causa de sua máscara. Porque ele não havia aceitado seu dinheiro. Porque se ela perguntasse na casa da Srta. Henrietta ou abordasse qualquer um dos Cafajestes de St. James, eles lhe diriam que ele não era um de seus membros.

De qualquer forma, ela tinha um segredo que poderia esmagá-lo se contasse — não que ela sairia ilesa da situação.

Mesmo assim.

Era melhor deixar toda a desventura para trás e esquecê-la. Esquecê-*la*.

Os sinos da igreja anunciavam a hora, ou talvez o evento, quando Morley entrou na igreja já desconfortavelmente quente. A música do órgão o irritava, e ele esperava sentar-se ao lado de uma mulher corpulenta com um leque muito ocupado, para não morrer de calor. Quanto tempo essa maldita coisa deveria durar? Ele teria que ir à festa depois? Se garantisse que o Comissário Goode o visse na cerimônia, poderia fingir que estava perdido na multidão mais tarde.

"*Senhor. Senhor.*" Alguém agarrou seu paletó, e ele se virou para encontrar um reverendo de rosto pálido ao seu lado. "Senhor Morley? Inspetor-Chefe Carlton Morley?" o velho baixo e rechonchudo sussurrou seu nome e título como se fosse um segredo ilícito.

"Sim?"

"Você *precisa* vir comigo. Oh, Deus do céu. Nunca na minha vida..." As palavras do Vigário se perderam enquanto ele olhava furtivamente para os convidados que agora tentavam contorná-los, já que haviam parado no meio do corredor.

Instantaneamente em alerta, Morley olhou para Argent, que fez um gesto perplexo.

"*Por favor.*" A palidez do Vigário era alarmante. "Não faça cena."

Argent deu um passo à frente. "Devo acompanhá-lo—?"

"Não! Só Sir Morley." O reverendo vestia o paletó agora, arrastando-o para o fundo da capela como uma criança teimosa faria com sua babá.

"Vamos encontrar nosso lugar e guardar um para você", ofereceu Millie, puxando o marido na direção oposta.

Morley seguiu o padre frenético por um corredor de pedra vazio com tapetes roxos vibrantes. "Lorde Goode e o Visconde Woodhaven me enviaram para encontrá-lo imediatamente. Houve um... Bem, o noivo. A *noiva*. Oh, meu Deus, de todos os pesadelos. Tanto sangue."

Quando Morley entrou na sala de estar, ele congelou.

Não por causa do sangue, embora estivesse por toda parte. Encharcando o tapete floral, espalhando-se por ele no chão de pedra cinza. Colorindo o corpete do vestido creme da noiva com um jato salpicado. Encharcando sua bainha e cauda onde ela estava, paralisada, na poça que escorria do pescoço de um homem. A faca pingando ainda agarrada em suas mãos trêmulas e encharcadas de sangue.

O maldito padre estava certo.

De todos os pesadelos...

Era *ela*.

CAPÍTULO 5

*P*rudence estava trancada em uma câmara vermelha.

Ela se afogou nela. Encheu seus pulmões de forma que ela não conseguia respirar. Seus ouvidos de forma que ela não conseguia ouvir. Ela podia até sentir o gosto, ou não? O metal manchava sua língua, mas sua boca estava seca como uma lixa. Sua garganta não a deixava engolir. Ela engasgou com a bile e a dor.

William gritava. Ele a encontrara assim. Pobre William. Ela nunca gostara do marido de Honoria por causa dessa tendência dele... de sempre fazer tanto barulho.

"Sua víbora maldita. Sua lunática!", acusou o Visconde. "Como você pôde matá-lo? Em uma igreja, de todos os lugares?"

"E-eu não pude!"

Bem, isso não era estritamente verdade, era? Ela poderia tê-lo assassinado alegremente muitas vezes nos últimos três meses.

"Eu não o matei", ela se corrigiu. *Ela não tinha feito isso.*

Pru olhou para as próprias mãos. De volta para George. Para a pele roxa e inchada de William, depois para o noivo.

O sangue não estava mais bombeando, mas drenando lentamente. Manchando seu vestido. Tudo e em todos os lugares. A poça se espalhou; o sangue a seguiu enquanto ela recuava alguns passos. Um rastro de condenação.

Oh, Deus. Ela ia vomitar.

Só que não tinha mais nada para vomitar, desde que esvaziara o estômago esta manhã.

"Prudence, não *ouse* se mexer! O que você fez?"

Quando seu pai entrara? Ela deveria estar aliviada, não deveria? Ele saberia o que fazer.

Ela ergueu a faca para mostrar a ele. Alguém a havia enfiado no lugar onde o ombro de George encontrava seu pescoço. Uma faca longa, *muito longa*. Até o fim. Por que fariam isso? Para onde tinham ido?

Estava tão frio. *Tão frio*. E estivera tão quente antes na igreja lotada. Quente o suficiente para reclamar sobre o calor. Os dois gritavam com ela. Fazendo tanto barulho que quase podiam ser ouvidos por cima dos sinos. Sinos de casamento. Os sinos do casamento *dela*.

Tudo clamava tão alto que era ensurdecedor, e ainda assim muito distante. Sinos e berros. Seu pai gritando perguntas. William a chamando de todo tipo de nome.

Prudence tentou falar, mas sua garganta não permitia. Sua língua estava presa. Muito seca.

Por que ela ainda estava segurando a faca? Por que seus dedos não conseguiam se abrir?

George. *O que aconteceu com você?* Ela o encarou incapaz de piscar. Seu corpo longo permanecia de bruços onde ele havia caído. Sua pele não estava mais avermelhada pela bebida, mas branca. Mais branca que a dela, até.

Pobre George. Ele estava alegre esta manhã. Insuportável e bêbado. E agora...

A porta se abriu. Um homem entrou.

E o pandemônio parou.

Todos obedeceram à sua ordem de silêncio e, pela primeira vez, a garganta de Pru se relaxou o suficiente para permitir uma respiração profunda. A sensação doentia de desgraça iminente soltou o aperto de suas costelas e seu estômago parou de ameaçar saltar para o esôfago.

Tudo ficaria bem. *Ele* estava ali agora. Mesmo que o mundo estivesse de cabeça para baixo, ele saberia como consertar.

Exceto... quem era ele?

Ela não conseguia desviar o olhar do sangue.

"Prudence" rosnou seu pai, como se estivesse dizendo seu nome há muito tempo. "Esse é o Inspetor Chefe Sir Carlton Morley. Conte tudo a ele, fui claro?"

"Eu não... quero mais segurar isso", ela choramingou incapaz de tirar os dedos da faca. Meu Deus, ela era tão grande. Estava cravada nos músculos de George.

Ela gemeu.

"Dê-me a faca, Srta. Goode." Uma voz profunda e culta se aproximou, e uma mão coberta com um lenço branco a aliviou da arma. Ela nunca se sentira tão grata por nada em sua vida.

"Essa é uma das nossas adagas!" exclamou o Reverendo Bentham. "É uma relíquia sagrada."

"É uma prova, receio", disse o Inspetor Chefe. "Você pode solicitá-la de volta assim que esse caso for resolvido."

Aquela palavra. *Caso.* A fez querer chorar.

Recuperando as forças, Prudence ergueu a cabeça e perdeu o que lhe restava de fôlego.

Aqueles olhos.

Eles um dia fluíram livremente para ela por trás de uma máscara. Eles a viram se desintegrar.

Ele a fez gozar.

Inspetor-Chefe? Devia haver algum engano. Ele era... um dos homens da escola da Srta. Henrietta. Não, ele não era isso. Uma sombra. Ou tinha sido em uma noite quase três meses atrás.

Pru o encarou boquiaberta, buscando um rosto que havia gravado em cada canto de sua memória.

Ele estava ao mesmo tempo igual e, no entanto, completamente diferente. Seu cabelo estava um tom mais claro que o dourado sob o brilho do sol do meio-dia que entrava pela janela. Seu terno era de um cinza sombrio. Seu queixo era afilado, barbeado e fixo em um ângulo perigoso.

Seu amante era desgrenhado e moreno, seu cabelo da cor de mel, ou assim ela pensara em uma noite sem lua. Ele emanava sexo e ameaça. Fome intensa e masculinidade brutal.

O Inspetor-Chefe era puro formalismo e serenidade. Um cavalheiro elegante, conciso e correto, vestido com um paletó de corte fino e um suprimento infinito de decoro.

Mas aquele maxilar forte. Os traços pecaminosamente bonitos, nítidos como cristal e, ao mesmo tempo, embotados por um toque de crueldade. Tudo isso cortado por uma boca sarcástica.

Era ele.

Ela tinha certeza disso... não tinha? Ninguém mais tinha olhos tão claros, tão incrivelmente elementares. Como a cor dos relâmpagos sobre o Mar Báltico.

Aqueles olhos perfuravam-na agora. Inexpressivos, impiedosos e sem compaixão. Ele a observava como se ela fosse a última pessoa *viva* que ele queria ver.

Como se ela fosse inferior à terra sobre a qual eles haviam pecado.

Se ela tinha alguma esperança de que esse homem fosse seu aliado, ela foi destruída pelos fragmentos rochosos do seu olhar severo.

"O que aconteceu aqui?" ele perguntou calmamente.

Pru sentiu seu rosto se contorcer em confusão. Ele não parecia ele mesmo. Onde estava o sotaque de antes? Áspero e rude.

Ela teria reconhecido aquele *sotaque* em qualquer lugar.

Esse homem falava como os seus superiores. Será que ela estava enlouquecendo? Será que seu desespero e choque eram tão premonitórios que ela havia evocado uma lembrança e a sobreposto à realidade?

"Prudence, responda você", rosnou seu pai.

"E-eu estava esperando meu pai me apanhar para a cerimônia", ela contou, querendo apaziguá-lo. *Precisando* explicar. Era tão importante que ele não achasse que ela tivesse algo a ver com aquilo. Ninguém *realmente* acreditaria que ela cometeria um assassinato, não é? "Houve uma batida na minha porta e um bilhete foi empurrado por baixo", ela continuou. "O bilhete era de George." Ela apontou para o homem morto a seus pés e imediatamente desejou não ter olhado para baixo.

Oh, Deus. Ela pensou que o casamento era a pior coisa que poderia lhe acontecer hoje. Nunca estivera tão errada em sua vida.

Como tanto sangue cabia em um só corpo? Como ela algum dia esqueceria a visão dele? Ela duvidava que pudesse sequer olhar para as próprias veias da mesma maneira.

"Olhe para mim", ordenou o inspetor. "O que dizia o bilhete?"

"Que ele precisava me ver. Que precisava se desculpar."

"Pedir desculpas", ele repetiu. "Você tinha motivos para estar brava com o Conde de Sutherland?"

Sua testa franziu e ela lançou-lhe um olhar acusatório. "Você *sabe* que sim."

"Como *ele* saberia?" perguntou o pai. "Vocês nunca foram apresentados."

Um brilho de advertência congelou os olhos do inspetor, tornando-os impossivelmente mais frios. *Não.* Ele a alertou. *Não nos arruíne.*

"Eu quis dizer..." Pru se virou para o pai. "*V-você* disse. Eu lhe disse que George era infiel, e você insistiu que eu me casasse com ele mesmo assim."

Seu pai, um homem forte com a constituição física de um padeiro que gostava do próprio trabalho, ergueu as mãos para se defender da atenção de Morley. Mãos tão grandes para luvas tão finas e brancas. "Não passou de algumas aventuras", defendeu George. "E Prudence sempre foi uma criatura romântica e fantasiosa. Eu não ia deixar que os rumores arruinassem o futuro dela."

"Não *eram* rumores", ela falou, embora tudo dentro de si lhe dissesse para não fazer isso. "Todo mundo sabe que George tinha vários bastardos. Ele teve um caso muito público com Lady Jessica Morton. E mesmo assim você insistiu que eu a convidasse para o casamento."

Por que ela estava tendo essa discussão coberta de sangue? Quando tudo o que queria era fugir. Ou se jogar nos braços do inspetor.

Ela sabia como seus braços eram fortes. Quão capazes seriam de suportar o peso que ameaçava arrastá-la para baixo, nas profundezas de um oceano de desespero e desespero e desesperança.

Ela precisava dizer a ele —

"E então, você veio encontrá-lo antes da cerimônia", o Inspetor Chefe a incentivou com muita gentileza, como se estivesse falando com uma criança. "Você veio receber as desculpas dele. E depois? O que ele disse para deixá-la com raiva?"

Ela balançou a cabeça com tanta veemência que seus olhos não conseguiam acompanhar. O belo Inspetor-Chefe transformou-se em um borrão dourado. "*Nada!* Ele não disse nada. Abri a porta e ele estava... assim." Ela gesticulou para o corpo de George, incapaz de olhar para baixo novamente. "Sangue escorria por toda parte, a faca já estava cravada no pescoço dele. Ele rolava no chão tentando tirá-la, então corri até ele e tentei ajudar. Eu pensei que se ele a tirasse, ele sangraria ainda mais. Que talvez ele devesse deixá-la. Eu estava tentando segurá-la."

"Bobagem, você colocou a faca ali!" acusou seu cunhado apontando o dedo em sua direção. As feições de William estavam roxas de raiva, seu cabelo ralo e acinzentado espetado em desordem. Ele não era um homem grande, mas era alto e imponente. E não pela primeira vez, Pru quis se encolher diante dele.

Como Honoria o suportava?

"Eu estava *tentando estancar* o sangramento." Ela se virou para Morley, implorando. "Eu sei que foi bobagem, não sei por que pensei que conseguiria. Mas eu tinha que tentar, não é? Ele estava *morrendo*. E finalmente, ele tirou a faca do lugar e o sangue espirrou..." Ela estendeu os braços para mostrar a ele. "E ele se foi."

"Não foi isso que pareceu quando eu entrei", William sibilou por entre os dentes. "Ela estava enfiando a faca no corpo dele que se debatia. Ele se debatia e ela a enfiava no pescoço dele."

"Nunca!"

"Se o Conde tirou a faca do próprio pescoço, como você acabou segurando-a?" O Inspetor Chefe ergueu a mão para impedir mais comentários de William enquanto a avaliava com os olhos profundos e semicerrados.

A suspeita dele atravessando-a como uma lança lançada por um atleta olímpico.

Você não se lembra de mim? ela queria perguntar. No meio daquele lago de sangue. Tudo o que ela queria era ir até ele. Ele precisava entender por que —

"Honoria me disse que você o odiava", continuou William após uma fungada constrangedora. Ele estava chorando? Claro que estava afinal seu melhor amigo tinha acabado de ser morto.

Ela não deveria estar chorando? Ela sentiu lágrimas em algum lugar, uma ameaça ao seu futuro distante quando não estivesse tão entorpecida. Tão fria e confusa.

William continuou seu ataque implacável. "Ela me disse que você chorou até dormir ontem à noite só de pensar em ser esposa dele."

Sim, ela havia chorado bastante nos últimos meses. Talvez estivesse vazia agora. Honoria estava certa, mas por que contara ao marido? Por que parecia que a irmã a traía continuamente?

Prudence balançou a cabeça novamente, temendo parecer uma lunática. "Não sei. Devo ter tirado isso dele. Mas eu não fiz isso. Eu não o matei. Eu precisava dele! Se eu tivesse vontade ou estômago para matar, eu o teria envenenado. Eu teria sido inteligente. Certamente não teria esperado pelo dia do *meu casamento*. Eu não teria sujado meu vestido com todo esse sangue..."

"Seu vestido é o menor dos seus problemas, sua vadia conivente!" William se lançou para frente e Morley o segurou.

"Já chega." A voz de Morley soou dura quando ele pressionou o antebraço contra o pescoço de William e o empurrou contra a parede. Ele apontou o dedo a um passo do olho de William. "Saia desta sala e ande até uma porta à direita. Lá, você vai se sentar e me *esperar*, fui claro?"

William assentiu, sua raiva se transformando em medo diante de tamanha autoridade.

Resolvido isso, Morley se voltou para o pai. "Senhor, entendo que isso é delicado, que a suspeita é sua filha, mas o senhor está ciente de que terá que ser dispensado desta sala, pois não poderá participar imparcialmente deste inquérito ou desta prisão."

Prisão? Ele ia prendê-la?

Seu pai passou a mão trêmula pelos cabelos brancos. "Vou chamar nosso advogado."

Morley assentiu. "Acho que é melhor."

A mão trêmula do pai seguiu a extensão da barba até o esterno. "Pelo bem do nosso departamento, Morley. Da nossa reputação. Se você a levar para a Yard, quero que seja feito discretamente, ouviu? Não serei humilhado mais do que o necessário. A inocência dela será provada com rapidez suficiente."

Lágrimas finalmente brotaram em seus olhos. Seu pai. Seu pai severo, distante e presunçoso, pelo menos acreditava nela. Acreditava *nela*.

Morley a encarou, mas desta vez seu olhar não se elevou além do sangue em seu vestido perolado. "Isso ainda vamos resolver."

Pru queria enterrar a cabeça nas mãos e chorar. Quase chorou. Mas se lembrou do sangue a tempo. Ela poderia perder o que lhe restava de sua sanidade se o tivesse espalhado no rosto.

Morley foi até o pai e colocou a mão em seu cotovelo. "Ela será levada discretamente. Você tem a minha palavra. Você deve informar os convidados sobre a morte, mas não sobre o assassinato... nenhum detalhe precisa ser tornado público. E acho que você precisará controlar seu genro."

"Honoria cuidará disso", afirmou seu pai com absoluta fé.

Honoria controlava tudo o que podia.

Seu pai se virou para Pru e ela encarou o homem que tentara desesperadamente agradar a vida toda.

E ela viu o que lhe partiu o coração.

Dúvida.

Ele podia alegar que acreditava nela, mas não acreditava no fundo do seu coração.

"O que vou dizer à sua mãe?"

Ele saiu antes que ela pudesse responder, levando consigo o reverendo que torcia as mãos.

E eles ficaram sozinhos.

Pru olhou para baixo, travando os joelhos para não ir até ele. Para não se prostrar diante desse estranho.

Tanto sangue.

Ela tinha tanto orgulho daquele vestido. Ela tinha adorado ele. E agora... tudo o que podia fazer era não arrancar aquela coisa maldita e jogá-lo na lareira.

Eles se encararam por uma eternidade em silêncio e, quando ela não aguentou mais, deu um passo à frente.

"Prudence Goode", ele declarou brandamente. "Estou prendendo você sob a suspeita do assassinato de George Hamby-Forsyth, Conde de Sutherland."

"É você. Eu sei que é você. Tenho te procurado por todos os lados desde aquela noite —"

"Eu disse para você deixá-lo", ele disse furiosamente, apontando um dedo para o corpo do futuro marido dela. "Eu *ordenei* para você naquela noite, e aqui está você."

"Eu sei." Seu coração infeliz se afastou dele.

"Você fez isso?" ele perguntou com os olhos brilhando de raiva contida. "Você o matou?"

"Não! Acabei de te contar o que aconteceu. Ele já estava —"

Ele ergueu a mão, virando-se um pouco como se não suportasse olhar para ela antes de se recompor e encará-la com uma sensação de calma.

"Diga-me a verdade", ele disse com mais moderação. "E este pode ser mais um segredo entre nós. Diga-me agora e farei tudo o que estiver ao meu alcance para mantê-la longe da forca..."

Pru o encarou incrédula. *Ele não acreditava nela.* Ele realmente não achava que ela fosse inocente. Seu coração despencou como uma pedra. Esse homem... esse estranho que a conhecia mais intimamente do que qualquer pessoa no mundo. Esse amante dos sonhos que a tratara com mais carinho do que qualquer pessoa em sua vida...

Ele achava que ela era uma assassina.

"Eu não vou para a forca", ela disse estoicamente. "Eu não preciso da sua ajuda."

"Nem pensar —"

"Eles não vão enforcar uma mulher na minha condição." Sua mão foi para a cintura. Este tinha sido o seu segredo. Não o assassinato.

Sua boca se abriu silenciosamente e seus punhos se fecharam enquanto ele a encarava por uma série de momentos de choque. "Você está... grávida?"

"Sim", ela sussurrou. "E a criança é sua."

CAPÍTULO 6

orley se refugiou em seu escritório no terceiro andar da Scotland Yard e ficou olhando para o nada por uma hora inteira. Sua mente girava quase tão revoltada quanto seu estômago.

A descrença lutava com a desconfiança em meio a hectares de desespero dentro dele. E naquela paisagem sombria e vasta, um minúsculo ponto de luz o perfurou.

Uma criança? *Seu* filho?

Ele alguma vez ousara esperar por tal milagre?

Ele acreditava nela... em alguma coisa?

Quantas vezes ele fantasiara sobre encontrá-la? Essa deusa que ele conhecera à noite. Quantas vezes ele se perguntara se havia passado por baixo da janela dela sem nem perceber?

E, mais uma vez, ela explodira em sua vida.

Coberta de sangue. Provavelmente uma assassina. E carregando um bebê...

Cristo, essa situação poderia piorar?

Um som chamou sua atenção para a porta, e Morley ergueu os olhos e viu o pirata mais cruel e notório desde Barba Negra entrar com o chapéu inclinado em um ângulo elegante.

O homem o encontrara no East End como Dorian Blackwell, mas uma experiência com a morte e um episódio de amnésia tinham-lhe tirado a identidade. Desde que se separaram após a morte de Caroline, ele fora batizado de "The Rook" em seu navio pirata, mas recentemente se casara e, consequentemente, trocarão o seu apelido assassino por um novo em folha. Ashton Weatherstoke, o antigo Conde de Southbourne.

Conhecido pelos amigos simplesmente como *Ash*.

"Dá para acreditar naquele casamento?" Ash puxou a gola que usava impossivelmente alta para cobrir as cicatrizes deixadas pela soda cáustica destinada a dissolver seu corpo na vala comum de onde havia rastejado há vinte e poucos anos.

Morley se levantou para apertar sua mão, grato por ver um rosto amigável nesse momento, o momento mais horrível de sua vida adulta. Eles haviam percorrido um longo caminho desde os dias em que eram ladrãozinhos, ratos de rua, mas algumas coisas nunca mudaram, como o humor sarcástico impossível do homem.

"Eu não sabia que você tinha sido convidado", disse Morley. "Eu não te vi lá."

Ash deu um sorriso irônico. "Ah, eu fui convidado e recusei o convite chato, mas Londres inteira se espalhou no espaço de três horas. Um conde caindo morto em seu próprio casamento? Rumores de crime? Que desastre terrível, hein, Cutter?"

Morley passou correndo pelo amigo e bateu a porta, virando-se para o homem bronzeado e musculoso fora de moda que usava um terno elegante tão folgado quanto seu sorriso irônico.

"Eu disse para você nunca me chamar assim", rosnou ele.

O sorriso se alargou para o de um tubarão. "É o seu nome, não é?" Ele ergueu as mãos contra a onda de irritação que queimava no olhar de Morley. "Desculpe, eu tentei, mas não consigo te chamar de *Carlton* com a cara séria." Essas últimas palavras saíram forçadas em meio a uma risada, como se quisessem elucidar seu ponto.

"Chame-me de Morley, então, todo mundo me chama." Ele voltou à mesa para arrumar os papéis que havia virado na pressa, colocando-os em pilhas organizadas. Uma pilha precisando de assinaturas. Uma pilha com correspondência que precisava ser respondida. Uma pilha precisando ser entregue para seu escrivão, pois assinaturas e respostas já haviam sido feitas.

Em meio a todo aquele caos, ele precisava de ordem. Precisava dela para pensar. Para decidir o que fazer em seguida.

Ele precisava controlar o resultado.

O que ele não precisava era de interrupções, mesmo na forma de melhores amigos há muito perdidos e recém-descobertos, com suas próprias reputações assassinas.

"Desastre" murmurou. "Nem chega perto de descrever o que aconteceu esta manhã." Erguendo os olhos, apoiou-se na mesa com os dois punhos, agitado demais para se sentar. Que palavra ele poderia usar? Catástrofe? Desastre? Nada parecia forte o suficiente.

Três andares abaixo de onde eles estavam uma mulher solitária estava trancada em uma cela.

Uma assassina? Uma mãe?

Sua amante.

O que fazer com ela era sua única preocupação urgente.

"Há algum motivo para sua visita, Dorian?" ele perguntou brevemente.

"Eu lhe disse para *você* nunca me chamar *assim*", o pirata lançou-lhe um olhar sombrio que poderia ter feito um homem inferior implorar por seu perdão. Ou por sua misericórdia.

Ambos os quais ele notoriamente não possuía.

"É o seu nome, não é?" Morley retrucou as próprias palavras do homem.

"*Touché.*" Olhos duros se suavizaram um pouco enquanto Ash vagava por seu espaçoso escritório. Ele leu as condecorações nas paredes, olhou para seu certificado de cavaleiro, suas medalhas do exército, uma baioneta quebrada, uma bala que havia sido retirada de sua coxa no Afeganistão, exibida em uma caixa feita por seu regimento.

Lembranças de uma vida que eles deveriam ter vivido juntos. Uma vida que lhes foi roubada pelos caprichos do destino.

Os olhos negros suavizaram-se para algo mais filial e familiar. "Falando no homem que adotou meu nome quando fui dado como morto, Dorian está prestes a se juntar a nós para uma conversa."

"Vem aqui de novo, porra?" Morley se endireitou. "O Blackheart de Ben More, Rei do Submundo de Londres, está vindo aqui? Para o meu *escritório no meio do dia*?" Seu maxilar travou ao ouvir o resto da frase, sibilando a última entre dentes cerrados.

"Ex-Rei de e tal. Ele se reformou, lembra?"

"Supostamente", murmurou Morley.

Ash o dispensou com um gesto. "É um local central para nos encontrarmos, e temos informações para você e o Inspetor-Detetive Argent investigarem em suas respectivas áreas de atuação." Ele arqueou as sobrancelhas de forma bastante significativa.

Morley esfregou a tensão que aumentava na base do pescoço. "A última vez que o Blackheart de Ben More esteve nesta sala, eu o amarrei a uma cadeira e o espanquei até quase matá-lo."

"Não é *exatamente* assim que me lembro." Como se convocado por seu título, o sujeito da conversa entrou no escritório de Morley sem bater e deixou a porta escancarada atrás de si, parando ao lado de Ash, seu sósia.

Os dedos de Morley ainda coçavam para estrangular o homem com frequência. Ou, como agora, socar a expressão vagamente superior de seu rosto e escurecer o olho amorfo que não estava coberto pelo tapa-olho.

Mas, infelizmente, ele não conseguiu. Morley e o chamado Blackheart de Ben More haviam estabelecido uma trégua recentemente — bem, um cessar-fogo — pelo bem do homem que ambos chamavam de irmão.

O verdadeiro Dorian Blackwell — agora Ash — e um órfão chamado Dougan Mackenzie haviam sido presos juntos na Prisão de Newgate quando eram garotos. Por causa de sua aparência semelhante, cabelos pretos e olhos escuros como o diabo, eles haviam sido apelidados de Irmãos Blackheart em Newgate, e o infame apelido os acompanhou por uma série de misérias e delitos.

Após a suposta morte de Dorian na prisão, Dougan Mackenzie, que cumpria pena perpétua pelo assassinato de um pedófilo, assumiu a identidade e a data de soltura de Dorian Blackwell.

Ele viveu como Dorian Blackwell por duas décadas, como o Rei do Submundo de Londres, enquanto o verdadeiro Dorian, tendo rastejado para fora de uma vala comum sem memória, vivia como The Rook, Rei dos Mares.

No entanto, quando Ash recuperou sua memória, não viu grande necessidade de recuperar o nome de seu bom amigo, já que sua vida com Lorelai Weatherstoke era o epítome de seu final feliz.

No fim das contas, Ash e Dorian decidiram viver com os nomes que haviam adotado em vez daqueles com os quais nasceram.

Só Morley e Argent foram os mais sábios. E ainda mais confusos por causa disso.

No entanto, como Morley também vivia sob um nome falso, ele dificilmente poderia lançar calúnias.

Pessoas com teto de vidro e tudo mais.

Dorian caminhou ao lado de Ash com as mãos confortavelmente apoiadas nos bolsos. Ele esbarrou no pirata com o cotovelo em uma demonstração de camaradagem. Uma coisa extraordinária, já que Dorian era famoso por odiar ser tocado por todos, exceto por sua esposa, Farah.

Embora os Irmãos Blackheart fossem muito parecidos quando jovens, o tempo mudou a aparência um pouco. Estando lado a lado como estavam, era fácil diferenciá-los. Ash usava o cabelo curto e sua pele era morena e marcada pelos anos no mar. Os sulcos que saíam de seus olhos e as marcas de sua boca eram esculpidos mais profundamente em feições mais selvagens do que o rosto pálido e satírico de Dorian.

Apesar do tapa-olho, Dorian permanecia tão bonito quanto o diabo. Ele demonstrava mais espírito e alegria do que seu equivalente pirata usava o cabelo até o colarinho e pesava talvez 150 quilos a mais que Ash.

"Aqui está o problema", Dorian cumprimentou Argent com um tapa no ombro enquanto o homem de cabelo âmbar entrava segurando um café e um jornal.

Argent acenou com a cabeça para o seu antigo empregador, em sinal de cordialidade. *Ele*, pelo menos, se virou para fechar a porta atrás de si, isolando o conclave de réprobos de uma divisão policial cada vez mais curiosa.

"Cristo, todo-poderoso", disse Morley em tom de saudação. "Não tenho tempo para problemas se você trouxe isso à minha porta. Hoje não."

"Bem, considerando que o Conde se esvaiu em sangue e que você tem o corpo dele esfriando no seu necrotério, eu diria que chegamos na hora certa." Ash foi até a janela e abriu as cortinas para Whitehall Place, revelando uma vista desimpedida das torres do Parlamento. "Queríamos discutir o Comissário Goode com você depois do casamento, mas parece que não há outra opção senão agora."

Morley comprimiu os lábios. "O que tem ele?"

"Há algo de podre no Reino da Dinamarca", citou Dorian, significativamente. "E quanto mais nos aproximamos da Yard, mais fede."

"Desembuchem vocês dois", rosnou Morley. "Não tenho tempo para seus dramas enigmáticos hoje."

"Não tem tempo para corrupção em seu próprio departamento?" A sobrancelha negra de Ash se arqueou, e ele lançou um olhar significativo para Morley.

"Temos informações de que o ironicamente chamado 'Goode' precisa de um pouco de orientação moral", informou Dorian com uma dose considerável de presunção. "Em quem pensamos senão em você, Morley? Esse lugar é sua vida e sua esposa, e as sombras da justiça, sua amante. Goode é o homem perfeito para arruinar, especialmente a sua carreira. Você poderia se levantar e tomar o lugar dele."

Morley balançou a cabeça, rejeitando a própria ideia. Logo hoje? Ele não conseguiria escapar do nome Goode? "Por que eu faria uma coisa dessas? O que você ouviu?"

Ash se virou da janela. A luz refletia nas cicatrizes de queimaduras de soda cáustica que subiam por seu pescoço e arranhavam seu maxilar. Quando falou, foi com muito menos inflexão do que seu equivalente mais expressivo. "A nobreza de Goode foi construída há centenas de anos com a importação de madeira para nossa pequena ilha, mas tenho informações confiáveis de que sua empresa de navegação está contrabandeando mais do que apenas madeira. Há uma planta sendo aclamada nas Américas como a nova droga do século."

"A planta de coca", Morley assentiu. "Já ouvi falar. Não é exatamente ilegal transportá-la para cá, e é amplamente usada terapeuticamente."

Dorian fez um som de desgosto. "É ilegal se a substância não for declarada na alfândega e se não for entregue a médicos, mas sim distribuída a espíritos malignos obcecados por policiais que são pouco melhores do que agiotas distribuindo surras se não forem pagos em dia."

Morley olhou do único olho bom de Dorian para Ash e depois para Argent, que observava atentamente os homens de cabelos escuros de onde segurava a parede oposta com os ombros inclinados. "Tem certeza disso?" perguntou.

Ash assentiu. "Tenho certeza de que as plantas vêm dos navios dele. Embora eu não saiba dizer onde está sendo refinada para virar cocaína."

"E *eu tenho* certeza de que a droga está sendo espalhada pelas ruas pelos seus oficiais", insistiu Dorian. "Tanto nos bairros pobres quanto nos ricos."

"Quão certo?" insistiu Morley.

"Tão certo quanto sabemos que você não tem nada a ver com isso", disse Ash. "E temos todas as evidências necessárias para abrir uma investigação mais aprofundada. No entanto, como este homem é seu único superior e você não tem uma maneira discreta de investigar seus próprios oficiais, sugiro que o Cavaleiro das Sombras conduza o inquérito."

O Cavaleiro das Sombras. Ele queria ser o tipo de homem que controlava os seus homens?

Será que ele era tão ignorante assim sobre o que o Comissário poderia estar fazendo pelas suas costas?

Morley encarou os homens parados em frente à sua mesa. Três homens que um dia foram três garotos espancados pelas mesmas leis que deveriam protegê-los. Eles haviam forjado um vínculo quando adolescentes na Prisão de Newgate que nada neste mundo poderia separar.

O próprio caminho de Morley o levara por um caminho completamente diferente. Um caminho que se tornara uma linha entre eles. Uma linha tão tangível quanto à mesa atrás da qual ele estava.

Sozinho.

Eles sempre estariam juntos, aqueles três. E não importava o quanto confiassem nele, Morley nunca viu o interior daquelas paredes da prisão e, portanto, ficaria para sempre do lado de fora de seu grupo.

Do outro lado da linha.

Ele estava bem com isso porque sua vida havia se tornado organizada e disciplinada, enquanto a deles era de caos e anarquia.

Cutter já havia seguido as leis das ruas uma vez.

Mas Carlton não conseguia. Ele não existia sem limites. Ele

queria que os limites fossem traçados em termos inequívocos para que pudesse ver exatamente dentro de quais parâmetros deveria trabalhar. Ele era um homem forjado no moedor de carne da guerra e depois polido pela força policial.

Exceto que, ultimamente, as linhas tinham sido obscurecidas pelo Cavaleiro das Sombras. E ele havia ultrapassado uma linha específica a tal ponto que não conseguia mais enxergá-la.

E as consequências estavam prestes a ser catastróficas.

Ele se sentou em sua cadeira de couro de encosto alto. As pernas da qual não pareciam mais tão densas e firmes. Como se pudesse cair do trono a qualquer momento. "Eu entendo o que você está dizendo e concordo que isso exige uma investigação mais aprofundada. Mas... há uma complicação em relação a mim."

"Conte." O olhar de Dorian se aguçou e ele foi instantaneamente arrebatado. "Você é um homem notoriamente descomplicado."

Morley deixou isso de lado por enquanto. "Eu me tornei um pouco..." Ele procurou a palavra certa. Envolvido? Consumido? Obcecado? Enredado? "*Envolvido* com a filha do Comissário Goode."

Argent se animou com isso. "Qual delas? Ele não tem várias?"

Morley engoliu em seco, sabendo que, uma vez que isso fosse revelado, ele nunca poderia voltar atrás. Seria doloroso suportar as reações deles, mas possivelmente valeria a pena se isso o ajudasse a enxergar além de sua tristeza e encontrar um caminho a seguir.

"Aquela cujo casamento foi interrompido por um assassinato", ele murmurou.

"Trabalho rápido, Morley", exclamou Ash. "Isso foi há quanto tempo, três *minutos*?"

"Horas—"

Ash pareceu não ouvir. "Ela não é tecnicamente viúva, então você não precisa esperar o ano necessário—"

Morley interrompeu. "Não, seu idiota, foi antes de hoje. Há três meses."

Dorian soltou um suspiro exagerado e agarrou as lapelas, adotando um ar conservador e tempestuoso. "Um *caso*, Morley? Um Inspetor Chefe e um cavaleiro do reino. Que coisa mais repreensível."

"Moralmente descuidado, ouso dizer", acrescentou Ash com um sorriso torto.

"Certo", Dorian o cutucou. "O que vão *pensar* na igreja?"

Morley nem sequer teve coragem de se levantar para as brincadeiras enquanto enterrava a cabeça entre as mãos. "É pior do que isso, receio. Eu a tranquei em uma das celas lá embaixo."

Um silêncio prolongado o fez olhar para cima, mas não encontrou o espanto que esperava.

Na verdade, aqueles homens durões com péssimas reputações pareciam estar reprimindo sorrisos quase orgulhosos. "Para ser honesto, Morley, um sequestro não é um impedimento intransponível", Ash deu de ombros. "Mostrem-nos um homem nesta sala que não tenha precisado trancar sua amada em algum tipo de prisão antes que ela consentisse em ser sua esposa."

"Foi um castelo escocês para mim", disse Dorian com bastante nostalgia.

"Vou ver sua torre escocesa e construirei um navio pirata para você", Ash se gabou.

"Armário", acrescentou o monossilábico Argent.

Cada um deles riu e, não pela primeira vez, Morley foi tomado por uma onda de simpatia por suas esposas.

"O que aconteceu?", perguntou Ash a Morley, depois de apagar o sorriso dos lábios com as costas da mão.

Morley pressionou dois dedos em cada têmpora e trabalhou em círculos. Ele estava prestes a se arrepender, mas precisava confessar. Para purgar o pecado que o pesava por tantas semanas.

Porque fazia tanto tempo que ele não se sentia tão perdido.

"Algum de vocês já ouviu falar dos Cafajestes de St. James?"

Ash e Argent balançaram a cabeça, mas Dorian assentiu. "Mulheres nobres pagam fortunas por seus serviços sexuais. Madame Regina, que administra meu bordel, sugeriu que recrutássemos alguns de Henrietta Thistledown."

Morley pigarreou, sentindo uma pontada de vergonha. "Bem, eu saí uma noite, há uns três meses..."

"Sendo um justiceiro?" perguntou Dorian.

"Investigando", ele corrigiu.

"Ninguém mais investiga com máscara, mas continue."

Mais uma vez, ele deixou isso passar. "Minha investigação sobre alguns homens assassinados me levou à casa da Srta. Henrietta, onde eles trabalhavam como prostitutos. Eu estava no jardim e a Srta. Goode meio que... me confundiu com..." Ele não conseguiu dizer a maldita palavra.

A boca de Ash se abriu. *"Um prostituto?"*

"Ela é cega?" O nariz de Dorian se enrugou enquanto ele o encarava com um olhar incrédulo.

Morley recostou-se na cadeira, amaldiçoando-se por ter dito uma palavra sequer a qualquer um deles.

Foi Argent quem se inclinou para frente, com uma expressão fascinada. "E?"

"E... nós..." Morley estendeu a mão num gesto que poderia significar qualquer coisa.

"Santo Deus, você não fez isso", Dorian balançou a cabeça como se implorasse para que ele negasse e esperasse que ele não o fizesse.

"Preciso me sentar." Argent tateou em busca da cadeira em frente à sua mesa e acomodou seu corpo corpulento nela.

"Preciso de uma bebida." Ash foi até o aparador ao lado da porta.

Dorian ficou onde estava encarando Morley. *"Você* deflorou a filha de um Barão, não, a filha de um Comissário — *a filha do seu chefe* — antes do casamento dela e a fez pagar por isso? Meu Deus, Morley, eu te julguei mal esse tempo todo. Estou muito impressionado."

"Não", alertou Morley.

"Ah, não fique bravo." Dorian acenou com a mão enluvada de couro para ele. "Tenho certeza de que você fez isso de forma *correta e completa*, como faz com tudo o mais, e depois compensou com pilhas de culpa, autoflagelação, noites sem dormir e toda essa bobagem."

Morley cruzou os braços. "Não vou discutir mais isso com você." Ele nunca se flagelou, o desgraçado não sabia do que estava falando.

Ash deu um passo à frente, com uma bebida na mão. "Não dê ouvidos ao Dorian. Algo valioso a alguém que não entende seu valor."

Dorian fingiu indignação. "Fale por si mesmo, não sou eu que estou rolando na terra com debutantes noivas."

Todos olharam para Morley e perderam a batalha contra o riso.

"Eu não sabia quem ela era na época", explicou Morley sombriamente. "Ou eu nunca teria tocado nela."

Ash foi até a mesa onde Morley estava sentado e colocou um copo à sua frente. Apoiou o quadril na borda e serviu uma boa dose de sua própria garrafa para Morley antes de lhe dar um tapinha no ombro. "Eu, por exemplo, estou encantado", ele disse, encorajando-o a beber. "Você vivia como um monge e, sejamos honestos, nunca foi muito bom com mulheres."

"Um monge?" zombou Dorian. "Eu estava preocupado que ele fosse um maldito eunuco."

"Ou tivesse uma predileção terrível", acrescentou Ash.

"Isso não me incomodaria tanto", interrompeu Argent, recusando uma bebida com um aceno de mão enquanto tomava um gole de café. "Eu nunca confio em um homem sem um lado sombrio."

O ombro de Dorian se encostou-se à parede e ele cruzou um pé na frente do outro, com um brilho cruel nos olhos escuros. "Todo esse tempo eu me preocupei que você não tivesse outras amantes porque ainda estava apaixonado pela minha esposa."

"*Basta.*" Morley virou o uísque e jogou o copo vazio na mesa com um estrondo alto o suficiente para ser ouvido pelos ocupantes do andar abaixo.

Para um homem que não acreditava em milagres, ele sabia que estava testemunhando um agora, enquanto todos piscavam para ele em um silêncio abençoado.

Não duraria muito tempo, pensou amargamente.

Todos eles tinham sido vilões taciturnos, antes que suas mulheres os fizessem felizes.

Homens felizes nunca pareciam se cansar de conversar.

Exceto Argent, que só falava quando as palavras eram absolutamente necessárias.

"Tão bravo, Morley", resmungou Dorian. "Tocou em algum ponto sensível?"

Ash lançou um olhar de desaprovação por cima do ombro para Dorian. "Um golpe baixo, Dorian, até para você. Somos todos homens raivosos. É essa raiva que leva o melhor de nós a ter sucesso."

"*Au contraire, mon frère*", o Blackheart de Ben More torceu um bigode imaginário de vilão, sempre impenitente. "Astúcia. Astúcia é como fazemos o que precisa ser feito."

"Isso não é uma brincadeira, é a minha *vida*", Morley disse entre dentes cerrados. "Ela me viu como o Cavaleiro das Sombras. Tivemos um caso escandaloso por uma noite. E agora ela está lá embaixo, tendo provavelmente assassinado o noivo e desesperada para contar meus segredos a quem quiser ouvir."

"Ela o reconhece como o Cavaleiro das Sombras?" Argent o encarou com um olhar sério.

Morley assentiu, sentindo-se claramente derrotado.

"Há mais nisso, não é?", Argent afirmou secamente, estreitando os olhos verdejantes. "Algo que você não está nos contando."

A cabeça de Morley se ergueu de repente. Não havia como Argent saber, mas o desgraçado era um gênio irritante quando se tratava de interpretar outras pessoas.

"Ela está te chantageando ou algo assim?" perguntou o detetive taciturno.

Morley balançou a cabeça. "Pior. Ela está alegando que eu a engravidei naquela noite."

Com isso, toda a jovialidade desapareceu da sala enquanto a enormidade da situação comprimia o ar, transformando-o em algo pesado e sombrio.

Apesar de todas as suas diferenças, os quatro tinham muito em comum.

Eles cresceram sem cuidados paternos. Seus pais os abandonaram na melhor das hipóteses e tentaram assassiná-los na pior.

"Você tem algum motivo para acreditar nela?" perguntou Dorian. "Você viu provas da condição dela ou ela está simplesmente desesperada para salvar a própria pele?"

"Ela contratou um prostituto", disse Ash cuidadosamente. "Então, existe a possibilidade de o pai do filho dela ter sido qualquer homem."

Morley pensou sobre isso e, em seguida, rejeitou violentamente a ideia, expressando o medo que sentia há algumas semanas. "Não tenho certeza se ela realmente teve um amante antes de mim."

De repente, todos os homens pareceram desconfortáveis, mas foi Dorian quem disse: "Bem... quero dizer... há uma maneira simples de saber."

"Não... do jeito que nós... Santo Deus, eu não sei." Morley enterrou as mãos nos cabelos e puxou.

"Tenho medo de perguntar, mas estou ansioso para descobrir", disse Argent, como se isso o surpreendesse.

Morley desejava ardentemente estar em qualquer outro lugar. Não podia admitir que estivesse tão faminto a ponto de não ter notado a barreira física da virgindade dela.

Que seus braços eram tão doces. Seu corpo tão firme, mas acolhedor. Seus gemidos podiam ser de prazer ou dor, mas suas palavras eram nada além de encorajamento.

Ele prosseguiu com cuidado. Ela não era... experiente, mas também não tinha notado... um impedimento físico. Ela não era a flor tímida e murcha que, quando se aproximou dele. Mas também não era uma jovem sexualmente ativa. Ela descobrira a infidelidade do Conde de Sutherland e estava furiosa com o egoísmo dele. Queria um amante para si.

Ele não queria falar mais nada. Dizer o quão adorável ela tinha sido. E tão terrivelmente desejável que ele estivera à beira do orgasmo no minuto em que se beijaram. Ele estivera sob suas saias enquanto a devorava até o fim, e não conseguia dizer se ela estava chocada ou na expectativa. Nervosa ou experiente.

E, no entanto. Ele sabia que era seu primeiro orgasmo. Ela não deixara dúvidas sobre isso.

"Ela fez parecer que seu pretendido era um amante egoísta", defendeu-se ele, sem ninguém em particular naquele momento. "Mas não posso dizer com certeza agora que ela sabia disso em primeira mão. E ela nunca mais voltou para a casa da Srta. Henrietta. Paguei para ser informado no momento em que ela voltasse. Então, as chances de ela ter contratado outro amante são mínimas."

No entanto, se ele pensasse bem... ela poderia seduzir qualquer homem com o estalar do dedo.

"Por que se casar com o canalha, então, se ele era infiel?" Ash se perguntou em voz alta.

"A rigor, ela não queria", lembrou Argent enquanto tomava sua xícara de café. "Ela foi encontrada com os dedos em volta do cabo da adaga que o matou."

"Em flagrante, por assim dizer." Morley bufou entre os lábios comprimidos. "Por que ela faria isso? Por que ela *faria isso?*"

Ash deu de ombros, como se realmente fosse de pouca importância. "Não cabe a nós entender a mente misteriosa das mulheres."

"Ou das pessoas em geral", concordou Argent.

"Talvez ela tenha concordado em se casar com ele porque não queria que seu filho crescesse bastardo", disse Dorian, o bastardo nascido de um Marquês implacável, sem o menor traço de sua leviandade anterior.

"É uma probabilidade." Morley sentiu o lábio se erguer acima dos dentes em um rosnado. "Ou ela queria que meu filho fosse o próximo Conde de Sutherland."

"Você pode culpá-la?" Argent tinha um dom especial para encontrar o lado prático em situações emocionalmente carregadas. "Esta gravidez torna menos provável que ela mate o homem que a tiraria dessa situação, não mais. Ela teria sido uma pária para sua família e para a sociedade se a criança tivesse nascido sem o luxo de um nome. É extraordinário o que as mulheres abrem mão por seus filhos..." Argent parou de falar, olhando para a parede vazia.

"A menos que Sutherland descobrisse e ameaçasse destruí-la com o segredo", teorizou Morley.

"Cutter", disse Ash, o nome escrito em nenhum documento e falado por ninguém no mundo além dos poucos azarados que o conheceram décadas atrás.

Seus olhares se encontraram, e de repente Ash não era um rei pirata, nem o The Rook, mas aquele garoto de olhos negros. Aquele com quem ele vagava pelas ruas, trocava socos, roubava comida e criava futuros impossíveis.

"Parabéns, Cutter." Os lábios de Ash se ergueram na sombra de um sorriso, seus olhos escuros se suavizando para algo quase terno. "Você vai ser pai."

O peso daquela palavra o deixou sem fôlego. Um pai. Ele havia desistido desse sonho anos atrás.

"O que você vai fazer a respeito?" Dorian, o pai apaixonado de duas crianças, lançou-lhe talvez o primeiro olhar de compaixão que já recebera daquele homem.

Morley se levantou e passou por todos, pegando seu paletó de onde o havia pendurado no cabide. "Meu trabalho."

CAPÍTULO 7

Eu *não* o matei."

Foi a primeira coisa que a mulher disse quando Morley desceu as escadas para a cela de interrogatório particular no porão do número quatro de Whitehall Place com um balde de água morna e sabão forte.

Prudence. Seu nome era Prudence Goode. Ele sabia disso agora.

Esta cela, décadas atrás, fora usada para pouco mais do que uma tortura semelhante à de uma inquisição. Embora as paredes tivessem sido limpas e esfregadas por um milhão de diferentes criadas, Morley ainda conseguia sentir o cheiro do sangue. Pairava como condenação no ar, com um sabor metálico e um tempero de mofo e desespero. Ele dera a famosa surra em Dorian ali. Usara-a para esconder traidores do Ministério do Interior e outros criminosos de alto escalão.

No meio da pedra cinzenta, ela se erguia como um lírio branco sujo, azarado o suficiente para adornar um campo de batalha.

Amassada e manchada de sangue.

Um puxão no peito o fez pigarrear. Ela era tão doce de se ver. Tão adorável e tão pequena e assustadoramente pálida.

Ele pensou ter conhecido criminosos ardilosos o suficiente, tanto homens quanto mulheres, para não se deixar influenciar por feições aparentemente inocentes. E, no entanto, ali estava ele, lutando contra o cavaleiro andante dentro dele que desejava afastá-la de tudo aquilo e trancá-la em uma torre onde ela estaria segura.

Onde ela seria *dele*.

"Um vestido limpo foi enviado", ele disse, puxando um banquinho de três pernas do canto para se empoleirar em frente ao banco em que ela estava sentada.

As algemas em seus pulsos não estavam presas a nada, ela poderia ter se movido facilmente. Mas ela permaneceu imóvel, pressionando as mãos contra a barriga, como se estivesse segurando o que havia dentro.

Um gesto maternal, com certeza.

Ele sentou-se perto o suficiente para observar cada expressão dela atentamente, mas longe o suficiente para não incomodá-la.

Longe o suficiente para não estender a mão, como ele absurdamente ansiava por fazer.

Ela tinha a pele surpreendentemente clara na noite em que se conheceram. Mas hoje, até mesmo o traço rosado sob suas maçãs do rosto havia desaparecido. Seus lábios não mantinham cor. Ela parecia mais magra agora, menos robusta e vivaz.

Essa cela fazia isso com uma pessoa.

Assassinato também.

Quando ela olhou para cima, ele fez outra descoberta surpreendente. Ele pensou que seus olhos eram escuros como os de Dorian ou Ash, mas estava enganado.

Eram da cor do céu antes do anoitecer. Um azul-meia-noite profundo e comovente.

Eles se arregalaram para ele, encharcados de miséria e medo.

"Eu *não o* matei", ela repetiu, com a voz rouca de lágrimas não derramadas e do frio daquele lugar.

Morley tinha se dedicado a ser enganado e conseguia identificar um bandido com a precisão de um cão de caça. Não demorou muito para ele perceber o mérito de um homem.

Mas mulheres... Que criaturas confusas elas eram.

Ele leu a verdade em seu rosto sincero. E parecia tão improvável. Tão improvável.

Que agora duvidava de sua capacidade de interpretar qualquer coisa.

Morley colocou o balde entre eles e permaneceu em silêncio enquanto tirava o casaco e arregaçava as mangas. Colocou um banquinho à sua frente e se agachou nele. Em seguida, pegou o pano molhado da água quente e o esfregou com o sabão de cheiro forte antes de estender a mão, com a palma para cima.

Ela o encarou por um longo momento, a trança que servira de coroa para seu véu murchando desanimadamente para o lado. "Você me ouviu?" ela perguntou. "Eu disse—"

"Eu ouvi você." Ele manteve a mão estendida até que ela lentamente afastou os braços da proteção da cintura em direção a ele. O sangue em suas mãos não estava mais fresco e parte dele havia se soltado da carne branca e macia de seus dedos. Em outras partes, havia secado adquirindo cores mais escuras e menos avermelhadas.

Ele colocou o pano quente e úmido sobre os dois e deixou que ele absorvesse as evidências.

"Há motivos para matar, Srta. Goode." Sua voz ecoou suavemente nas pedras ao redor, e ele se esforçou para manter a entonação suave.

Ela piscou para ele e seu coração murchou... ou cresceu... ele não conseguia identificar exatamente. Ele havia esquecido que tinha um coração por tanto tempo que esses tremores dentro de seu peito poderiam significar qualquer coisa.

"Talvez Sutherland tenha machucado ou molestado você?" ele

provocou. "Ameaçou você ou... ou a criança?" Ele engoliu em seco. A criança. *Seu* filho.

Ele teria matado o homem ele mesmo, se fosse o caso.

Ela balançou a cabeça violentamente. "Ele era um canalha, um mentiroso e um patife, mas George nunca foi fisicamente cruel. Apesar da minha raiva, eu não o desejava morto."

"Você estava com ciúmes." Ele pegou o pano sujo e o mergulhou de volta no balde, antes de cuidar apenas de uma das mãos, limpando-a entre os dedos pequenos e elegantes e ao redor das unhas. Parecia íntimo, de alguma forma, o que ele fazia por ela. Mas ele não tinha essa intenção. Ele só queria ser gentil. "Você estava com ciúmes o suficiente para... para vir até mim naquela noite. Talvez esse ciúme tenha se transformado em histeria depois de tanto tempo, uma raiva alimentada pelos rigores da gravidez."

Ela tentou soltar a mão dele, mas ele a segurou firme.

"Você está falando sério ao sugerir que eu estava histérica o suficiente no dia do meu casamento para esfaquear George com uma relíquia, em uma igreja onde eu certamente seria descoberta?"

Ele a puxou para mais perto, capturando seu olhar. "Estou tentando te defender."

"Eu não preciso de *defesa*", ela disse entre dentes. "Eu preciso de alguém que acredite em mim. E sabe do que mais preciso? De um *marido*. Eu precisava da proteção de George para o filho que você e eu fizemos juntos. Porque você me deixou naquela noite. Você me deixou sem nem mesmo me dizer seu *nome*."

A acusação dela o abriu como uma lâmina. O deixou em carne viva e ferido.

Porque ela estava certa. Se tivesse conseguido contatá-lo, talvez não tivesse que continuar noiva de Sutherland.

"Isso está entre os muitos erros que cometi naquela noite", ele concordou com um suspiro pesado enquanto soltava uma das mãos dela e pegava a outra. Por um momento, os únicos sons na cela eram as gotas de água caindo no balde e suas respirações irregulares.

"Eu sei quem você é." As palavras sussurradas dela o atingiram, bombardeando-o por todos os lados.

Ele a encarou bruscamente.

Os olhos dela permaneceram fixos onde a pele da mão emergia sob o sangue.

"Eu descobri isso enquanto lia o jornal algumas semanas atrás. Você não era nenhum Cafajeste de St. James. Você me disse que era uma sombra. Na verdade, acredito que você seja o Cavaleiro das Sombras."

"Você é inteligente", foi tudo o que ele respondeu.

"Eu tenho tentado entender esse tempo todo por que o tão aclamado salvador da cidade, esse justiceiro moral com a reputação de proteger a inocência, me livraria da minha."

Ela ainda não olhava para ele. E ele não a culpava.

Suas narinas estreitas dilatavam-se com a respiração, e a mão na dele tremia.

Ela estava com medo.

"Eu só aceitei o que você ofereceu livremente." Era a verdade. Não uma defesa. Ele era um canalha por ter feito isso. Um réprobo moral, um canalha e o pior tipo de bastardo. Mas ele não roubou a virgindade dela. Ele não a levou. Ele reivindicou o prêmio que ela lhe entregou embrulhado em um lindo pacote enfeitado com fitas. Ele também havia dado. Ele lhe deu prazer. Deu-lhe gentileza e deferência.

Deu-lhe um filho.

Merda.

"Sob falsos pretextos." Ela finalmente o lançou um olhar ferido e acusatório. "Você me deixou pensar que o prazer era sua vocação. Tudo em você naquela noite era mentira, até sua voz, seu sotaque. *Deus.* Eu me desonrei com um homem conhecido do meu pai. Você sabia quem eu era?"

"*Não*", ele afirmou com firmeza, mergulhando o pano de volta no balde e passando-o entre os dedos dela. "Você sabe que nunca nos conhecemos e me perdoe se eu não acompanho os casamentos da *alta sociedade*, mesmo ligado ao meu superior."

"Então... por quê?"

A pergunta dela imobilizou a mão dele, e desta vez foi ele quem não conseguiu encará-la.

"Por que você fez amor comigo?" ela insistiu.

Ele vinha se fazendo a mesma pergunta há semanas.

"Eu não fiz amor com você, eu te fodi. Fiz isso porque você me pediu." Ele fizera isso porque ela possuía algo que poucas mulheres possuíam. Um encanto indefinível que o fazia esquecer qualquer coisa que se assemelhasse a razão ou pensamentos relevantes.

Ele fizera isso porque estivera faminto e desesperado por tantas coisas na vida, mas nenhuma privação o atingira com tanta força até que ela se ofereceu como um banquete.

Ela se encolheu como se ele a tivesse esbofeteado, e ele imediatamente se arrependeu das palavras duras. Mas ele não se arrependeria. Não permitiria que ela pensasse que tinha algum tipo de domínio sexual sobre ele agora. Ou qualquer poder, de fato.

Porque o precedente precisava ser estabelecido para que isso funcionasse.

Morley permaneceu em silêncio. Aguardando seu próximo movimento. Ele esperava que ela fizesse exigências. Que usasse aquela noite como chantagem e ameaçasse contar ao pai.

"Eu queria desesperadamente te encontrar", ela murmurou, como se não acreditasse. "E aqui estava você esse tempo todo, um charlatão se passando por um cavalheiro."

Ela não sabia da missa a metade.

"Um cavalheiro não *passa* de uma farsa", ele disse, rigidamente, retornando à sua vocação de esfregar as mãos dela.

"*Pardon?*"

"As milhões de regras que um cavalheiro segue, ou damas, aliás, não passam de fingimento, não é? Uma construção para esconder quem realmente somos. O que pensamos. O que queremos. Não passamos de bestas artificiais."

"Não..." Seu narizinho se torceu como se ele a tivesse bloqueado. "Nossas regras de civilidade nos separam das bestas."

"Bobagem. As regras nos dão uma bela gaiola para os nossos monstros se esconderem. E deixam pessoas como vocês se colocarem acima do resto da humanidade. É uma maneira de identificar quem acha que nasceu melhor do que os outros por acaso do nascimento e treinamento rigoroso." Ele fez um som irônico e amargo. "Bem, qualquer homem pode se treinar. Basta olhar para mim."

"O que você quer dizer?" Ela finalmente soltou a mão dele, o sabonete deixando sua pele limpa escorregadia.

Ele queria mostrar a ela exatamente quem ele era. Exatamente no que ela estava prestes a se meter. "Eu venho do nada. Mais baixo que o nada. Esse sotaque que você diz ser uma farsa é o sotaque com o qual eu nasci. Eu costumava falar como qualquer outro rato de rua por aí, e gente de alta linhagem me chutava na sarjeta." Ele gesticulou para o muro, além do qual uma cidade movimentada fervilhava de crianças indesejadas. "Mas eu me treinei para agir como eles. Para parecer, falar e me vestir como eles. E agora... eu policio todos eles. A cidade inteira. E uma deles será minha esposa."

Ela levou as mãos aos olhos. "Diga-me que você não está noivo."

Ele jogou o pano no balde e se levantou. "Não seja obtusa, eu obviamente estava falando de você."

"O quê? De jeito nenhum!"

Uma raiva cresceu dentro dele, uma raiva tão antiga quanto ele se sentia. A raiva de toda criança indesejada. De todo amor não correspondido. De todo inútil rejeitado e de baixa condição social que o fazia se sentir inferior. "Não vejo que você tenha escolha", ele disse em um tom lento e calmo. "Se você estiver grávida do meu filho, eu vou criar essa criança, e ponto final. De qualquer forma, é a melhor maneira de tirá-la desse aperto."

Ela se sentou na cama de armar com as mãos no colo cerradas e com os nós dos dedos brancos. "Meu pai... ele nunca vai aprovar."

"Ah, ele vai aprovar agora." Morley se certificaria disso.

"Mas..." Ela ergueu as algemas em volta dos pulsos.

"Chegaremos lá", disse Morley sombriamente enquanto levantava o balde de água suja e se afastava dela.

Uma catástrofe de cada vez.

CAPÍTULO 8

As algemas tinham muitas formas, decidiu Prudence. Ela podia escolher entre duas, e não importava quais algemas escolhesse, elas seriam para sempre.

Cada uma delas deixara marcas em seu corpo.

Sentada em sua sala de estar — não, na sala de estar de Morley —, seus dedos traçavam distraidamente os círculos de irritação que estavam desaparecendo em seus pulsos, onde ela havia sido algemada mais cedo e levada para uma audiência privada diante de um juiz que havia revogado sua prisão. Ele só fizera isso depois que o Inspetor-Chefe prometeu uma quantia exorbitante em dinheiro como fiança, antes de levá-la ao cartório para trocar suas algemas por um anel.

Apesar de tudo, parecia que era Morley quem parecia estar destinado à forca. Ele pronunciara os votos formalmente e assinara a papelada antes de conduzi-la ao seu terraço incrivelmente bonito em Mayfair.

Onde a família de Prudence a aguardava.

Pru encarou o anel. O símbolo da eternidade. Esse dia tinha sido uma maldita eternidade.

Todos eles trocaram conversas desconfortáveis durante um

jantar constrangedor onde, graças a Deus, suas irmãs gêmeas mais novas, Felicity e Mercy, eram animadas o suficiente aos dezenove anos para conversar incessantemente quando silêncios pesados ameaçavam se instalar.

Após três pratos suntuosos, mas abreviados, as damas foram convidadas a se retirar para a sala de estar para que os homens pudessem conversar.

Eles estavam conversando há tempo demais.

Prudence olhou furiosa para a porta. Seu pai e seu marido estavam discutindo, ou melhor, decidindo seu futuro em algum lugar lá fora. Ela não deveria pelo menos estar lá? Ela não deveria ter voz ativa nessa decisão?

Um nó de medo se formou em sua garganta e, por mais que tentasse, não conseguia engolir.

Ela não devia estar surpresa. Quando ela já havia exercido poder sobre sua própria vida?

Especialmente quando se tratava de casamento.

Não era como se Sutherland tivesse sido seu primeiro pedido de casamento. Ela recebeu propostas de barões, líderes estrangeiros e dignitários, de um visconde e até mesmo um magnata americano de quem ela tinha gostado.

Mas seu pai rejeitou todas elas, esperando por uma oferta que parecia nunca chegar, até que, de alguma forma, ela se viu definitivamente na prateleira.

Foi a própria Honoria quem, há muito tempo, sugerira um acordo com George. O marido de Honoria, William, era apaixonado e devotado a ela. Woodhaven e Sutherland eram grandes amigos, e ele queria muito que seu melhor amigo se casasse com a irmã de sua esposa, mesmo que tivesse que pressioná-lo a aceitar o acordo.

George praticamente admitiu. "Nunca pensei em ter uma esposa. Sinto muito que você fique presa a mim, minha querida, pois tenho certeza absoluta de que serei um péssimo marido." Ele deu um tapinha no queixo dela, e todos riram como se a vida fosse uma brincadeira.

Mas, na verdade, estavam rindo dela. Pobre Prudence. Ela ficaria presa em casa enquanto o marido gastava sua fortuna com outras mulheres. Ele jogaria tudo fora e ela não teria nada a dizer sobre isso.

Mas pelo menos seu filho teria um nome.

A ironia de tudo isso era que ser esposa e mãe era tudo o que Pru sempre desejara. Ela não tinha grande necessidade de ser uma nobre matrona influente e bem-sucedida, nem uma mulher solteira moderna com sensibilidades progressistas. Ela deixava isso para mulheres com mentes melhores e mais ousadas do que a sua.

Suas horas eram passadas com alegria, desfrutando de prazeres simples. Cavalgando belos cavalos em dias bonitos e lendo ótimos livros em dias monótonos. Fazendo compras com as irmãs. Visitando amigas. Assistindo a palestras interessantes, produções teatrais divertidas e musicais de tirar o fôlego.

Ela não sonhava com uma vida importante, apenas com uma vida feliz. Uma com um homem bonito que a amasse e filhos saudáveis para lhes dessem orgulho e enchessem suas vidas de alegria.

E agora, ao que parecia, um único erro em um jardim encantado precipitou uma vida inteira de infelicidade, escândalo e, pelo menos por enquanto, prisão imediata na casa do marido até que tudo fosse decidido por homens mais sábios.

Era o suficiente para destruí-la.

"Você me ouviu, Prudence?" A pergunta estridente da Baronesa Charlotte Goode a fez parar de tentar olhar através de uma porta sólida.

Pru levou os dedos às têmporas doloridas, subitamente tomadas pelo cansaço. "Desculpe, mãe, o que a senhora estava dizendo?"

Apertando os lábios, Lady Goode apertou um xale deslumbrante em volta dos ombros diminutos e estremeceu. "Eu estava olhando para a lareira escura, querida. É preocupante saber se seu novo marido tem condições financeiras para aquecer a casa."

Considerando a quantia que Morley pagou pela sua liberdade sem pestanejar, Pru duvidava muito que o homem tivesse dificuldade em manter a casa. No entanto, parecia haver uma falta alarmante de criados para uma casa tão grande e imponente.

"Ainda está quente, mãe", ela disse com um suspiro divertido, fazendo o possível para não revirar os olhos.

"Ele provavelmente não queria que a gente passasse calor, mãe", defendeu Felicity, sentada em um sofá delicado com vista para a encantadora rua de paralelepípedos. Mesmo sob a luz fraca das luzes a gás do fim da noite, seu penteado brilhava como ouro.

Mercy, que nunca ficava parada por muito tempo, entregou um copo à mãe. "Beba este xerez, vai te aquecer."

A baronesa pegou a bebida, seus olhos escuros e astutos perscrutaram tudo, desde os castiçais dourados até os móveis em tons suaves de sálvia e creme da sala de estar escassamente decorada. "Você terá que contratar meu decorador, é claro. Não se pode esperar que você viva em condições tão adversas. A casa está quase vazia e velha o suficiente para estar em ruínas. Olhe para os vidros das janelas, eles estão literalmente derretendo. E só três pratos para o seu jantar de casamento? É como se —"

"É como se eu tivesse sido libertada da prisão por assassinato apenas nessa manhã para ser salva por um homem que me daria a proteção de sua posição", disse Prudence com firmeza, sua voz elevando-se em oitavas e decibéis a cada palavra. "É como se ele tivesse poucas horas para planejar todo o evento e inúmeras coisas a considerar, sendo a menor de elas o desenrolar de uma celebração ridícula."

Sua mãe soltou um suspiro indignado. "Achei que todos tínhamos concordado em não mencionar..."

"Ah, não vamos irritá-la, mamãe." Mercy foi imediatamente

para o lado de Pru e afundou ao lado dela. Ela juntou as duas mãos e as beijou. "Pobre Pru, foram dois dias perturbadores."

Prudence tentou esboçar um sorriso fraco para a irmã mais nova, mas não estava à altura da tarefa. Seus nervos pareciam estar à flor da pele e imploravam por alívio.

Perturbador... a palavra não poderia descrever as últimas 48 horas.

"Eu gosto bastante de Sir Morley", comentou Felicity, ousando tomar uma taça de xerez. "Ele é tão... bem, ele é tão..." Seus olhos arregalados se estreitaram enquanto ela procurava a palavra certa, batendo no queixo com um dedo enluvado cor de vinho. "Bem, tantos homens são elegantes, bonitos ou extremamente másculos, mas o Inspetor-Chefe, de alguma forma, consegue ser as três coisas."

Pru piscou para a irmã. E deixou que a sempre romântica Felicity descrevesse seu marido perfeitamente.

Foi isso que a atraiu para ele naquela noite. Ele era um selvagem em um terno sob medida. Uma fera sobrecarregada pela elegância da indumentária. A dicotomia nunca deixou de fasciná-la.

Mercy deu um tapinha na mão dela. "E sua nova casa é adorável, Pru. Tudo é tão bom e bem preservado."

"De fato, nossos quartos na cidade parecem armários em comparação", acrescentou Felicity, encorajadoramente.

Mercy assentiu. "As pessoas estão pagando altas quantias no mercado por essas casas antigas, espaçosas e grandiosas. Aposto que esse lustre é importado e tem pelo menos cem anos."

"Quantas vezes preciso te dizer para *não* falar de dinheiro em público, Mercy?", lamentou a mãe. "E nossos quartos na cidade podem não ser tão grandes, mas têm um endereço elegante."

"Aqui é Mayfair, mamãe, todo endereço aqui é elegante", disse Felicity com um suspiro irônico.

As gêmeas fizeram uma careta para Pru, que retribuiu o abraço carinhoso de Mercy.

Ela sempre admirara a sagacidade empreendedora e a mente ativa da jovem Mercy. Era como se seus pensamentos fossem numerosos e confusos como os trens que passavam pela estação de Trafalgar, ramificando-se em tantas direções quanto eles.

Enquanto as ideias de Felicity eram um pouco menos pesadas e mais idealistas, seu meio de transporte era um balão de ar quente à deriva, levado pelos caprichos de um vento forte.

De qualquer forma, ambas eram garotas encantadoras vestidas com sedas brilhantes como pedras preciosas e eternamente as belas contrapartes da aparência sombria e dos atos ainda mais sombrios de Prudence e Honoria.

Antes que ela pudesse responder, passos ecoaram pelo corredor antes que a porta da sala se abrisse de repente, contendo a nuvem de tempestade que era seu pai. Os olhos azul-escuros que todas herdaram dele brilharam com desagrado em suas feições manchadas.

"Estamos indo", declarou ele brevemente.

Todas se levantaram.

"Está tudo bem?" perguntou sua mãe, ansiosa.

O Barão lançou um olhar mordaz para Prudence enquanto anunciava entre dentes: "Está tudo resolvido."

Morley estava parado na porta, com um ar resoluto e enigmático. Observava o quadro com um vago desinteresse. Afastado de tudo.

Distante.

Será que ela algum dia conseguiria alcançá-lo?

Felicity e Mercy abraçaram, beijaram e parabenizaram Pru cada uma com olhares idênticos de pena e preocupação.

"Deixamos um baú com suas coisas do seu enxoval de casamento", disse Felicity. "Venha buscar o resto quando puder."

Sua mãe fez uma reverência a Morley e seu pai apertou sua mão, cada um mantendo a mais leve fachada de civilidade.

As maneiras do marido permaneceram impecáveis e sua

expressão, impenetrável. Sua coluna ereta e alta, enquanto olhava cada um deles diretamente nos olhos.

Eles partiram sem quase dizer uma palavra para Prudence.

Ela engoliu em seco quando um nó de mágoa se alojou acima do medo sempre presente que lhe doía na garganta.

Será que algum dia seria confortável respirar novamente?

Morley estava entre ela e a porta, suas costas largas se expandindo com respirações profundas, como se estivesse se preparando para algo desagradável.

Como se virar para inspecionar sua esposa indesejada.

O cabelo curto na nuca mal escondia um rubor no pescoço e um fio de suor que escorria pela gola do terno. Era a única indicação de que ele sequer sentia uma ou duas emoções.

Quando não aguentou mais, Pru perguntou: "O que aconteceu entre você e meu pai? Como diabos você o fez concordar...?"

Ele finalmente se virou, e ela teve que se esforçar para não dar um passo para trás, tão abrupto foi o movimento. Militar em sua precisão.

"Você não precisa se preocupar com isso."

"Este é o meu futuro, claro que preciso me preocupar."

Em vez de olhar para ela, seu olhar permaneceu fixo em um ponto distante no corredor. "Está resolvido para a satisfação de nós dois... ou de nenhum dos dois. Agora, siga-me", ele disse enquanto passava por ela.

E a satisfação dela? ela queria perguntar. *Isso não importava mais?*

A antiga Pru teria dito alguma coisa. Mas o medo espreitava na Prudence que passara a noite em uma cela de prisão. Uma que temia que, se desagradasse esse novo marido dela, ele a colocaria de volta nas algemas.

Ela o seguiu enquanto ele a conduzia por um longo corredor com impressionantes painéis de pergaminhos antigos, mas sem retratos ou obras de arte.

"Estou feliz que vocês dois concordaram, só estou perplexa", ela divagou. "Meu pai é um homem teimoso... não se convence facilmente de nada. E o simples fato de ele ter aguentado o jantar sem causar uma cena é nada menos que um milagre."

"Aguentado?" O desprezo de Morley ecoou pelo corredor vazio. "Tenho certeza de que lhe causa um sofrimento enorme, saber que seu genro mais recente é socialmente inferior a ele. Sentar-se à minha humilde mesa deve ter sido um tormento para todos vocês. Eu os parabenizo por conterem a decepção."

"Não! De jeito nenhum", ela se apressou, antes de ceder à mentira. Seu pai, e especialmente sua mãe, estavam mais devastados pela perda do condado de Sutherland do que pelo próprio homem. E tê-lo substituído por um homem da classe trabalhadora, mesmo que fosse um cavaleiro, era uma compensação insuficiente. "O que quero dizer é que estamos tentando algo altamente irregular. Será preciso um milagre para a sociedade não descobrir que me casei dois dias depois que meu casamento com o pobre George foi interrompido pelo assassinato dele e que dei à luz menos de seis meses depois de —"

Ele fez uma pausa, e ela quase o esbarrou nas costas.

"Eu consideraria uma gentileza se mencionássemos o antigo Conde de Sutherland o mínimo possível nessa casa." Seu queixo tocou o ombro, mas ele não olhou diretamente para ela. Um calafrio se somara ao seu tom infinitamente civilizado. "Se é que *alguma vez o mencionamos.*"

"Certamente isso é impossível enquanto eu ainda estiver sob suspeita." Ela se aproximou dele. Perto o suficiente para colocar a mão em suas costas, se quisesse. "Foi assim que você convenceu meu pai a concordar? Oferecendo-se para me proteger de —"

"Seu pai está sendo investigado pela Yard por contrabandear substâncias ilícitas para o país por meio de suas diversas companhias de navegação. Ele sabe da sua gravidez e admite que o casamento comigo seja o que pode muito bem salvar sua vida e a reputação dele. Se quer saber a verdade, recorri a pouco mais do que chantagem para obter a palavra e o silêncio dele." Ele fez uma pausa. "Não vamos fingir que tenho a bênção dele." Ele dobrou a esquina no final do corredor e começou a subir a escada que levava ao segundo andar.

Pru ficou ali parada por um momento atordoada. "Contrabando?" Ela se levantou e correu atrás dele, levantando as saias para subir atrás dele. "É você quem está conduzindo a investigação contra ele?"

"Não posso discutir isso."

"Nem mesmo comigo?"

No topo da escada, ele finalmente olhou para trás e lançou um olhar divertido sobre seu nariz afilado. Seus olhos eram como dois lingotes de prata brilhando nas sombras que cobriam o resto de suas feições.

"*Especialmente* com você."

Ele desapareceu da escada e Pru subiu os degraus para persegui-lo pelo corredor.

"A sala verde lá embaixo é para seu uso particular." Ele falava e andava em passos curtos. "Mas deixarei a administração da casa para você. Decore e organize como quiser. Tenho uma cozinheira, uma criada para todos os serviços e um criado, mas tenho certeza de que você precisará de mais funcionários. Contrate-os quando quiser."

Uma pessoa naturalmente curiosa, Prudence ansiava por abrir cada uma das portas por onde passavam, mas não ousava. "Certamente você ainda não tem meu dote", ela observou.

Ele parou, tendo chegado ao fim do corredor. "Certamente você não acha que eu preciso dele", lançou um olhar perturbado por cima do ombro. "Tenho o suficiente para sustentar uma esposa. Mesmo uma de alta linhagem. Acho que isso é evidenciado pelo meu patrimônio."

Ela o ofendera. Ela não pretendia, mas, apesar da casa belíssima dele em uma parte cara da cidade e da quantia que ele havia dado como fiança, não tinha a mínima ideia de como estavam as finanças dele. "Eu não quis insinuar..."

"Não precisa se preocupar. Seu dote é seu para fazer o que quiser. Eu não preciso dele e não vou mexer nele." Ele disse isso como se o dinheiro dela estivesse contaminado, antes de abrir uma porta em arco. "Seu quarto."

Pru teve que passar por ele para entrar, e hesitou em apreciar o aroma de cedro e sabão que emanava de seu corpo quente e viril. Ela piscou por um instante enquanto se lembrava daquele aroma. Lembrou-se de enterrar o rosto em seu pescoço e respirar, enchendo os pulmões com o cheiro dele.

Mesmo agora, isso provocava seu corpo exausto a um estado de consciência incomum.

Quando abriu os olhos, maravilhou-se.

Este não era um simples quarto, mas uma verdadeira suíte. Ela tinha um guarda-roupa em casa menor que a lareira dourada, e tudo o mais estava em escala.

Como o resto da casa, o quarto não tinha móveis estranhos. No entanto, a cama era metade do tamanho de qualquer coisa em que ela já dormira e dava para janelas que se estendiam do teto ao chão.

Ao contrário dos antigos painéis de chumbo do andar de baixo, esses tinham sido instalados deslumbrantes recentemente, e toda a vasta cidade se estendia além deles, em um quadro de luz e torres.

"Seus baús estão aos pés da cama", ele a informou. "Até que uma dama de companhia seja contratada para você, Lucy, a criada, cuidará de suas necessidades. Infelizmente, ela está fora até amanhã à tarde, com o tio doente. Então, talvez você precise chamar —"

"Está tudo bem. Eu me viro." Ela se virou, juntando as mãos à frente do corpo, fazendo o possível para não olhar para a cama.

Ele parecia estar evitando a cama também.

Senhor, como essa interação foi diferente da última noite que eles passaram juntos. Será que algum dia eles encontrariam novamente esse tipo de calor? Será que ele a olharia com aquele desejo avassalador, que ameaçava transformá-la em um monte de cinzas e desejo?

Ela o observou caminhar pelo quarto, inspecionando a vista como se nunca a tivesse visto antes. Evitando-a como se ela carregasse a peste em vez de seu filho.

Talvez ele precisasse da máscara.

"Se você puxar esses cordões, as cortinas pesadas cairão e bloquearão a luz do sol se você costuma dormir até tarde." Ele demonstrou puxando um cordão com borlas, liberando um dos painéis de veludo cobalto. "Este ao lado prende a cortina de volta no lugar sem precisar amarrar."

"Que inteligente", ela murmurou.

"Eu pensei que sim." As mãos dele se entrelaçaram atrás das costas em uma pose regimental e eles ficaram assim, se encarando por mais tempo do que era confortável.

Naquele momento, ela percebeu o quanto conhecia pouco aquele homem. O quanto o compreendia pouco.

Ele se portava como um soldado, mas usava trajes elegantes com gravata branca. Naquele mesmo dia, ele tinha sido um chantagista *e um* noivo. Ele era um Inspetor-Chefe. Um vigilante. Um cavaleiro. Seu amante. Um marido.

Seu marido. Alguém que tinha certos direitos. Alguém com quem ela tinha certos deveres conjugais.

Apesar de si mesma. Apesar de tudo, uma pequena onda de excitação percorreu seu ventre.

"Bem." Morley pigarreou e contornou quase todo o quarto para evitá-la em uma corrida controlada para a porta. "Boa noite para você."

"Boa noite?" Ela repetiu as palavras dele como um papagaio como uma pergunta. Não era a noite de núpcias deles? "Para onde você vai? Isto é... você... vai voltar?"

Ele parou no batente da porta, seus ombros largos arfando com uma longa respiração antes de lentamente se virar para encará-la com uma cautela estranha e vigilante. "Só uma criatura vil esperaria que você se submetesse ao leito conjugal depois de alguns dias tão traumatizantes." A expressão dele tornou-se hesitante. "Você não me conhece muito bem, mas garanto que não sou um homem propenso ao tipo de comportamento que demonstrei na noite em que nos conhecemos."

A percepção de que ele estava sendo atencioso aqueceu Pru um pouco. "Parece que aquela noite foi atípica para nós dois."

Os olhos dele se desviaram. "Sim. Uma lição duramente aprendida sobre nossa loucura mútua."

Algo naquela declaração a tentou a argumentar, mas ela não conseguia encontrar palavras. "Agradeço sua consideração, e você está certo. Eu não o conheço..." Pru brincou com sua aliança enquanto dava um passo hesitante à frente, agarrando-se a uma ideia. "Talvez você pudesse ficar um pouco. Poderíamos conversar. Poderíamos... nos conhecer. Não gosto da ideia de ficar sozinh—"

Ele recuou um passo em direção a ela, balançando a cabeça decisivamente. "Tenho trabalho a fazer."

Pru franziu a testa. "Trabalho? Você quer dizer... como o Cavaleiro das Sombras?"

"Entre outras coisas." Suas feições se fecharam e tudo nele se tornou tão duro quanto granito, incluindo sua voz. "Você sabe que se disser uma palavra sobre o chamado Cavaleiro das Sombras, o castelo de cartas que consegui construir ao seu redor ruirá completamente. Qualquer ideia de me arruinar só levará à sua própria condenação."

Talvez fosse por isso que ele tinha sido tão frio. Tão distante. Ele pensou que ela poderia revelar seus segredos ao mundo, arruinando assim sua vida. Ele não tinha motivos para saber o contrário, não era como se eles tivessem um relacionamento baseado na confiança.

"Eu nunca faria isso", jurou Pru. "Você tem a minha palavra."

Ela tentou não se deixar ferir pelo fato de sua palavra não parecer acalmá-lo nem um pouco. "Muito bem." Ele lhe deu um aceno firme que poderia ter sido uma reverência, e ele deu um passo para trás.

"Espere!" ela chamou, evocando os colchetes de uma carranca cada vez mais profunda.

"O que mais, Srta. Goode? Eu não menti quando disse que tinha deveres a cumprir."

A irritação na voz dele fez seus seios da face arderem com a ameaça de uma emoção avassaladora. Ela se virou, grasnando por ter um motivo. Ele a chamara de Srta. Goode, como se tivesse esquecido que ela adotara seu nome.

"Meus botões", ela grasnou com a voz rouca. "Estão na parte atrás do meu vestido e se eu não tiver uma dama de companhia... não consigo alcançá-los."

Ela esperou em silêncio, prendendo a respiração, até que, finalmente, o rangido do assoalho anunciou sua aproximação.

Prudence apertou os punhos na saia e se forçou a ficar parada quando os dedos dele encontraram o botão superior de seu vestido xadrez de gola alta e o soltaram. Arrepios a percorreram e um pequeno tremor percorreu sua espinha quando ele não conseguiu evitar acariciar os cabelos presos na nuca.

Ela fechou os olhos novamente, inundada por um desejo avassalador. Deus, ela queria que ele a abraçasse.

Não, não exatamente. Não ele. Não aquela criatura cautelosa de reticência rígida e silêncio cauteloso. Mas ele. O Cavaleiro das Sombras. Ela nunca se sentira tão segura e maravilhosa quanto em seus braços. Agarrada a ele. Apertada em volta dele.

Ele se foi para sempre?

Será que ele realmente existira?

Ela prestou atenção à respiração dele e percebeu que ele estava prendendo o ar.

Os botões cederam sob seus movimentos hábeis e ela não conseguiu dizer nada até que ele chegou abaixo da omoplata dela. Então, tudo o que ela estava pensando saiu de sua boca como um espirro.

"É que tenho tantas perguntas e tantos medos que sinto que vou morrer se não souber *de algo*. Não entende como é isso? Minha vida em Londres acabou? Minha reputação está arruinada? Todo mundo me acha capaz de matar? E quanto ao funeral de George? Esperam que eu compareça, não é? A menos que todos pensem que eu o matei, então... Meu Deus. E você? Todo mundo vai pensar—"

"As pessoas vão pensar o que eu mandar", ele disse com uma voz apenas um pouco menos calma e comedida do que suas mãos sobre os botões dela. "Só alguns poucos de confiança sabem da sua prisão ontem à noite e ainda menos sobre a sua libertação. O reverendo foi silenciado. Honoria e William foram mandados embora. Seu noivo tinha pouca família, e seu condado foi passado para um primo escocês distante e que está feliz em não fazer muitas perguntas. Quanto a mim, estou investigando o assunto a fundo, embora Argent esteja oficialmente cuidando do inquérito de assassinato para fins de registro, e um homem reservado que você nunca conheceu."

Ela teria que acreditar na palavra dele. "E a imprensa? Um conde morrendo no próprio casamento é uma história enorme. Todas as pessoas presentes... alguém vai descobrir onde estou e o que fizemos."

O suspiro dele foi como um arrepio no pescoço dela. "Por enquanto, eles estão perseguindo Honoria e William pelo continente, achando que você fugiu para a Itália para lamentar e escapar do horror disso."

Ela mordeu o lábio inferior. "Mesmo assim... certamente haverá um escândalo. A verdade acabará vindo à tona."

"O que mais a incomoda?" ele perguntou em tom de desaprovação, tendo desabotoado o suficiente para fazer o corpete do vestido dela ceder. "Escândalo? Ou a verdade?"

"Temo as consequências do que fizemos", ela disse segurando o corpete contra o peito antes de se virar para olhá-lo. "Não quero criar um filho sob tal sombra."

A sobrancelha que ele franziu era alguns tons mais escura que seu cabelo loiro, e Pru percebeu seu erro. Ele era uma sombra. O Cavaleiro das Sombras, na verdade.

"Como um homem que enfrentou muitos escândalos, não me importo com o que se diz por trás de leques de seda." Ele dispensou as preocupações dela com um gesto. "Você tem um quarto em vez de uma cela. E ninguém, até agora, está pedindo seu sangue. Até o inquérito terminar, é melhor você ficar longe dos olhos do público para que eu possa protegê-la o máximo que puder. Essas são as únicas respostas que posso lhe dar por enquanto."

Desolada, trêmula e completamente exausta, Prudence reuniu as últimas forças que lhe restavam para endireitar os ombros e perguntar: "Prometa-me que você vai procurar com todas as suas forças. Prometa-me que você vai procurar o assassino em outros lugares, e não apenas dentro da sua própria casa."

"Prometo que procurarei onde a investigação levar."

Uma decepção desolada a pressionou com um peso tangível, curvando seus ombros para frente como se pudesse impedir que as palavras dele perfurassem seu coração. "Você acredita em mim... marido? Você acredita que eu sou inocente?"

Seu olhar tornou-se intenso, inquisitivo e, em seguida, frustrantemente opaco. "Acredito que você estava certa quando disse que a verdade viria à tona."

Pru lutou com sucesso para não se encolher até que ele virasse as costas.

"Boa noite, Srta —", ele fez uma pausa, recuperando-se pela segunda vez. "Boa noite."

Quando a porta se fechou atrás dele, Prudence mancou até a cama como se uma manada de cavalos tivesse pisado em seus pés, sentindo dores repentinas em todos os lugares.

Ela desabou sobre a colcha e liberou as lágrimas que estivera entorpecida demais para chorar desde que aquele pesadelo começara. Elas a inundaram como a maré, ameaçando puxá-la para baixo de sua corrente de desespero.

Ela deveria ter chorado por um homem morto. Pela perda do respeito de seus pais e de sua liberdade. Pelo horror de sua ruína completa e pelo medo de nunca mais poder erguer a cabeça na sociedade.

Mas ela chorou, porque seu marido não conseguia dizer seu nome.

CAPÍTULO 9

$\mathcal{M}$orley não achava que sua esposa fosse perigosa apenas porque a desejava. Ela era perigosa porque ele queria acreditar nela.

Ele emergiu dos túneis subterrâneos em Whitechapel, em busca de encrenca. Ansiando por ela. Seus músculos ondulavam sob a pele. Pronto. Oh, tão pronto. Ele se sentia quente e frio ao mesmo tempo. Precisava bater em algo. Para ferir. Para socar.

Que palavra infeliz, essa.

Mas também... relevante.

Ele queria dar-lhe tudo o que se negara nos últimos três meses. Empurrar, empurrar e empurrar até se perder na felicidade que sabia que encontraria no corpo dela.

Que mal isso poderia fazer agora?

Ela quase parecia querer. Não é mesmo? Não. *Não*. Certamente, ele imaginara a expectativa em seus olhos.

O convite.

Deixá-la daquele jeito, com o vestido meio pendurado nos ombros, foi uma das coisas mais difíceis que ele já fizera. *Deus!* Só de descobrir o pescoço dela até o topo do espartilho — a mera visão de suas omoplatas o deixou louco de luxúria.

Por uma estranha. Por uma possível assassina.

Por sua esposa.

Ele era um animal em rédeas curtas essa noite. *Sua noite de núpcias.* Ele usara toda a civilidade que pôde fingir nesse dia difícil e exaustivo e agora podia liberar sua ira sobre a escória da cidade. Essa noite, ele estava em busca de um criminoso singular. Um crime específico.

E ele sabia exatamente onde encontrá-lo.

Ele passou por muitos antros ilegais. Bordéis, casas de jogos, vendedores ambulantes de gim, ladrões e todo tipo de pecado.

Esse era seu princípio, sua gênese e poderia muito bem ser seu fim. Esse lugar pútrido onde as sombras eram cheias de perigo e os postes pálidos iluminavam apenas verdades desagradáveis. Ele deslizou entre eles como um gato, evitando ser detectado enquanto até mesmo demônios desesperados e esfarrapados e prostitutas ousadas se encolhiam diante de sua sombra.

Ele ouvia o nome sussurrado às suas costas de vez em quando.

É ele? O Cavaleiro das Sombras?

A ronda policial era fácil de evitar, ele fazia isso há décadas. Ele conhecia suas rotas e seus horários.

Droga, ele sabia a maioria dos nomes.

O que ele precisava descobrir era quais vendiam cocaína para os inocentes e fracos.

Quanto mais ele se embrenhava na escuridão sórdida de Dorset Street, mais camadas de si mesmo se desprendiam. Ele se livrava de Carlton Morley. De seus maneirismos rigorosos e sua cortesia inabalável. Ele até ansiava por se livrar da máscara e do apelido ridículo de justiceiro.

Essa noite, ele se sentia como outra pessoa. Alguém que ele pensava ter enterrado há muito tempo.

Cutter.

Enquanto espreitava pelas ruas que outrora possuíra como Cutter "Deadeye" Morley, sentiu uma peça do seu quebra-cabeça se encaixar.

Durante três malditos meses, ele ficou remoendo um problema em sua mente, tentando resolver algo que parecia muito complexo. Despedaçando-se contra ele. Tentando resolver o problema em que havia se metido.

Quem era o homem que tomara a decisão de foder uma estranha em um jardim?

Carlton Morley? Ou o Cavaleiro das Sombras?

Ele precisava vir aqui para encontrar a resposta.

Tudo fazia perfeito sentido agora. Ele tinha sido tão visceral naquela noite. Tão cru e cheio de todas as emoções que nunca se permitiu. Raiva e luxúria, necessidade e dor. Ele estava com uma fome infernal. Faminto por algo que nunca tivera.

Ele tinha sido...

Cutter.

Cutter a fodera porque queria. Porque ela era um pedaço de beleza e calor que ele nunca se permitira. O ladrão que nunca tivera pais, que aprendera moral com prostitutas e batedores de carteira. Que cometera assassinato por vingança.

E se deleitou com isso.

Ele encobriu o assassinato em seu passado, e se descobrisse que ela fora a mulher que enfiou aquela adaga na garganta do Conde de Sutherland... ficaria tentado a encobrir isso também.

Porque, apesar de tudo o que ela pudesse ter feito ou não... ele ainda a queria.

Será que ela sentia isso, de alguma forma?

Seria porque eles tinham em comum o desejo de matar? Afinal, semelhante gera semelhante, afinal, e se Prudence Goode era a mulher que ele temia que fosse, teria ela o escolhido porque sua alma sombria reconheceu a dele?

Mesmo enquanto a suspeita o atormentava com horror, seu instinto a rejeitava violentamente. Ela era uma estranha, um enigma para ele, mas seu instinto era acreditar nela.

Confiar nela!

Confiança não era uma emoção com a qual ele estivesse familiarizado.

O que ele sabia sobre ela, realmente? Que ela era ousada e dócil. Seus olhos eram gentis e sua boca, perversa. Ela tinha um temperamento forte, mas era tão sensata quanto se poderia esperar naquelas circunstâncias. Ela sucumbia à lógica tão facilmente quanto ao desejo.

Ela poderia ter matado um homem a sangue frio.

Que tipo de mãe uma mulher assim seria?

Um som triste ecoou nas paredes úmidas de um beco úmido por onde ele praticamente deslizou. A ironia de sua hipocrisia o irritava e divertia.

O pai daquela criança era o maldito Cutter Morley.

E foi por isso que ele se casou com ela e por que não a tocou. Não importa o quanto seu corpo o seduzisse. Independentemente de como as lembranças de suas coxas macias e de sua carne íntima sedosa o atormentavam. Apesar do desejo, ele teve que jogar a cautela ao vento e mergulhar as mãos em seu cabelo exuberante e passar a boca por cada centímetro delicioso dela — provando frutas de verão e carne macia...

Suas luvas de couro rangiam contra o aperto de seus punhos.

Ele. Não. Podia. Tocá-la. Não até descobrir se ela tinha sangue inocente nas mãos.

Havia motivos para matar. Ele continuava a lembrá-la disso porque, se ela fosse considerada culpada, ele queria — precisava — de um motivo para salvá-la.

Porque a vida dentro de seu ventre era inocente. Pura e imaculada pela feiura desse mundo. Dessas ruas. E ele estaria condenado se não fizesse tudo ao seu alcance mortal para mantê-la assim.

Seis meses. Ele tinha seis meses para investigar a morte de Sutherland e os carregamentos de substâncias ilícitas que circulavam pelas ruas.

Ele se sentia como um homem diante de um tríptico [1] de espelhos, vendo um reflexo distinto em cada um. Um, o metódico Inspetor-Chefe. O outro, um justiceiro vingativo. E o terceiro... um garoto com um segredo terrível e um coração partido.

Para se reconciliar. Ele precisava quebrar o terceiro espelho.

Duas sombras se destacaram da luz do lampião de um bar decadente, movendo-se em direção ao beco, roubando sua atenção. Morley as seguiu, deslizando de sombra em sombra como a própria morte.

Ele se movia quando elas se moviam. Esperava quando elas esperavam, pressionando-se contra a quina de um prédio, ouvindo a excitação deles. Sentindo isso com batidas desenfreadas do coração em seu peito enquanto o uniforme azul de um policial da Polícia Metropolitana de Londres absorvia a luz enquanto caminhava em direção a eles, brandindo um cassetete.

Era isso que ele tinha vindo ver. Uma troca de substâncias ilícitas. Era isso... onde sua trilha até a fonte começava.

Morley esperou que os homens entregassem o dinheiro ao policial. Esperou até que verificassem a pureza da substância que ele lhes devolveu. Esperou até que se condenassem.

Movendo-se lentamente, estalou os dedos e se deleitou com o que estava por vir. Três criminosos. Um de uniforme empunhando um cassetete.

Haveria dor. E ele precisava da dor. Para infligi-la. Para suportá-la. Para escapar.

Sim. Ele daria um fim a Cutter muito em breve. Mas primeiro... ele usaria todas as armas de seu arsenal. Ele descobriria a verdade se fosse necessário. Quanto mais cedo, melhor.

Porque, por mais que não confiasse em ninguém, confiava menos em si mesmo...

Para manter as mãos longe da esposa.

---

1. Tríptico: obra ou objeto que consta de três partes.

CAPÍTULO 10

*N*em que fosse a última coisa que fizesse, Pru iria se esconder atrás das duas portas trancadas de sua casa.

Ela as encarava havia uma semana. Ou melhor, elas a encaravam.

Elas tinham uma relação um tanto estranha agora, ela e as portas. Elas a cumprimentavam todos os dias no caminho para o café da manhã, acenando para ela com seus trincos de ferro e arcos simétricos. As portas eram uma obsessão cor de creme, e se ela não se escondesse atrás delas naquele dia, cederia à loucura que a espreitava na periferia de seus pensamentos. Ameaçando engoli-la e arrastá-la para a perdição.

Ela não sabia exatamente por que isso a incomodava tanto. Por que passava tanto tempo na frente delas quando havia tantos cômodos divertidos para ocupá-la. Só o primeiro andar abrigava a grande sala de estar, a sala de jantar e uma sala matinal ligada aos bens cuidados jardins dos fundos, pelos quais o modesto estábulo e a cocheira se encaixavam em um canto acolhedor de pedra. Ela encontrou uma pequena biblioteca, com a qual ficou encantada, conectada à sua espaçosa sala de estar no segundo andar, junto com dois belos quartos de hóspedes sem uso, e o escritório do marido.

O terceiro andar era onde ela dormia, e apenas quatro portas adornavam o longo corredor. Uma era seu quarto e closet, obviamente, e a outra era um banheiro.

Ela não precisava dos poderes dedutivos de um detetive da Scotland Yard para descobrir que o marido dormia atrás de uma das portas trancadas.

Em teoria, pelo menos.

A noite era quando seu corpo a lembrava de que carregava o filho dele com crises de náuseas terríveis. Então, quando ficava acordada olhando para o dossel, fazendo o possível para conter as ânsias de vômito, frequentemente ouvia o som dos sapatos dele no assoalho quando ele voltava para casa de suas ocasionais aventuras noturnas como o Cavaleiro das Sombras.

Pru ficava acordada e o ouvia se mexer atrás das portas trancadas. Às vezes, parecia que ele havia trazido seus inimigos para casa para enfrentá-los no meio da noite, e ela ansiava por saber o que ele estava fazendo.

Ele sempre tinha ido embora antes que ela acordava.

Ela nunca o via. Eles nunca se falavam. Mas ela sabia que seu marido se mantinha informado sobre ela. Que a equipe, por mais escassa que fosse, o atualizava sobre seu bem-estar.

Depois de uma noite particularmente agitada, em que vomitou até altas horas, recebeu uma bebida efervescente da cozinheira magra e parecida com um pássaro, na solitária mesa do café da manhã.

"Do mestre", dissera a mulher. "Para curar seus males."

Ela nem conseguira engolir sua torrada de costume naquela manhã, mas no momento em que o refrigerante de gengibre efervesceu por sua garganta e espalhou alívio em seu estômago, ela agradeceu às estrelas por ele.

O gesto, por menor que fosse a havia tocado.

Ele se importava.

Mais provavelmente pelo bebê do que por ela, mas mesmo assim. Ela não estava surpresa.

Remoer isso agora a levaria ainda mais fundo à loucura.

Uma bandeja havia aparecido em sua sala de estar, e sobre ela encontrava pequenas preciosidades quase todas as manhãs. Um catálogo de móveis. Um cartão informativo para uma empresa de recrutamento de pessoal. Moldes e coleções de roupas para bebês que ela poderia encomendar.

Ela não precisou mandar buscar suas coisas na casa do pai; criados simplesmente trouxeram. Ela foi à casa dos pais na bela carruagem do marido, encontrando-os visivelmente ausentes, e reuniu o que lhe pertencia.

E algumas coisas que não lhe pertenciam.

Eles desfizeram os baús que tinham toda a sua vida sem que ela precisasse sequer levantar um dedo.

O Inspetor-Chefe Sir Carlton Morley fazia praticamente tudo na casa...

Exceto dormir. Ou comer. Ou viver.

Ela poderia muito bem residir em uma cripta, considerando toda a interação que teve. Ester, Lucy e o criado Bart, eram educados, mas relutantes em quebrar a barreira entre a dona da casa e os empregados, independentemente de suas tentativas desajeitadas. Tratavam-na com desconfiança cuidadosa e, nos momentos em que não percebiam seu olhar, com franca desa-provação.

Mercy e Felicity haviam avisado que só podiam visitá-la uma vez por semana.

Não recebera notícias de Honoria. E Pru não falara com Amanda desde aquele dia no Hyde Park. Todos os seus outros conhecidos presumiram que ela havia fugido do seu desespero para a Itália.

Mas não. Estava bem aqui. Gritando com ela através do silêncio e da solidão que a esmagavam de todos os lados enquanto ela estava entre duas portas trancadas.

Maldição. Ela já estava farta.

Prudence esperou até Ester sair para o mercado e desceu as escadas para furtar o molho de chaves do gancho na despensa. Ela já havia feito isso antes, no terceiro dia, e descoberto que nenhuma das chaves mestras correspondia às fechaduras das duas portas misteriosas.

Morley provavelmente as guardava consigo.

O molho mestre, no entanto, lhe dava acesso ao escritório dele.

Por respeito ao marido, ela não perturbou a sala além de uma espiada curiosa naquele dia. E se ele, de alguma forma, descobrisse que ela havia bisbilhotado? Ela não tinha nenhum desejo de incorrer na ira dele.

Hoje, ela não se importava mais. Precisava de uma distração. Precisava *saber.*

Levou uma hora e meia vasculhando o escritório dele para encontrar o que, de alguma forma, suspeitava que estivesse lá. Ele era tão arrumado para um homem, tão organizado, tão completamente metódico. Se ele pensasse em tudo, guardaria em casa exatamente o que ela estava procurando.

Chaves reservas.

Estavam guardadas em um arquivo de documentos legais em uma gaveta marcada como "segurança".

Inteligente.

Elas queimaram a palma da sua mão enquanto ela subia as escadas correndo. Seu coração palpitava no peito como um pardal capturado enquanto ela parava em frente às duas portas.

Ela escolheu a da esquerda primeiro. Inspirando fundo, enfiou a chave na fechadura e girou, destrancando a porta.

À primeira vista, ficou decepcionada. Não sabia bem o que esperar, mas em seus momentos mais fantasiosos, poderia ter conjurado um covil digno do chamado Cavaleiro das Sombras. Uniformes, talvez. Armas. Máscaras e coisas do tipo.

Sem surpresa, não passava de um quarto imaculado. Nem

mesmo as partículas de poeira que dançavam em suas janelas abertas pareciam ousar se aventurar no espaço dele. A roupa de cama não tinha um único vinco. Os utensílios de barbear brilhavam alinhados no aparador, como se tivessem sido polidos com prata.

Mas o leve aroma de sabão de barbear pairava no ar, enquanto a água opaca na tigela ainda precisava ser renovada. Esse e outros aromas a atraíram para o interior do quarto como se tivesse sido invocada por um feitiço. Cedro e linho fresco.

E aquele tempero masculino que era distintamente *dele*.

O farfalhar de suas saias interrompeu o silêncio quase de mausoléu enquanto ela se dirigia a uma cadeira de espaldar alto onde um roupão havia sido cuidadosamente colocado, mas obviamente descartado após o uso.

Lucy ainda não o havia lavado nem trocado a jarra, o que significava que Morley, o dono da casa, havia arrumado sua própria cama e limpado seus próprios acessórios de barbear.

Que homem intrigante.

Incapaz de se conter, Prudence levantou o roupão até o rosto e o inalou. Desde a gravidez, ela parecia ter o faro de um cão farejador. Jamais esqueceria o cheiro quente e selvagem dele. Isso a provocava agora, cercada pelas coisas dele como estava.

Podia ser o único aroma apetitoso que ela havia sentido em semanas.

Tardiamente, ela olhou ao redor do quarto e notou algo errado. O papel de parede era decididamente feminino, pequenos miosótis enrolados em fitas. Não havia vista daquele lado da casa, e o espaço era decididamente menor do que seu quarto no final do corredor.

Seu som de admiração perfurou o ar quando o robe escorregou de seus dedos de volta para a cadeira.

Ele havia cedido a suíte master a ela. O quarto com a melhor vista, a cama maior e os móveis mais confortáveis.

Um gesto terrivelmente atencioso, para um homem que não

conseguia se obrigar a compartilhar uma refeição com ela, muito menos uma conversa.

Primeiro, ocorreu-lhe retribuir o gesto. Para dizer a ele que não queria, e que ficaria com o quarto menor para que ele pudesse desfrutar de suas próprias acomodações novamente.

Se ao menos ele viesse para casa.

Ela teria que descobrir como oferecer sem que ele descobrisse que ela tinha bisbilhotado.

Dando um suspiro melancólico, Pru saiu e trancou o quarto, ardendo de curiosidade sobre a porta ao lado. Ela se atrapalhou com a chave duas vezes antes de abri-la e, quando finalmente conseguiu, ficou parada na porta por vários momentos enquanto lágrimas ardiam em seus olhos.

O quarto estava uma desordem. Um caos encantador. As entranhas das caixas de embalagem estavam espalhadas sobre seus tesouros, como se o desempacotamento tivesse sido inter-rompido.

Era com isso que seu marido vinha lutando nas últimas noites.

Flutuando lá dentro, Prudence tocava cada objeto como se fosse feito do vidro mais frágil.

Um berço de vime. Um carrinho de bebê de aparência cara. Móveis delicados prontos para guardar pequenas coisas. Cober-tores e almofadas macios. Brinquedos engenhosos.

Sua respiração falhou quando ela parou em frente a uma cadeira de balanço finamente trabalhada. A peça em si só era encantadora, mas o que a deixou hipnotizada foi a boneca simples, colocada exatamente sobre a almofada de veludo.

Pru não sabia dizer por que se preocupou tanto em recuperá-la. A boneca não era frágil nem cara. O corpo era pouco mais que um tecido macio, recheado com enchimento e coberto por um vestido de renda branca com ilhós. A cabeça redonda cabia na palma da mão dela, o rosto pintado de forma um tanto desequilibrada e o cabelo era composto por fios macios de lã dourada, amarrados com fitas azuis.

Não, a boneca não era nada extraordinária.

Mas pensar no homem com quem se casara. O cavaleiro intenso e volúvel escolhendo aquilo para esse quarto... isso sim era... aquilo era... uma imagem maravilhosa.

Alisando os dedos pelos fios, ela se perguntou: e se o filho deles tivesse seus cachos dourados? Ou o azul-prateado impossível de seus olhos?

Pequenas borboletas se agitaram em seu estômago, dessa vez sem causar nenhum mal-estar. Essa pessoa que eles criaram... dormiria ali, se Deus quisesse. Encheria essa casa de comoção e talvez um pouco de alegria.

Deus sabia que todos eles precisavam de uma injeção disso.

Enquanto Prudence girava em círculos por um momento, absorvendo os suaves tons de amarelo, as rosas suaves do quarto, parte do peso que a pressionava desapareceram. Morley podia não estar pronto para ser qualquer tipo de marido, mas estava se preparando para ser pai.

Mas por que trancar esse quarto dela?

Um pensamento sombrio pousou em seu estômago, esmagando as borboletas sob uma pedra. E se ele pretendesse criar essa criança sem ela? E se —

Um tumulto interrompeu o silêncio da casa. Portas se fechando, passos pesados no piso de madeira lá embaixo. A correria vinda de outro lugar enquanto Lucy e Bart se apressavam em posição de sentido.

De todos os dias para o marido dela chegar em casa antes do chá!

Prudence abandonou a boneca em sua cadeira e saiu correndo do quarto, trancando-o atrás de si. Ela desceu correndo o primeiro lance de escadas, mas ficou imediatamente óbvio que não teria tempo de devolver nenhuma das chaves. Vozes masculinas se aproximavam da base da escada.

"Maldito trânsito", o rosnado de Morley ecoou até o segundo andar. "O Conde de Northwalk já chegou?"

"Ainda não, senhor", respondeu Bart.

"Bom. O bastardo é tão insuportavelmente pontual quanto eu, o que significa que eu tenho que me esforçar para chegar cedo."

Pru conteve uma pequena pontada de pânico. Um Conde? Vindo aqui? Agora?

Northwalk, o nome coçava em sua memória. Algo tão familiar e, ainda assim, ela tinha certeza de que eles circulavam entre pessoas de círculos mais altos do que sua família.

"Finalmente abandonei minha carruagem para correr até aqui. A chuva encharcou minha jaqueta. Como eu tenho tempo, vou subir para pegar outra."

Em pânico, Prudence enfiou as chaves atrás de um vaso de plantas sob uma janela e fez o possível para deslizar ao descer os últimos degraus até o andar principal, na esperança de interceptá-lo.

A conversa foi interrompida quando os dois homens olharam para a aparência dela.

Pru hesitou no meio do caminho.

Por que ele tinha que ser tão incrivelmente bonito?

Por que ele tinha que ser tão categoricamente inacessível?

Uma semana quase havia enfraquecido a realidade de seu charme imponente e vital em sua memória. Ela quase havia esquecido que a simples visão dele ameaçava roubar cada respiração de seus pulmões e cada pensamento de sua mente.

O olhar do marido a percorreu. Uma expressão contida endureceu a expressão casual que ele usara para Bart, seus olhos brilhando com algo intenso e efêmero.

Antes que ela tivesse motivos para ter esperança, suas feições se fecharam com a rapidez de uma loja fechando para uma longa ausência.

Bart tinha acabado de pegar o chapéu e o casaco de seu patrão, pendurando a peça úmida sobre o braço. Ele se virou e fez uma reverência para ela, baixa o suficiente para mostrar a careca redonda em sua cabeça. "Minha senhora", ele se dirigiu a ela timidamente.

"Boa tarde." Ela se livrou do encanto e evocou o que esperava ser um sorriso convincente. "Eu não fazia ideia de que tinha começado a chover..."

Ele já havia passado pelo corredor para pendurar as coisas do mestre, aparentemente sem sentir grande necessidade de aguardar a resposta dela.

Pru lutava contra uma angústia aguda que competia pela soberania com a vergonha. Ela era uma estranha indesejada aqui. Isso não parecia sua casa.

Nem parecia sua vida.

E o homem ao pé da escada usava mais uma máscara agora do que jamais usara como o Cavaleiro das Sombras.

Ele apenas a olhou com aqueles olhos alertas e avaliadores. Ela começara a sentir que até mesmo o silêncio dele era uma técnica investigativa. Uma arma que ele usava contra ela.

Uma arma eficaz, aliás.

Porque ela se sentia ferida. Machucada.

Mas, afinal, tudo nele era transformado em arma. Os movimentos suaves e compostos de seus membros poderosos, insinuando uma brutalidade controlada. As camadas de cabelo cortadas com precisão, os vincos impecavelmente passados do terno e a elegância cuidadosamente cuidada das mãos.

Mãos que podiam manipular tanto a dor quanto o prazer de uma pessoa.

Havia homens que irradiavam ameaça, perigo ou violência. Mas seu marido escondia tudo isso e muito mais por trás da fachada calma e serena.

Ele era o perigo que você nunca via chegando até que fosse tarde demais.

"Você está... em casa", ela observou encolhendo-se diante da obviedade idiota de sua declaração.

Ele se dirigiu a ela com um breve aceno de cabeça, desviando o olhar dela pela primeira vez, permitindo que ela respirasse. "Estava apenas informando ao Bart que tenho uma reunião que seria melhor aqui do que no escritório."

"Um Conde, ouvi dizer."

Sua boca se torceu com pesar. "Um título de cortesia, mas sim."

"Há algo que eu possa fazer para ajudar?" Ela esperava não soar tão pateticamente ansiosa quanto se sentia.

"Nada especial...", ele olhou bruscamente para a porta e praguejou baixinho, sua expressão se tornando dolorosa.

Pru desceu apressadamente o restante da escada. "O que foi?"

"Ele não vem sozinho." Agitado, ele deu três passos para longe dela e passou os dedos pelos cabelos, alisando-os para trás. "Não estou com disposição nenhuma para isso."

"Ele trouxe o advogado?" supôs Pru, perguntando-se se ele pretendia interrogar o homem sem um.

"Pior." Um suspiro atormentado saiu de sua garganta. "Ele trouxe a esposa."

Pru se animou com a perspectiva de companhia feminina. Ela conhecia pouquíssimas Condessas e, mesmo que a mulher fosse difícil, ela provavelmente não chegava aos pés da própria mãe de Prudence.

"Eu estou livre", ela declarou. "Posso entreter a Condessa enquanto você conduz sua entrevista."

Uma carranca franziu sua testa. "Livre do quê?"

"Não", ela riu. "Eu frequentei a escola de aperfeiçoamento com notas excelentes. Sei como receber alguém da posição dela."

"Ah." Surpreendentemente, sua carranca se aprofundou. "Bem, isso será de pouca importância para Farah."

Uma pontada instintiva de desconforto a atingiu. Farah? Não é Lady Northwalk?

O sino tocou e Bart surgiu atrás deles para atender.

O marido encarou a porta com a determinação implacável

que um general de guerra enfrentaria diante de um ataque de saqueadores. "Suponho que seria cruel não lhe contar que Farah trabalhava como escriturária na Scotland Yard. Eu a conheço há quase uma década."

"Por que seria cruel —?"

"Porque Blackwell certamente mencionará que eu a pedi em casamento."

CAPÍTULO 11

'Carlton Morley, seu malandro imperdoável!" Uma beldade angelical com uma coroa de cachos loiro-prateados entrou em sua sala com um vestido de seda malva. "Quando Dorian me contou que você tinha se casado, e em quais circunstâncias, eu quase desmaiei."

Pru ficou olhando fixamente para a mulher incomumente adorável, boquiaberta de consternação, enquanto Morley se aproximava para receber seu beijo leve na bochecha.

Eles sabiam das circunstâncias do casamento? Todos eles?

Sabiam até do jardim da Srta. Henrietta?

"Você esquece que eu te conheço muito bem", respondeu Morley com uma voz cheia de um charme que nunca se preocupou em usar com Pru. "Você nunca desmaiou na vida."

A aparição do marido de Farah fez Prudence se forçar a abrir os punhos. Ela teria que aceitar a mão dele, e não seria bom ter as palmas das mãos sangrando onde as unhas haviam se cravado.

"Essa é minha... esposa, Prudence Goode Morley." Ele disse a palavra esposa como se tivesse um gosto estranho na boca. "Prudence, permita-me apresentar Lady Farah Blackwell, Condessa Northwalk, e seu marido, Dorian, o Conde."

"Tecnicamente, meu filho é o Conde", disse Blackwell. "Tenho títulos suficientes, e, na verdade, conquistei todos eles."

Claro! Prudence o reconheceu agora. Esse era Dorian Blackwell, The Blackheart de Ben More. Quem se importaria em ser um Conde quando se era o Rei do Submundo de Londres?

O homem era monstruosamente grande e moreno como um demônio. Apesar do tapa-olho, seu olhar era penetrante e absorto, enquanto a avaliava com intensidade indevida.

Prudence pensou ter visto algo como uma aprovação compreensiva em seu sorriso irônico.

"Lady Morley" cumprimentou Dorian Blackwell como se nunca tivesse pensado em pronunciar aquelas palavras juntas. Ele se inclinou sobre os nós dos dedos dela e deu um beijo no ar acima deles, sem tocar sua pele. "Tem sido motivo de muita especulação entre Farah e eu sobre o que levou Morley a se casar tão precipitadamente." Numa demonstração inapropriada de afeto público, ele se endireitou para abraçar a Condessa e pousou a mão na cintura dela, logo acima da anquinha, como se pertencesse ali. "Acho que o mistério foi resolvido, meu amor."

Farah voltou seu sorriso angelical para Prudence. "Você é uma mulher linda em qualquer dia, Lady Morley, mas nesse vestido lilás você está deslumbrante. Totalmente radiante com sua beleza maternal."

Radiante? Certamente não. Ela vinha perdendo peso devido à sua incapacidade de digerir alimentos. Estava pálida, abatida, com os olhos fundos e olheiras. Ela parecia mais uma sombra do que como uma pessoa de verdade.

Eles estavam sendo gentis, é claro.

Ela teve que se beliscar para parar de ficar boquiaberta como uma carpa. "E-eu agradeço, minha senhora, meu senhor. Que honra cumprimentá-los."

Uma honra e um horror.

Os Blackwells eram um espetáculo à parte. Ele, moreno e sombrio como um demônio, com um ar demoníaco de beleza feroz, e ela, sua contraparte radiante e livre. Era evidente que Dorian Blackwell adorava sua esposa.

A questão era: Farah correspondia ao seu afeto? Ou ainda cobiçava Morley?

Como não poderia? Blackwell era um homem atraente, embora não especificamente bonito, e tinha um ar de masculinidade vital que poucos possuíam, porém, era uma sombra na presença de Morley.

Pelo menos no que dizia respeito à Pru.

Ela olhou para Morley, que tinha uma expressão de quem está na sala de espera do dentista aguardando um procedimento particularmente desagradável.

A pergunta era o quê? Ele não queria que a mulher que possuía seu coração conhecesse a mulher que agora reivindicava seu nome?

O simples pensamento foi como um soco nas costelas, diminuindo sua confiança e seu entusiasmo.

Ela não sabia o que teria sido mais cruel, ele ter lhe contado ou não... ela poderia ter ficado tentada a gostar da Condessa se não soubesse que seu marido a desejara um dia.

Que ele desejara dividir um lar e filhos com ela.

Será que se beijaram? ela se perguntou.

Prudence beijara alguns homens em suas duas temporadas na sociedade, o suficiente para saber que beijar Morley era uma experiência que eclipsava todo o resto.

"Carlton, permita-me roubar sua esposa enquanto você e Dorian cuidam de seus negócios. Estou morrendo de vontade de conhecê-la."

Carlton? Nem mesmo Pru tinha tanta intimidade com ele. Além disso, toda vez que ela tentava gravar o nome na mente, ele se recusava a ficar.

"Lady Morley?" Farah Blackwell não esperou pela resposta do marido. "Vamos para seus aposentos preferidos."

"C-claro. Por aqui, Lady Northwalk." Ela gesticulou em direção à escada que levava à sua sala de estar no segundo andar.

"Você vai me chamar de Farah, claro, todas as minhas amigas me chamam assim."

Elas não eram amigas, mas Prudence assentiu enquanto se virava para levar a Condessa para a sua sala. Ela se movia como se areia movediça sugasse seus pés, uma sensação de desgraça a invadindo enquanto subia a escada. Essa mulher em seu rastro seria cruel ou gentil quando estivessem a sós?

Farah Blackwell sabia quem ela era e as circunstâncias de seu casamento.

Isso significava que seu marido realmente confiava nessas pessoas? Ou que o segredo deles já havia sido descoberto e eles estavam tentando controlar os danos?

De qualquer forma, por mais frágil que se sentisse, ela estava determinada a enfrentar essa mulher com dignidade e desenvoltura dignas da Rainha da Inglaterra, quanto mais de uma noiva de um cavaleiro.

Farah não poderia tê-la surpreendido mais no momento em que a porta da sala se fechou atrás delas. Ela se virou e a envolveu em um abraço desesperado, mas gentil, e a manteve ali em seus braços.

"Oh, coitada, que pesadelo você passou. Quando Dorian me contou a extensão da situação, não consegui dormir, só me preocupar com você." Ela se afastou por um momento só para olhá-la. "Espero que não se importe com a intrusão de uma estranha, mas eu precisava ver com meus próprios olhos se você está bem. Conhecendo Carlton, ele estragou tudo, escondeu você aqui e se dedicou ao trabalho."

Pru engoliu em seco uma mistura de emoções. Gratidão e ciúme. "Você certamente conhece bem o meu marido."

Um sorriso irônico fez covinhas surgirem nas bochechas da mulher enquanto Farah a puxava para perto da janela molhada pela chuva. "Vejo que você está ciente do nosso antigo vínculo", ela disse seus olhos cinzentos suaves de compreensão. "Então você deve saber o quão breve e imparcial foi. E há quanto tempo. Quer dizer, meu Deus, eu ainda estava na casa dos vinte." Ela dispensou tudo com um gesto. "História antiga praticamente esquecida."

Pru não sabia bem o que dizer. Estava atormentada pelas lembranças da paixão física e avassaladora do marido. Farah estaria sendo gentil de novo? Ou desonesta?

Ou eles realmente não combinavam?

"Não é nada, minha senhora, devo pedir um chá?"

"Prefiro que se sente. Não tenho certeza de quanto tempo ficaremos e tenho muito a lhe dizer."

Cuidadosamente, Pru sentou-se à sua frente no sofá esmeralda e gesticulou para que ela continuasse.

A atitude de Farah era suave e sombria quando ela se inclinou para frente e disse: "Trabalhei como escriturária na Scotland Yard por alguns anos. Conheci todo tipo de criminoso, e minha cota de assassinos, e estou convencida de que você não é um deles."

Pru soltou um suspiro trêmulo. "Como pode estar tão convencida?"

"Bem, não faz sentido, não é? Uma mulher na sua condição se livrando do único homem que pode lhe dar a proteção do seu nome no dia do seu casamento. Encontrada com a adaga nas mãos e sem nenhuma história de defesa?" Farah estalou a língua e balançou a cabeça. "Além disso, vivi com um homem cuja vida foi arruinada quando foi acusado injustamente. Há uma fúria impotente muito singular nisso. Sinto que isso atormenta você também."

"Eu queria que você convencesse meu—" Prudence se conteve a tempo. "Bem, todos os outros."

Farah deu uma risadinha. "Eles são homens, querida. Idiotas adoráveis até o fim. Lamento dizer, mas seu metódico marido precisará de provas incontestáveis para se convencer, mas me parece que ele está determinado a encontrá-las."

Será que ele está?

"Escute." Farah juntou as mãos. "Sei que você se sentirá isolada nos próximos meses e que eu não posso aceitar isso. Quero que me procure para te apoiar em tudo. Sejam homens, casamento, maternidade... ou Morley. Trabalhei para esse homem durante anos, estou ciente de seus defeitos e falhas, assim como de suas qualidades heroicas, que são muitas. Dei à luz a dois filhos adoráveis e saudáveis e passei por — bem, não pelo que você está passando —, mas o suficiente para sentir que posso ser simpática a sua situação."

Pru não sabia o que dizer, nem como se sentir. Era tudo maravilhoso demais. Maravilhoso demais para ser verdade?

"Que... gentileza incrível da sua parte."

"Além disso, espero que não me ache muito precipitada, mas marquei uma consulta com meu médico, especialista em cuidados com gestantes. Ele é o melhor na área e trabalha em estreita colaboração com uma parteira local, onde ambos cuidam de você e confiam na experiência um do outro. Eu jamais confiaria minha saúde feminina a outra pessoa. Todas as minhas amigas mais próximas e queridas são pacientes deles."

Um pequeno brilho floresceu no coração de Pru. Ali estava ela, tão doente. Tão assustada. Tão incrivelmente sozinha, e tinha todo o tempo do mundo para enlouquecer com perguntas e ansiedades sobre a chegada iminente de uma criança.

Ela apertou as mãos ao redor das dela. "Farah", ela testou o nome. "Eu lhe agradeço. De verdade. Sempre que você quiser ser tão direta, eu a encorajo de coração."

"Esplêndido!" a Condessa sorriu radiante. "Na próxima semana, você virá comigo à casa da Duquesa de Trenwyth para se encontrar com a nossa Sociedade de Auxílio às Damas. Vamos ver se Lorelai, a Condessa Southbourne estará lá. Millie LeCour."

"A atriz?" Pru maravilhou-se.

"Sim! Ela e seu namorado, Christopher Argent, moram ao lado de Trenwyth, onde reside Imogen, quero dizer, Sua Graça, reside. Ah, Samantha e Mena estão vindo da Escócia. Você terá que perdoar Samantha, pois ela é americana." Farah disse isso como se explicasse tudo. "A chamamos de Condessa da Maldição, mas uma vez que você a conheça ficará tão apaixonada por ela quanto todos nós somos. Mena é uma delícia. Você nunca encontrará uma Marquesa mais calorosa. Aliás, ela provavelmente vai adotá-la, já que não pode ter filhos, e certamente vai querer ser madrinha do filho de Morley, como é de todos os nossos. A devoção é sua exper —"

Pru afastou as mãos. Tantos nomes, tantos títulos. Era tudo tanta coisa. "Sinto muito, mas receio não poder comparecer. Eu... eu deveria estar escondida, por falta de um termo melhor. Além disso, certamente você concorda que eu não *pertenço* a essa sociedade. Não tenho título. Sou apenas a segunda filha de um Barão. Sou apenas a esposa do Inspetor-Chefe Morley."

Pela primeira vez, a boca de Farah se comprimiu em desagrado enquanto seus olhos brilhavam. "Minha querida, ninguém é *apenas* a esposa do Morley. Ele teve influência no destino de todos naquela sala. Ele salvou mais do que vidas, ele salvou almas. Quer dizer, não há tempo para contar tudo aqui, mas sinto que você deveria vir para que possamos todos lhe dizer que tipo de marido você tem a sorte de ter. Morley é e sempre foi um homem notável. Todos nós especulamos e até elaboramos planos para arranjar uma esposa para ele. Estou imensamente feliz por ele ter encontrado você."

A tristeza ameaçou transbordar em seu peito na forma de um soluço. "Se você sabe da nossa situação, então sabe que este não é um casamento por amor."

Farah de repente ficou muito séria. "Posso chamá-la de Prudence?"

"Pru, por favor."

"Pru... você fez o que eu tinha certeza de que nenhuma mulher no mundo seria capaz de fazer."

"O que foi?"

"Você desviou Carlton Morley de seus princípios incontestáveis. Acho que, com o tempo, você vai entender quão hercúlea fo
essa façanha."

Pru balançou a cabeça, incapaz de entender.

Farah pareceu debater algo internamente, então disse
"Morley e eu tivemos um relacionamento profissional por mais
de cinco anos e um companheirismo sedutor. Ele levou esses
cinco anos para criar coragem e me beijar. Você o conquistou em
cinco minutos! Você, minha querida, é a tentação de que ele
precisa. Você vai forçá-lo a alguma felicidade, eu acho, e é a única
maneira, já que ele lutará com unhas e dentes contra você. Mas
ele é o melhor dos homens, merece toda a felicidade do mundo."

Prudence não se permitiu fechar os olhos, porque toda vez
que o fazia, via os lábios do marido nos de Farah Blackwell.

E ela queria desesperadamente gostar da mulher.

"Por que você não se casou com ele?" A pergunta surpreendeu
Pru mais do que Farah, ao que parece. "Quero dizer, quando ele
te pediu em casamento. O que te fez recusar?"

Farah deu de ombros indiferente, com uma expressão um
tanto melancólica. "Meu coração sempre pertenceu a Dorian. É
simples assim. Ele nunca teve uma chance. Nunca me arrepend
da minha decisão, mas não vou esconder de você o fato de que
sempre terei carinho por Carlton. Que o respeito e admiro. Todo
mundo tem. Até meu marido, que já esteve do lado errado da lei
Apesar de todas as posturas de Carlton, ele é um homem extremamente justo e compreensivo. Ele tem seu próprio passado
sabe."

Isso a intrigou. "Que passado?"

Uma conversa séria precedeu os passos enquanto os homens
subiam as escadas, anunciando sua inevitável invasão à sala de
estar.

"Deixo isso para ele lhe contar", disse Farah misteriosamente.

Dessa vez, foi Prudence quem estendeu a mão e agarrou-se à
de Farah como se fosse uma tábua de salvação. "Não sei se ele

vai... Eu não o conheço. Estou tão perdida. Por favor, se tiver alguma informação. Alguma ideia... Eu..."

Farah olhou para ela indecisa. "Prometi que o faria e farei tudo o que puder. Venha nos visitar na semana que vem. Você aprenderá tudo o que sabemos, prometo —"

Foi Blackwell quem entrou primeiro. "E aí, esposa? Infelizmente, precisamos sair agora para encontrar o trem dos meus irmãos. Trouxe a segunda carruagem para acomodar os ombros de Ravencroft ou o ego de Gavin. Vou deixar que eles disputem o lugar."

Pru olhou boquiaberta para o homem. Se Blackwell achava Ravencroft grande, o homem devia ser um gigante.

Ele fez uma reverência para Pru. "Foi um prazer imenso conhecê-la, Lady Morley. Por favor, nos procure para qualquer coisa, por menor que seja."

"Obrigada."

Farah lhe deu outro abraço impulsivo antes de soltá-la com um ruído tempestuoso. "Por menor que seja. Estou *falando* sério."

Eles saíram e levaram junto o que parecia uma tempestade.

Prudence observou o marido espiar o batente vazio da porta como se contemplasse o vazio que encontrava ali.

Será que ele também notou a facilidade com que Blackwell colocava a mão possessiva na cintura da esposa? Como ele caminhava em deferência a ela. Cada músculo seu parecia sintonizado com seus movimentos, sua proteção, suas necessidades.

Será que isso o deixava com inveja? Ou melancólico, como ela.

Por fim, ele lançou um olhar para ela, como se estivesse surpreso por ainda encontrá-la ali.

"Foi muito gentil de a Condessa vir", arriscou. "Ela foi... muito solícita. Me deu o nome de um bom médico."

Ele deu a ilusão de um aceno de cabeça. "Farah é uma boa mulher", disse cuidadosamente.

Ao contrário de si mesma?

Pru o encarou, fazendo o possível para não apreciar como o corte do colete dele abraçava sua cintura estreita, realçando a largura do peito e dos ombros, a largura das costas.

Costas às quais ela outrora se agarrara em espasmos de êxtase.

Seus dedos se curvaram diante da lembrança.

Ele estava bem *ali*. Tão perto dela. Ela podia alcançá-lo e tocar o corpo que um dia a cavalgara como um garanhão indomável, selvagem, rítmico e poderoso.

Seus lábios haviam saboreado as partes mais íntimas dela. Seus olhos ardiam de desejo. Seus traços suavizaram-se em adoração. Contraíam-se de prazer. Torturados pela fome.

E agora?

Nada. Ele estava tão distante. Tão vazio. Sombrio.

Onde você está? Ela queria gritar. Jogar coisas. Desabafar e delirar com ele até que ele quebrasse a montanha de gelo entre eles. Quem é você? *O que você fez com o meu amante?*

Ele se virou abruptamente, como se tivesse ouvido seus gritos silenciosos. Mas a pergunta em seus olhos rapidamente se apagou, substituída por aquela civilidade irritante.

"Está uma noite fria", ele disse. "Mandei um banho para o seu quarto."

Que atencioso. O cafajeste. "Obrigada", ela disse com raiva.

Ele assentiu, pareceu que ia dizer algo mais, e então pensou melhor. "Boa noite."

Ele a deixou em sua poça de solidão frustrada, possivelmente para sofrer pela mulher que havia se afastado.

CAPÍTULO 12

$\mathcal{M}$orley entrou no berçário e fechou a porta, apoiando-se nela por alguns instantes.

Com tudo o que tinha em mente, um fato simples existia no mundo, sobrepujando todos os outros.

Sua esposa tomava banho a poucos passos de distância. Ela mergulharia aquele corpo macio na banheira de cobre fumegante e passaria sabonete sobre a pele cremosa, imaculada e aristocrática. Seus seios se ergueriam acima da água enquanto ela lavava seus cabelos exuberantes. Suas coxas relaxariam, e suas mãos talvez encontrassem o caminho entre elas para...

O pacote que ele apertava na mão se amassou sob a pressão de seu punho, e o produto dentro dele proporcionou uma distração muito necessária.

Ele rasgou o pacote com uma falta de cerimônia incomum e foi até a cadeira de balanço, agachando-se para colocar a locomotiva intrincadamente esculpida ao lado da boneca.

Ele fantasiou sobre o trem sendo movido por uma mãozinha gordinha. Um menino, talvez. Mas talvez uma menina. Ele e Caroline passaram horas brincando de trenzinho com alguns brinquedos de caridade que encontraram na igreja certa vez.

Contanto que ele cedesse à exigência de Caroline de que os condutores se apaixonassem pelas mulheres que haviam resgatado dos bandidos saqueadores, então ela era se tornava habilidosa na batalha em si. Tão sanguinária quanto qualquer fora da lei. Ele tocou o dourado dos cabelos da boneca e parou um momento para sentir saudades da garota com quem havia compartilhado o útero. Ela seria tia agora, provavelmente mãe também. Eles fariam quarenta anos em um ano, ou assim ele pensava. Ninguém jamais lhes dissera a data exata do aniversário deles, mas ele havia deduzido da melhor maneira possível.

Caroline.

Quão diferente seria a vida de tantas pessoas se ela tivesse sobrevivido.

Morley ainda poderia ter sido um atirador no exército, mas era improvável que ele algum dia tivesse considerado trabalhar na Polícia Metropolitana de Londres.

Tantos outros teriam escrito uma história diferente no livro do destino se não fosse pelas escolhas que ele havia feito.

Talvez suas vidas fossem, indiscutivelmente, melhores pelo caminho em que a morte de Caroline o colocou, mas o que ele nunca expressou aos amigos foi que, em seus momentos mais sombrios, ele teria tirado tudo deles apenas para tê-la de volta. Para lhe dar a chance de viver. Para lhe deixar qualquer tipo de família.

Para que ele não tivesse passado os últimos vinte e poucos anos tão intensamente sozinho.

Talvez, ele frequentemente raciocinava, se ela estivesse lá, ele não estaria tão completamente destruído.

Ele havia se tornado o homem que fingia ser. Um homem melhor.

Hoje, nesse momento, foi a primeira vez que ele se esquivou diante desse pensamento.

Se tudo tivesse sido diferente, ele poderia ter se casado jovem. Ele poderia até ter tido filhos.

Mas não *essa* criança.

Não qualquer uma que se movimentasse dentro do ventre de sua adorável esposa.

Sua mão foi ao coração para conter uma pequena batida extra ao pensar nisso.

Crianças nasciam todos os dias. Milhares e milhares delas. Não era um grande acontecimento ou milagre. Mas ele não conseguia se livrar da sensação de que toda a sua vida o levara a isso. *Essa* criança.

Se Caroline tivesse vivido, essa criança talvez nunca tivesse existido.

E, pela primeira vez, enquanto ainda lamentava a perda dela, ele não conseguia se permitir desejar como fazia antes.

Atormentado por uma complexa mistura de arrependimento e amor, vergonha e expectativa, ele se levantou e começou a arrumar a bagunça no quarto do bebê.

Parecia impossível que o cheiro da esposa permanecesse até aqui, mas ele o sentia no ar. Frutas vermelhas. Mais doces no final do verão. Ela sempre o lembraria do café da manhã. Sua refeição favorita até o dia que ele se deleitou com ela —

Fechando uma caixa com força, ele percebeu que não poderia estar a apenas uma parede de distância de onde ela tomava banho sem enlouquecer. Retirou-se para o escritório, decidido a trabalhar.

Por Deus. Ela também estava aqui. As paredes poderiam muito bem estar cobertas de geleia. Ela permeava cada canto de seus pensamentos, e agora não havia nenhum lugar em sua casa onde pudesse escapar dela.

Afundando-se pesadamente na cadeira do escritório, ele apoiou a cabeça na palma da mão e esfregou uma dor de cabeça crescente. Deus, ele estava cansado de novo. Não dormia por mais do que três horas há... bem, não conseguia se lembrar de há quanto tempo.

E não parecia que isso mudaria em um futuro próximo.

Blackwell e ele haviam concebido um plano para concentrar seus esforços investigativos nas docas de Wapping. O interrogatório dele com o oficial corrupto na outra noite foi o primeiro elo em uma linha de suprimentos de narcóticos e outros produtos contrabandeados, que era mais sinuosa e perigosa do que a teia da aranha mais venenosa. Morley, ou melhor, o Cavaleiro das Sombras, vinha tecendo suas próprias teias, arrancando respostas de incontáveis homens. Entregando-os à polícia que ele sabia que ainda agia de maneira honesta.

Ou, em alguns dos casos em que fora forçado a se defender... jogando seus corpos no rio.

Todos os dedos apontavam para o Comissário, Barão Clarence Goode.

Seu maldito sogro.

No entanto, os carregamentos haviam cessado completamente. De forma abrupta, na verdade. E por causa disso, guerras criminosas eclodiram nos antros de jogos e nos bairros corrompidos do submundo, e Morley não podia ter certeza se a cidade estava preparada para o que estava prestes a acontecer.

Ou quantas vítimas o impacto deixaria para trás.

Céus. Ele era apenas um homem. Em quem poderia confiar—?

Alguns sons pesados e cambaleantes reverberaram no teto acima dele antes que um estrondo trovejante o fizesse se levantar

O quarto principal. *Sua esposa!*

Sentindo-se como se tivesse levado um coice no peito de um cavalo descontrolado, ele subiu as escadas de três em três degraus correndo pelo corredor até explodir pela porta, quebrando a tranca

Sua esposa, muito abalada e muito *nua*, tentava se sentar de onde estava esparramada de costas, usando uma mesa de mármore tombada para se estabilizar.

Ele se lançou para frente. "Não se mexa", rosnou com a mesma voz de comando que usava com incontáveis criminosos.

Ela já estava paralisada quando ele entrou, mas suas palavras tiveram o efeito oposto, fazendo-a correr para encontrar algo com que se cobrir. "Ah, que droga", ela gemeu. "E-eu não... eu estou bem. Eu só preciso... preciso de uma toalha. Por favor. *Por favor, vá.*"

"Não seja tola", ele a advertiu enquanto se ajoelhava ao lado dela, as mãos pairando sobre as linhas lisas e ágeis de seu corpo caído, procurando por ferimentos. "Que diabos aconteceu?" ele perguntou. "Você bateu a cabeça? Tem alguma coisa quebrada? Consegue mover todos os seus membros? Não, deixa pra lá, não tente se mexer. Estou chamando um médico. Bart?" ele berrou. "Onde diabos ele está? Ninguém ouviu você cair com força suficiente para sacudir a casa? *Bart!*"

"*Não!*" Ela agarrou a camisa dele quando ele ia se levantar com uma garra desesperada, mantendo o outro braço inutilmente sobre seus seios. "Eu não quero que ninguém me veja!"

"Se ele te vir, vou substituir os olhos dele por brasas. Eu quero que ele chame o médico."

"Não preciso de um médico. Estou perfeitamente bem, eu simplesmente —"

"Você não pode tomar essa decisão, um deslize como esse é sério, especialmente no seu estado! Precisa cair com tanta frequência? Ordeno que tome mais cuidado com os pés!"

Ele colocou as mãos nos ombros dela para mantê-la imóvel enquanto ela tentava se sentar novamente. Seu aperto escorregou quando os membros ainda escorregadios se debatiam em uma tentativa desesperada de lutar contra ele.

Depois de algumas tentativas escorregadias e ineficazes, ele conseguiu prender os braços dela ao lado do corpo, deixando seu corpo reluzente completamente exposto.

Ele examinou resolutamente *apenas* os olhos dela, enquanto se inclinava sobre ela. Eles não apresentavam nenhum sinal das sombras que se observam em pessoas com ferimentos na cabeça.

Na verdade, os olhos dela brilhavam com tempestades azuis escuras que deixariam Calipso [1] se orgulhar.

"Eu não escorreguei, exatamente", ela protestou com uma expressão teimosa.

"Não? Então me diga como, exatamente, você foi parar no chão."

Cílios longos e escuros percorreram as bochechas úmidas e coradas de calor. "Eu... terminei meu banho, levantei-me e saí da banheira para pegar a toalha. Quando consegui colocar um pé no chão, fui tomada por uma vertigem pensei em me apoiar na mesa." Uma carranca confusa surgiu entre suas sobrancelhas enquanto ela olhava para os móveis caídos. "Devo ter desmaiado, porque a próxima coisa que percebi foi que estava de costas olhando para o teto."

"Suspeito que você esteja realmente confusa se acha que *qualquer* coisa que acabou de me transmitir me faz sentir um mínimo de conforto", ele rangeu os dentes. "Você e a criança precisam ficar bem; você me entendeu? Você fica aqui. Vou chamar um médico. E ele vai examiná-la minuciosamente. Esse é o fim dessa discussão ridícula."

Ele teria dito mais, mas todas as palavras haviam comprimido o ar de seus pulmões, e ele parecia não conseguir enchê-los. As mãos dele tremiam onde prendiam os braços dela, e as pernas sobre as quais ele se ajoelhava pareciam instáveis demais para se manterem na posição por muito tempo.

Fazia anos que seu corpo não mostrava sinais tão óbvios de terror. Talvez desde sua primeira batalha, quando as balas quase o atingiram e ele podia ouvi-las cantar ao lado de sua orelha.

Senhor, como ela era sua fraqueza.

Em vez de discutir, ela levou as palmas das mãos ao peito dele, desta vez em cuidadosa conciliação. Sua expressão se suavizou, se

---

1. Calipso na mitologia grega, era uma ninfa do mar, muito sedutora e caprichosa, que vivia em uma gruta.

aqueceu, e algo se acumulou em seus olhos, evocando memórias inapropriadas da última vez que ele a segurou sob o corpo.

"Não estou sendo imprudente, sabe? Muitas vezes me sinto fraca depois de um banho quente, e como nossa filha tem um apetite voraz, não tenho comido como deveria. Certamente, essa é a causa desse problema." Seus lindos traços se contraíram em uma expressão de mortificação modesta. "Acho que me curvei em vez de cair, e aterrissei de costas, não de barriga."

O coração dele disparou sob a mão dela, e ele se debateu com uma emoção feroz e estranha que lhe roubou a capacidade de falar.

"É seu objetivo que o médico me examine em uma poça nua e trêmula no chão?", perguntou ela, arqueando a sobrancelha.

O maxilar de Morley se fechou com força. Agora *não* era hora de reparar em sua nudez. Era bem possível que se tratasse de uma crise médica.

Ele se recusou a olhar para os seios dela.

Ele olhou.

Ele se recusou a olhar.

Ele olhou.

Bem, ele se recusou a apreciar.

Maldição.

Levantando-se de um salto, ele pegou a toalha do suporte e voltou para ela, desviando o olhar enquanto cobria as partes mais escandalosas dela antes de se agachar novamente. "Vou te carregar para a cama", avisou.

"Sou perfeitamente capaz de... opa!"

Ele a pegou do chão e a puxou contra o peito enquanto as pernas nuas dela balançavam sobre seu braço. A toalha cobria a frente dela, mas não havia nada entre a pele dela e as mãos dele enquanto ele a puxava para a cama e a sentava cuidadosamente.

"Senhor?" Bart chamou do final do corredor. "O que aconteceu?"

Morley a soltou e caminhou até a porta para impedir que o criado entrasse no quarto e visse algo que não devia.

Provavelmente salvando a vida do criado.

"Minha esposa desmaiou e caiu; preciso que chame o médico."

Os olhos de Bart se arregalaram de preocupação em seu rosto. "Imediatamente, senhor." Ele correu de volta na outra direção.

Morley fechou a porta e, quando se virou, seus joelhos quase cederam ao ver sua esposa apoiada sobre a cômoda, o braço dela procurando freneticamente dentro.

Ela ainda segurava uma toalha à frente do corpo, mas estava de costas para ele. Revelando. Tudo.

A boca de Morley ficou seca quando a luxúria o atingiu no estômago com tanta selvageria que ele se sentiu ligeiramente enjoado. Seu corpo respondeu violentamente a uma visão que ele nunca esqueceria.

Sua bunda e coxas nuas e maduras formavam um coração perfeito para emoldurar a sombra da enseada entre suas pernas.

Meu Deus, bem quando ele achava que não tinha mais nada dentro dele que pudesse quebrar.

Pegando uma camisola, ela se endireitou e a puxou pela cabeça e pelo corpo, enquanto ainda se debatia para encontrar as aberturas para os braços e o pescoço.

Ele foi até ela em passos rápidos. No momento em que colocou as mãos sobre ela, ela se acalmou, permitindo que ele guiasse seus braços para dentro das mangas e desabotoasse a gola alta o suficiente para permitir que sua cabeça aparecesse.

Algo em ajudá-la a vestir a camisola o acalmou também. Sua respiração se acalmou, embora seu pênis não, mas ele não sentia mais como se seu coração tentasse escapar pela garganta.

Ela estendeu a mão para afastar os emaranhados de cabelo do rosto, mas ele a antecipou, alisando os fios úmidos de suas bochechas e pescoço elegante.

Ela o encarou com uma expressão perdida e um tanto insegura que o apertou no coração.

"Para referência futura, você não está sendo prudente", ele disse com uma voz repentinamente sedosa.

Seu lábio se curvou. "Para referência futura, meu nome sempre foi uma ironia lamentável."

Ela tentou um sorriso bem-humorado, mas não funcionou. Só conseguiu parecer exausta e atraente, e muito jovem.

Jovem demais para ele, provavelmente.

Meu Deus, ele nem sabia a idade da esposa. Não sabia quase nada sobre ela. Sua saúde. Suas habilidades, seus pontos fortes, seus defeitos. Sua vida antes disso.

Antes dele.

Embora a tivesse possuído em um jardim, nunca a vira nua antes daquela noite.

Certamente, ele fantasiara sobre isso em um grau obsessivo, mas nada fora capaz de prepará-lo para a perfeição dela. Seios generosos, curvas dramáticas e uma bunda tão deliciosa que ele ansiava por —

"Você realmente deveria estar deitada", ele disse com eficiência brusca, fechando a porta firmemente para esses pensamentos.

Seu rosto se contraiu. "Eu precisava me secar e me vestir. Não vou encontrar o médico de roupa íntima, vou? Além disso, meu cabelo vai secar em tufos e emaranhados se eu não escová-lo."

Ele gentilmente, mas firmemente, a conduziu até a cama. "Eu cuidarei de você."

Ela guardou qualquer reclamação para si mesma enquanto o permitia ajeitar os lençóis em seu colo. Seus olhos o seguiram enquanto ele recuperava sua escova de cabelo prateada da penteadeira e a trazia para ela. "Permita-me —"

Ela arrancou a escova da mão dele. "Não precisa, minha cabeça é sensível e precisa de um toque delicado."

Melhor ela fazer isso, então. As mãos dele ainda tremiam, e suas emoções pareciam estar em oscilações selvagens, como um pêndulo. Seus sentimentos por ela, ele percebeu, não eram gentis Mas ardentes.

Violentos até.

Era por isso que ele se mantinha afastado. Algo volátil pairava no ar sempre que ela estava por perto, e volatilidade não era algo que ele se permitia.

Deus, mas parecia como se ele fosse um emaranhado de fios abandonado, recém-descoberto por uma mulher de unhas afiadas, determinada a desenrolá-lo.

Morley sentou-se aos pés da cama, dobrando o joelho para poder encará-la. "Você ainda se sente mal?" ele perguntou enquanto ela começava a passar a escova pelos cabelos úmidos começando pelas pontas e subindo.

"Faz alguns dias que não me sinto bem, além de leves crises de náusea." Ela lançou-lhe um olhar tímido por baixo dos cílios "Obrigada pelo refrigerante de gengibre. Tenho tomado alguns goles quando me sinto mal."

Ele se remexeu, desconfortável. "Sim. Bem. Li sobre isso em algum lugar."

Na verdade, ele lia tudo o que conseguia encontrar. Livros sobre gravidez e parto. Panfletos e periódicos médicos. Tudo. Se fosse ser pai, seria o pai mais bem informado do reino.

Ela caiu em um silêncio contemplativo, todo o seu ser concentrado na tarefa de cuidar do cabelo.

Morley a observava atentamente, examinando-a em busca de sinais de... bem, de qualquer coisa fora do comum. Não que ele soubesse exatamente o que procurar. Sangramento, supôs. Outra perda de consciência. Confusão. Dor.

Pequenos maneirismos encantadores se tornavam aparentes sob um exame tão minucioso. Ela tinha uma sobrancelha esquerda muito expressiva, enquanto à direita nem sequer se arqueava. Sua mão esquerda também era a dominante. Ela tinha uma sarda abaixo do olho direito. Só uma. E uma pequena cicatriz atrás do maxilar, do lado direito. Sua camisola tinha muitos babados.

E quando escovava o cabelo, entrelaçava os dedos na mecha para testar se havia emaranhados em gestos muito rítmicos e graciosos.

A faixa escura caía sobre o ombro de sua camisola branca, ondulando em alguns lugares e emoldurando seu rosto com pequenos fios que imploravam para serem tocados.

Senhor, como ela era adorável.

E ela era dele.

Ele nunca a vira assim. Mesmo pálida e recém-lavada, úmida e sem adornos, ela permanecia um farol de beleza. O tipo de sereia que jogaria um homem como ele contra as rochas.

E ainda assim, ele iria de bom grado.

Uma emoção estranha e inidentificável o invadiu. Não exatamente paz, nunca isso, mas um magnetismo relaxante que ele compararia ao de uma cobra sendo encantada por um instrumento inteligente. Ele não conseguia desviar o olhar. Nada mais existia. Apenas a mulher em sua cama e os movimentos suaves de sua higiene. O ar estava quente e úmido do banho, e ele respirou o aroma de verão do sabonete dela enquanto seu coração desacelerava e suas pálpebras pesavam.

Eles ficaram em silêncio por um momento, ou talvez uma eternidade, ele contente em fazer pouco mais do que se deleitar com a visão dela.

"Você ainda a ama?"

A pergunta se manifestou no ar entre eles, certamente, já que ele mal notara os lábios dela se moverem.

Morley se assustou um pouco, sentando-se mais ereto, sem saber se a ouvira corretamente, pois sua mente estivera agradavelmente — extraordinariamente — vazia. "*Pardon?*"

Ela manteve o olhar firmemente focado no brilho crescente de seu cabelo liso, lustroso e desembaraçado. E ainda assim, continuou escovando. "Condessa, Farah, você ainda a ama?"

"Não." A prontidão da resposta dele surpreendeu até ele.

Ela lançou-lhe um olhar fugaz. "Pode me dizer sem medo de represálias", insistiu. "Não estou em posição de lançar calúnias, e não consigo imaginar que você vivesse como um monge antes de nós — antes de nossas núpcias."

A ironia era que ele já fazia exatamente isso há algum tempo. Ele teve alguns anos de loucura durante e depois da guerra, mas... se alguém fosse descrever suas façanhas românticas recentes.

Monge era apropriado.

Até ela.

"Tenho Farah em alta estima", respondeu ele. "Mas isso é tudo."

"Ela retribui sua estima." Uma emoção inescrutável escureceu suas feições por um momento, e ela abandonou a escova no criado-mudo com um suspiro.

"Não sei se algum dia a amei." Morley não sabia dizer o que o compeliu a explicar, mas as palavras lhe escaparam em uma torrente de verdade. "Eu achava que ela e eu combinávamos, só isso. Trabalhávamos juntos com facilidade e gostávamos da companhia um do outro. Participamos de eventos e ela gostava de comer nos mesmos estabelecimentos que eu. Eu pensei..." Ele imaginara que ela preencheria aquela casa vazia com algo além do silêncio. Ele queria alguém para quem voltar. Para compartilhar uma vida e todas as coisas belas e terríveis que ela trazia. "Achei que o amor pudesse crescer entre nós. Ela é uma boa mulher. Alguém em quem passei a confiar, respeitar e admirar."

A menção ao queixo dela desmentia seu estoicismo duramente conquistado, e ela assentiu lentamente, como se fizesse o possível para digerir as palavras dele.

"Ao contrário de mim."

Eu nunca a quis como te quero.

Ele quase disse isso. As palavras tropeçaram na borda de seus lábios como um homem imprudente prestes a pular para a morte. Farah nunca foi um perigo para ele, mas também não fora uma alegria. Ele a desejara, pois ela era adorável, e ele era um homem. Mas ela nunca o tentara nem perto da linha que ele havia cruzado por Prudence. Ele nunca sofrera com a ausência dela, nem temera o poder que ela exercia sobre ele.

Pois não havia nenhum.

Enquanto que agora...

"Seu encontro com Blackwell foi sobre mim?" ela perguntou, seu olhar tenso e preocupado ao finalmente encontrar o dele.

"Você sabe que eu não posso discutir —"

"Você não pode discutir o quê? Meu caso? Minha vida? Você sabe que é minha inocência que preciso provar e, se eu soubesse o que estava acontecendo, talvez tivesse a chance de ajudar."

"Simplesmente não é —"

"Como você se sairia, marido, em condições semelhantes? Trancado nessa casa infernal sem nada para fazer além de se preocupar com o futuro. Tratada como o terrível segredo de todos. É cruel." Sua voz ficou rouca nas últimas palavras, e seus olhos brilharam com lágrimas contidas.

Morley já sentira pena em sua vida. Vergonha, arrependimento, simpatia. Mas não essa estranha mistura de tudo isso.

"Você não é uma prisioneira aqui", ele a acalmou. "Mas é mais seguro para você se ficar fora de vista até que as coisas... se acalmem. Achei que tínhamos concordado que era a coisa certa."

Ela emitiu um som de irritação e esfregou os olhos para apagar a tempestade que se aproximava.

Hesitante, Morley estendeu a mão e a colocou no tornozelo dela por cima da colcha. Seus ossos eram tão delicados, tão pequenos sob suas mãos.

"Eu compreendo", foi tudo o que ele conseguiu dizer. "Na sua situação, eu provavelmente enlouqueceria."

Ela piscou para ele, e seu rosto relaxou um pouco, um pouco da frustração se transformando em aceitação. "Então... por que devo ser deixada no escuro?"

"Porque é aí que eu de você", ele respondeu com mais veemência do que pretendia.

Ao vê-la recuar com dor, a explicação jorrou dele como um gêiser. "Você não entende? Eu não suporto ficar no mesmo ambiente que você... espere." Ele ergueu a mão para acalmar a dor não expressa dela, enquanto seus olhos se arregalavam. "Ou seja, não consigo estar na sua presença e manter a lucidez ao mesmo tempo. Você é como... uma melodia na minha cabeça da qual não consigo me livrar. Uma torrente, ou um redemoinho, me girando até que eu não consigo mais enxergar o caminho a minha frente. Não posso ter isso agora. Preciso ser objetivo. Sem emoções."

"Sem emoções?" ela repetiu lentamente.

"Especialmente quando os riscos são tão altos. Quando eu quero..." Ele se conteve bem a tempo.

Ver que ela havia parado de respirar, seu olhar arrebatado e absorto.

Ele havia falado demais.

"Quando você quer o quê?" ela sussurrou.

"Eu quis dizer... quando o resultado tiver um efeito tão monumental na vida e no futuro de todos." Ele deslizou para mais perto dela e ela moveu as pernas para lhe dar espaço. Inclinando-se para frente, a mão dele deslizou em sua direção até se encaixar em seu abdômen. "De nós três."

Ela cobriu a mão dele com a sua, e Morley de repente se viu prisioneiro.

Seus grilhões eram de seda em vez de aço.

Mesmo através da camisola e das cobertas, ele podia dizer que sua barriga firme tinha uma curva quase imperceptível.

Cada um deles soltou o mesmo suspiro, maravilhado com a vida sob suas mãos.

"De alguma forma, vou provar a você que sou inocente", ela declarou com a resolução de uma realeza. "Se eu fizer isso, serei digna de você?"

Inundado por uma onda de sentimentalismo estranho e frustrante, Morley se afastou dela, incapaz de suportar a intimidade e não levá-la adiante. "Não se trata disso."

"Para mim se trata disso."

Ele passou os dedos pelos cabelos, ansiando por acreditar nela. Se ao menos não tivesse que encarar a parte obscura dele sussurrando que a inocência dela não importava.

Que ele se apaixonaria por ela, de qualquer maneira.

"Por favor, não vamos falar sobre isso agora. Eu também... onde, em nome de Deus, está o médico?"

"Garanto que estou bem. A mesa sofreu mais do que eu, eu quase deslizei para o chão."

Ele se virou de costas para ela, indo para trás do biombo para levantar a mesa de volta para o seu lugar. O móvel era uma peça pesada, o tampo de mármore.

E se o tampo tivesse caído em cima dela?

De repente, ele percebeu o quão perigoso um lar poderia ser para uma mulher e uma criança.

"Você não precisa ficar, você sabe?" ela disse, arrumando as cobertas. "Está escuro. Pode continuar com seu... seu trabalho como Cavaleiro das Sombras."

Ele tirou a corrente do relógio do colete e a verificou. "Não há a mínima chance de eu sair hoje à noite."

"Não sei quantas vezes preciso dizer, não há motivo para preocupação", ela insistiu.

"Ah, é? E em que instituição distinta a senhora se formou em medicina, Doutora Morley?" Ele a encarou. "Acabei de encontrar minha esposa caída no chão; se não é hora de se preocupar, não consigo pensar em nenhuma hora melhor. Então a senhora vai se submeter a um exame ou —"

"Ou o quê?" ela perguntou com um sorriso irônico. "O senhor vai me mandar para a cadeia?"

Isso o surpreendeu com um bufo agudo de alegria. "Não me tente."

Bart, de rosto vermelho, chegou com o médico, um cavalheiro

de modos gentis, interrompendo a conversa entre eles.

Morley ficou parado enquanto sua esposa era examinada, apalpada e interrogada, tudo a tempo de o médico declarar que ela e a criança provavelmente corriam pouco ou nenhum risco de aborto espontâneo. Após receber conselhos e tomar um remédio, Morley deixou a esposa por tempo suficiente para pagar o homem e acompanhá-lo até a saída.

Ele parou para se fortalecer com vários goles escaldantes de uísque escocês Ravencroft antes de retornar ao quarto dela.

Apenas para encontrá-la dormindo pacificamente.

Seus cabelos escuros espalhados no travesseiro, brilhando como um halo fantasmagórico de ébano ao redor de suas feições delicadas. Sua mão estava apoiada ao lado do rosto, relaxada em forma de concha, como se ele pudesse lhe dar algo precioso.

Uma pontada de desejo o perfurou enquanto o lado macio de sua cama o chamava. Lá estava ela, uma fantasia estranha e sedutora dormindo o sono dos inocentes.

E ela era dele.

Um desejo sombrio brotou dentro dele com tanta ferocidade que ele estremeceu. Queria possuí-la. Reivindicá-la, corpo e alma. Plantar-se dentro dela e dar-lhe prazer até que ela ficasse inconsciente, até que ficasse repleta de satisfação.

Ele queria alimentá-la com as próprias mãos. Nutrir ela e a vida dentro dela. Queria comprar coisas para adornar sua beleza. Joias e fitas, seda e joias. Uma tempestade de caprichos e desejos errantes rodopiava e se agitava dentro dele até que ele sentiu que sua carne não pudesse mais conter a força disso.

Ele. A. Queria.

Ele queria... tudo.

"Não me tente", ele sussurrou mais uma vez.

Ele havia dito isso em tom de brincadeira antes, mas agora era um apelo.

Ela não passava de uma tentação. Uma à qual ele não conseguiria resistir por muito mais tempo. Uma que poderia derrubar seu mundo inteiro.

E mesmo assim ele usaria o que restasse de seu sangue para protegê-la.

CAPÍTULO 13

Menos de alguns dias depois, Prudence e Mercy levaram quase três horas para vasculhar o escritório, a biblioteca e os pertences pessoais do pai antes de finalmente encontrarem os documentos que ela procurava.

Mercy era a parceira perfeita para essa tarefa. Ela era ágil, perspicaz e sempre pronta para uma aventura. Ou, como ela havia apelidado a vocação delas, *uma travessura,* uma palavra que ela alegava ter surrupiado dos romances policiais que quase nunca deixava de ler.

"Você realmente acha que isso vai ajudar a limpar seu nome, Pru?" preocupou-se Mercy. "Não vejo o que os negócios do pai possam ter a ver com a morte de Sutherland."

"Provavelmente nada", concordou Prudence, guardando cuidadosamente os papéis em uma pasta. "Mas se eu puder fornecer a meu marido meios para aprofundar sua investigação sobre os produtos ilegais que estão sendo contrabandeados para a cidade — para descobrir a verdade sobre meu pai — acho que isso contribuirá muito para estabelecer a confiança entre nós."

Mercy ficou séria, um vislumbre de dúvida atravessando seus

olhos. "Pru... e se a verdade for que nosso pai é culpado? Isso mataria a pobre mamãe. E... o resto de nós estaria arruinado."

Prudence havia abandonado a maleta para abraçar a irmã. "Não ache que não pensei nisso", ela a acalmou. "Nosso pai é muitas coisas, mas é um homem de princípios e cumpridor da lei. Espero que a verdade limpe o nome Goode. E, no improvável caso de meu marido, de alguma forma, descobrir sua culpa..."

Mercy se afastou, alisando seu elegante vestido xadrez e ajeitando o cabelo. "Como diz o Inspetor Detetive Aloysius Frost em seu quarto romance, *The Cheapside Strangler* (O Estrangulador de Cheapside), 'Quando o culpado escapa da justiça, a justiça também é negada ao inocente.'" Ela trancou a maleta melancolicamente e a entregou a Prudence. "Não importa como isso se desenrole, Felicity e eu sobreviveremos. Quer dizer... qual é a pior coisa que poderia acontecer? Nos negarem sermos apresentadas a sociedade e acabarmos solteironas?" Ela deu de ombros. "Considerando o que você e Honoria estão enfrentando... não posso dizer que nenhuma de nós esteja ansiosa para se casar."

Pru poderia ter chorado, mas em vez disso beijou Mercy na bochecha e correu para o número quatro de Whitehall Place.

Ela andou pelo caos da infame Scotland Yard com a maleta na mão, perguntando a funcionários solícitos e a alguns policiais rudes como encontrar o escritório do Inspetor Chefe.

Vários minutos e quatro andares depois, ela estava no corredor ao lado dele, admirando o marido no trabalho.

Prudence se sentia como uma exploradora em um safári, observando uma fera magnífica em seu habitat natural.

Ao contrário das celas de detenção e do pandemônio da hierarquia geral do primeiro e segundo andares — ou dos segredos no porão, um dos quais ela havia visitado recentemente — homens de todos os tipos e tamanhos se amontoavam em torno de mesas ali no quarto andar. Eles enchiam a sala com a agitação do lado mais complexo e intelectual da repressão ao crime.

Homens com títulos importantes mantinham a fileira de escritórios ao longo da parede, e o de Morley era o mais imponente.

Ele mantinha a porta aberta para acomodar a maré de policiais ativos marchando como formigas operárias. No momento, ele examinava documentos de dois policiais uniformizados em posição de sentido, como se estivessem diante de um general de brigada. Curiosamente, ele parecia mais confortável e casual do que ela jamais o vira. Sua camisa era de um branco brilhante e a gravata apertada como sempre, mas ele havia tirado o paletó como uma concessão ao conforto no ar abafado do último andar.

Absorto como estava, ele não pareceu notar a aflição dos policiais quando pegou a caneta, riscou algo e corrigiu na margem. O mais jovem, um sujeito musculoso, mas com cara de bebê, piscou várias vezes como se fosse se desmanchar em lágrimas enquanto os ombros de seu camarada caíam.

Prudence simpatizou com ele.

Outro homem de terno sombrio e chapéu caro invadiu seu escritório e Morley levantou um dedo, silenciando-o imediatamente, sem olhar para cima.

Ao terminar, assinou a papelada no final e a devolveu aos policiais. "Isso foi excelente. Vocês dois estão de parabéns."

A exaltação dos homens trouxe um sorriso satisfeito aos lábios dela enquanto ela aproveitava um momento para apreciar um triunfo que alguns poderiam chamar de trivial, mas pelo qual ela daria tudo.

A aprovação do marido.

Recuperando os papéis, os policiais quase saíram correndo do escritório e a derrubaram ao dobrar no corredor.

"Com licença", sussurrou o jovem, incapaz de conter o sorriso radiante.

Ela assentiu e o perdoou feliz pelo rapaz enquanto ele se afastava.

Seu marido agora conversava mais discretamente com o novo

homem que, ela presumiu, era um inspetor-detetive, já que não usava uniforme.

Ela aproveitou a rara oportunidade para observá-lo em um momento espontâneo.

Inspetor-Chefe Sir Carlton Morley. Este homem era tão diferente do Cavaleiro das Sombras quanto giz de queijo. Ele jamais se dignaria a se encontrar com uma mulher em um jardim sob o céu noturno de início de verão. Não este exemplar com uma mesa arrumada, um exército de oficiais e modos sóbrios e contidos. Ele era mais máquina do que homem. Uma engrenagem que não conseguia parar de girar, com medo de que todo o aparato quebrasse.

Que estranho que esse fosse seu esposo. Esse líder de homens. Esse burro de carga com costas incansáveis e reservas diabólicas de força e resistência.

Exceto. Ninguém mais notou os sulcos se aprofundando em seus olhos, ou as marcas de tensão em torno de sua boca? Como não perceberam o quão isolado ele estava? O quão exausto?

Se ele comandava a força durante o dia e era uma força por si só à noite... quando ele descansava? Não tinha hobbies. Não expressava desejos nem alegrias particulares. Ela não encontrara nada em casa que lhe sugerisse qualquer coisa. Nenhum periódico sobre equitação ou cães de caça. Nada de charutos ou álcool. Nem mesmo trajes esportivos ou armas antigas.

Sua identidade, ambas as identidades, eram dedicadas à justiça.

Era por isso que a verdade importava tanto para ele. Ele havia dedicado sua vida a isso.

A conversa com seu subordinado terminou de forma eficiente, e o detetive recebeu suas ordens.

O verdadeiro gigante olhou para onde ela estava logo além da porta enquanto ele saía, e seu impressionante bigode ruivo se abriu em um sorriso de dentes amarelos cheio de charme apreciativo.

"Posso ajudá-la, senhorita?"

Ela alisou a frente de seu vestido de seda azul cobalto e tocou sua luva no pequeno chapéu que estava usando. "Acho que sou a próxima na fila para falar com o Inspetor Chefe."

"Sorte dele", o detetive deu uma piscadela atrevida e estendeu o braço em direção à porta.

Foi naquele momento que ela percebeu que o salão estava muito mais silencioso do que antes, pois sentiu mais do que alguns olhares especulativos a seguindo.

Isso não a surpreendeu exatamente, já que era a única mulher à vista.

Com uma rápida reverência, ela entrou pela porta.

Morley não pareceu registrar quem ela era à primeira vista, mas então se assustou na cadeira e a encarou boquiaberto.

Ela imaginou uma onda de prazer no azul líquido dos olhos dele antes que uma carranca franzisse sua testa e aprofundasse os sulcos ao lado da boca.

Não. As geleiras de seu olhar deixavam incrivelmente claro que ele estava nitidamente descontente em encontrá-la ali.

As duas mãos espalmadas sobre a mesa, como se ele tivesse que ficar de olho nelas. "Prudence. O que você está fazendo aqui? Você veio pela frente?"

Certo. Embora ele fosse um trunfo para ela, ela era apenas um fardo para ele. Mas ela se esforçou muito para mudar isso e teve que colher os frutos de seu trabalho imediatamente.

Apressando-se para o escritório dele, ela sentou-se em uma das cadeiras de couro em frente à mesa sem que lhe oferecessem. "Encontrei uma coisa e não podia esperar mais um minuto para lhe entregar", ela revelou incapaz de conter o entusiasmo enquanto lhe entregava a maleta que segurava. "Os registros da companhia de navegação do meu pai. Bem, uma das cópias triplicadas em papel carbono. Você está procurando evidências de contrabando, não é? Acredito que, se você cruzar as referências com os registros de navegação das docas, encontrará o que precisa para condenar ou exonerar —"

Ele ergueu a mão pedindo silêncio, e algo no gesto fez seu coração pular no estômago enquanto ele a olhava como se estivesse olhando para um quebra-cabeça perturbador.

"Você percebe..." ele hesitou. "Prudence, onde você conseguiu isso?"

"Do cofre no escritório dele", ela disse. "Felicity saiu comigo esta manhã para uma consulta e depois Mercy ajudou na busca —"

"Você já pensou no que aconteceria se seu pai fosse condenado por um crime?" Ele lançou um olhar cuidadoso para a porta do escritório, mas parecia que ninguém estava por perto o suficiente para ouvir. "Se ele for culpado, será jogado na prisão. Você está pronta para facilitar isso?"

Prudence sentiu o peso disso desde o momento em que ele a informou de suas suspeitas em relação à família dela. "Meu pai está em uma posição de poder, e eu não permitiria que ele explorasse isso à custa da saúde das pessoas que jurou proteger. Estes documentos têm a capacidade de exonerá-lo com a mesma facilidade com que o condena. Estou pronta para facilitar a descoberta da verdade, o mais rápido possível."

Ela suspeitava que o silêncio dele fosse mais intenso do que contemplativo enquanto ele considerava a maleta por um longo momento antes de lançá-la com um olhar tão cheio de possíveis significados que seu coração pulou do estômago para a garganta.

"Se ele for culpado...", ela antecipou-se à resposta. "Poderia ter misericórdia dele pelo bem das minhas irmãs?"

Seus lábios se comprimiram em uma linha firme. "A lei é justiça, e a justiça nem sempre reside na misericórdia."

"Sim, mas... você se colocou acima da lei, não é verdade? Você vive metade da sua vida nas trevas."

Mais uma vez, ele verificou a porta aberta, com o maxilar

tenso enquanto inclinava a cabeça em um gesto de advertência. "Não vamos discutir isso aqui."

"Não estou pedindo que você ignore um crime", ela disse inclinando-se furtivamente em sua direção. "Apenas para permitir que minhas irmãs e minha mãe fiquem com seu dinheiro e propriedades caso ele seja preso." Ela apertou as mãos em um gesto suplicante. "Estou pedindo que você mostre a elas a misericórdia que demonstrou por mim."

"Você é diferente", ele disse com uma anunciação concisa.

"Por quê?"

"Você sabe por quê." Ele se afastou da mesa e se levantou. "Além disso, esse tipo de decisão caberia a um juiz." Andando de um lado para o outro ao longo da janela atrás dele, ele olhou para a maleta. "Eu não sabia que você ia para a casa do seu pai hoje. Você não deveria ter conseguido isso, é muito perigoso. E se você tivesse sido pega?"

"Não havia mais ninguém em casa." Ela enrugou o nariz. "Meu pai não é o mais escrupuloso dos homens, mas ele não me faria mal."

"Você não sabe o que os homens fazem quando se eles se sentem ameaçados", ele a repreendeu. "E não consegue entender como complicou as coisas. Para obter provas como essas, preciso seguir os trâmites legais. Se quiser que algo seja válido em um tribunal, então —"

Ela também se levantou, a reação dele ao seu gesto esmagando qualquer exuberância que ela sentia. "Você se esquece de que sou filha de um Comissário desde que me lembro. Por que você acha que não trouxe as cópias originais? Certamente você poderia inventar um motivo para um mandado e, então, obter os documentos originais."

Com isso, ele congelou, olhando-a como se nunca a tivesse visto antes. "Sim. Acho que sim." Seu olhar se aqueceu com algo que parecia admiração enquanto ele vagava pela mesa. "Perdoe-me..." Ele fez uma pausa, subitamente distraído, enquanto sua atenção se voltava para ela, demorando-se nos seios fartos abraçados pelo fino vestido de gola alta, nas curvas dos quadris acentuadas por pregas de seda.

Ela se vestira para ele. Para agradá-lo. E ela sentiu uma satisfação vertiginosa por seu esforço ter sido bem-sucedido.

"Você não precisava trazer todos até aqui", ele disse com a voz rouca e carregada de uma emoção mais sombria e primitiva. "Este não é um ambiente agradável para você. Você poderia ter me dado isso em casa."

Ela deu de ombros e olhou ao redor, curiosa. "Eu não estava preocupada em ser reconhecida, pois nunca tinha estado aqui antes, e já estava na cidade, no consultório do médico, então —"

"O médico?" Ele ficou tenso. "Você está bem? A criança... aconteceu alguma coisa? Sente-se e descanse." Ele a agarrou pelos ombros e a empurrou de volta para a cadeira antes de caminhar até o batente da porta. "Dunleavy, traga algo para minha esposa beber, e se for aquela bebida que se passa por chá no aparador, eu vou te rebaixar."

Prudence se virou na cadeira a tempo de ver o homem desajeitado de bigode ruivo enfiar a cabeça pela porta para encará-la boquiaberto. "Aquilo foi... quer dizer... você tem uma esposa?"

Ao ver a ira no rosto de seu chefe, o grandalhão saiu correndo, lembrando-a de um cachorro tentando se equilibrar em um piso de mármore liso.

Prudence se levantou novamente. "Não há nada de errado. Eu tinha uma consulta com o médico e a parteira de Lady Northwalk, só isso."

"Sim, mas *por quê?*" ele perguntou, com os músculos tensos de agitação.

"Bem, é comum ser examinada por médicos regularmente quando se está na minha condição."

Seus lábios se torceram em aprovação sombria. "Você não me informou de nenhuma consulta que teve com um médico."

"Por que eu faria isso? Homens geralmente não se importam com essas coisas."

"Quando foi que eu lhe dei a impressão de que sou como a maioria dos outros homens?"

"Aqui está, Sra. Morley! Encontrei para você um chá da tarde, fresquinho, feito por aquele sujeito chique, o DI Calhoun." Dunleavy apareceu com um jogo de chá de porcelana barulhento em uma bandeja que parecia patentemente ridícula em suas mãos do tamanho de um martelo. Ele andava como um homem na corda bamba, com a língua de fora, concentrado. "Roubei-o bem debaixo do nariz dele antes que ele tivesse a chance de prová-lo."

"Não quero roubar o chá de ninguém", protestou Pru.

"Ele ficou muito feliz quando eu disse a ele para quem era."

"É Lady Morley", corrigiu o marido com uma rispidez enquanto tirava a bandeja do homem e a colocava na mesa antes de lhe servir uma xícara.

"Certo, certo, e você é uma bela dama!" Dunleavy olhava para ela e para o chefe, com um sorriso tão largo que suas bochechas empinavam tanto que seus olhos se fechavam. "Sir e Lady Morley, pelo que eu sei! O casal mais incrível da cidade, aposto. Não sei por que sempre presumimos que você era solteiro, não é, Sampson?"

Um sujeito baixinho espiou a montanha de um homem, seu terno xadrez de lã pendurado nele como se fosse um fuso de membros.

"Nós sempre presumimos", concordou ele com uma voz tão esganiçada quanto ele.

"Não é de se admirar que o Inspetor Chefe não tenha nos falado de você, minha senhora", continuou Dunleavy, tirando o chapéu. "Você é jovem e bonita demais para alguém como ele, não é?"

"Vocês são muito gentis. Eu sou Prudence Morley, é um grande prazer conhecê-los." Ela estendeu a mão para eles, recebendo os cumprimentos respeitosos, enquanto desfrutava de usar seu novo sobrenome na apresentação mais do que havia esperado.

De repente, os dois eram três, depois quatro, e a companhia no escritório se multiplicou exponencialmente até que Prudence sentiu como se tivesse sido apresentada a todos os detetives, sargentos, policiais e escriturários de todo o andar.

Sem surpresa, ninguém a reconheceu como Prudence Goode. Sua foto nunca apareceu ao lado da de George nos jornais, pois ela não era de posição social alta o suficiente para ser uma socialite, nem baixa o suficiente para pertencer à classe social deles. Nem esses trabalhadores teriam qualquer relação com seu pai, que ocupava seus escritórios em um prédio governamental separado.

Para eles, ela era Prudence Morley, e sua linhagem não significava nada além do homem ao seu lado. Isso não a incomodava nem um pouco.

"Seu marido anda mantendo você em segredo, só para ele", tagarelou um homem corpulento de pele morena.

Ela ergueu as sobrancelhas para Morley, que parecia estar lidando com a tempestade de seu temperamento antes de se permitir falar.

"Devo me ofender?" ela questionou com um sorriso malicioso.

"De jeito nenhum!" Dunleavy apressou-se em defendê-lo. "Ele é um homem ciumento, eu acho. Não queria gente como nós perto de gente como você, não podemos culpá-lo."

"Ah", ela pronunciou a palavra de brincadeira. "Um bando de canalhas, pelo que vejo."

"Ele nos mantém na linha, não é, chefe?" Sampson cutucou Morley com uma cotovelada ossuda.

"Não muito bem, aparentemente", resmungou o marido. "Vocês não têm trabalho para fazer?"

Ela pôs a mão no braço de Dunleavey, notando que mais homens se aglomeravam ao redor do escritório, incapazes de se espremer, mas querendo dar uma olhada. "Diga-me, Sr. Dunleavy, meu marido é um rabugento monstruoso e com punho de ferro?"

"Não", Dunleavy corou e eriçou os bigodes num gesto tímido. "Ele é tão justo quanto possível."

"O mais belo punho de ferro do mundo", gritou alguém do fundo. "Agora convença-o de que precisamos de um aumento, Lady Morley."

Uma risada estrondosa percorreu a reunião, e ela não pôde deixar de se deixar levar pela jovialidade.

"O senhor tem um marido para se orgulhar, mas já sabe disso, não é?" Sampson sorriu radiante.

Ela não pôde deixar de observá-lo, aproveitando seu raro momento de desconforto. "Claro. Ele é um exemplo a ser seguido."

A expressão dele mudou de irada para pesarosa enquanto ele a encarava. Quase se poderia acreditar que eles eram um casal agora... compartilhando segredos com os olhos.

"Ainda detém o recorde de assassinatos, se me permitem dizer", exultou outro.

"Eu não me importo nem um pouco!" Ela os encarou com entusiasmo. "Vocês conhecem o Carlton, ele é um enigma. Não é nem um pouco propenso a se gabar. Quero ouvir tudo."

Apesar dos protestos dele, ela foi inundada por seus elogios. Será que ela sabia que ele havia atirado em um homem que ameaçava a própria mãe a mais de cinquenta passos? Ele não só havia capturado o ladrão da Esmeralda de Wordston, como também recuperado a gema e a devolvido ao seu dono. Ele heroicamente resgatou quatorze homens dos escombros quando os fenianos [1] bombardearam a Yard alguns anos atrás. A acreditar neles, ele havia reformado sozinho o Blackheart de Ben More.

"Tudo bem, já chega!" Morley passou por seus homens e abriu

---

1. Movimento Feniano foi movimento político pró-separação da Irlanda surgido no século XIX. Fenianos eram os combatentes irlandeses antibritânicos.

a porta, num convite nada sutil para eles saírem. Sua pele escureceu até ficar avermelhada na gola, e a cor começou a invadir suas bochechas. "Lady Morley estava de saída. Ela precisa descansar."

Ela nunca vira uma multidão tão grande se dispersar tão rapidamente.

"Você vem nos visitar de novo?" perguntou Dunleavy.

"Claro."

"Não acredito que você a manteve em tamanho mistério, Inspetor Chefe. A seguir, você vai nos dizer que tem uma ninhada inteira que nunca conhecemos."

"Ainda não." Incapaz de conter o sorriso, Pru colocou uma mão sobre a barriga, que ainda mantinha a ilusão de ser esguia sob seu espartilho. "Mas eu fui ao médico hoje, e ele está confiante de que antes da primavera..."

Os homens ofegaram e exultaram, bufaram e riram com entusiasmo suficiente para deixar qualquer grupo de avós orgulhoso. Eles pegaram suas mãos e as beijaram, e muitos se moveram para dar um tapinha nas costas de Morley ou um aperto de mão enérgico, parabenizando-o por sua virilidade.

Prudence não conseguia se lembrar da última vez que se divertira tanto. Havia palavras que não se diziam na aristocracia. Coisas que nem sequer se expressavam. Bebês eram anunciados no papel e depois insinuados como um "acontecimento feliz" ou "novo membro" até a mulher entrar em confinamento. Isolada como se sua gravidez fosse uma vergonha.

Mas não ali. Ela era celebrada. E o futuro pai também.

Ela olhou para ele, subitamente tomada por algo que parecia muito com alegria.

Sua expressão estrondosa havia se transformado em algo mais atordoado do que qualquer outra coisa. Como se ele tivesse entrado em um mundo adjacente àquele em que normalmente residia e não conseguisse entender nada. Ele aceitou os apertos de mão, tapas e elogios calorosos, olhando ao redor, desconfortável, como se não soubesse onde colocá-los.

Uma coisa ficou instantaneamente clara, e dolorosamente clara para Pru: os subordinados de seu marido não apenas o veneravam e admiravam...

Eles o amavam.

Porque ele era um bom homem e um grande líder. Alguém que não apenas inspirava respeito, mas o merecia. Ele consertava coisas erradas todos os dias. Ele cuidava de tantos detalhes em casa que ela tinha certeza de que ele era tão meticuloso em seus negócios, se não mais. Nenhuma tarefa era muito servil ou muito difícil. Ele fazia o que precisava ser feito sem escrúpulos ou mesmo reclamações.

Prudence sabia o suficiente sobre o mundo dos homens para perceber que isso era algo extraordinário.

Uma virtude a ser respeitada. Um homem a ser venerado.

Ele despedaçou a própria alma e sacrificou a própria saúde e felicidade por inúmeros londrinos que jamais saberiam a quem deveriam ser gratos.

Quantas mulheres tiveram a honra de compartilhar a vida de um grande homem? Um homem que deixaria sua marca no mundo e não teria que se vangloriar porque outros o faziam. Quantas poderiam se orgulhar de caminhar ao lado do marido?

De compartilhar um filho com ele.

Ela teve que piscar para afastar uma névoa de emoção enquanto o deslumbramento percorria seu corpo.

A testa de Morley franziu-se de preocupação ao perceber sua expressão exausta e, em um instante, estava ao seu lado, segurando seu cotovelo para apoiá-la. "Eu a acompanho até a saída", ele murmurou antes de se dirigir à sala em geral. "E eu não quero ver ninguém nesse andar. Ou vocês estão na rua trabalhando duro, ou voltando para casa à noite, está claro?"

Os homens se apressaram em obedecê-lo, mas não sem provocações, sussurros e alegria.

Morley a puxou para a esquerda, em direção à porta da escada dos fundos. "Sou seu marido", ele falou.

"Sim..." foi a resposta lenta dela. "Isso já está bem estabelecido."

Ele a virou para encará-lo. "Você não deve esconder coisas importantes como esta de mim."

Os olhos dela se moveram de um lado para o outro, buscando entender o que ele queria dizer. "Tipo... tipo o quê?"

"Você foi ao maldito médico, Prudence", ele disse em um sussurro exasperado, puxando-a por uma porta escondida para um nicho cheio de caixas empoeiradas. "Eu deveria ter estado lá!"

Oh, eles estavam continuando de onde haviam parado. "E-eu não achei que você fosse querer."

Ele lançou-lhe um olhar magoado enquanto retomava o andar. "Que... que tipo de monstro você acha que eu sou?"

"O tipo de monstro masculino. Homens nunca comparecem a essas coisas. Cabe à mãe —"

"Se houver notícias médicas sobre minha esposa e meu filho, serei o primeiro a saber." Ele esfregou a testa e estendeu a mão como se estivesse se estressando. "Eu nunca entenderei os aristocratas. A distância que homens melindrosos mantêm de suas famílias por uma questão de decoro. É completamente ridículo."

Ela soltou um breve som. "Eu não poderia estar mais surpresa com você."

"O que você quer dizer?"

"Você está sendo obtuso ou cruel", ela acusou. "Qual das duas opções?"

"Cruel? Eu não fui nada além de respeitoso com você."

"Não quero que você seja respeitoso comigo. Quero você. Em casa. Estamos casados há duas semanas e eu o vi talvez três vezes em todo esse tempo. Você mantém uma distância que ultrapassa a própria ideia de decoro. Quando, nas últimas duas semanas, eu teria tido a chance de lhe contar sobre essa consulta?"

Os ombros dele caíram um pouco e o queixo caiu, lembrando-a de um garoto repreendido.

"Você poderia ter... me deixado um bilhete", ele murmurou.

"Um bilhete, ele diz!" Ela gesticulou para as caixas como se ainda tivessem público. "É assim que nossas vidas vão ser? Uma troca educada de bilhetes?" Ela tirou uma caneta imaginária do corpete e a passou na língua. "Caro Carlton", ela começou. "Ou devo chamá-lo de Sr. Morley? Sim, acho que sim, é mais apropriado." Ela riscou duas vezes seu bilhete imaginário. "Sei que não nos vemos há vários meses, mas estou deixando este bilhete para informá-lo de que entrei em trabalho de parto com nosso filho. Por favor, compareça o mais breve possível. Com os meus melhores cumprimentos, Prudence Agatha Morley."

Ela o encarou enquanto assinava seu nome imaginário com um floreio.

"Você já deixou claro o seu ponto." Ele cruzou os braços e se encostou-se ao parapeito da janela. "Seu nome do meio é Agatha?"

"Argh!" Ela ergueu as mãos antes de estender a mão para a porta, decidida a sair.

Ele agarrou seu braço, girando-a. "Esse sou eu, Prudence", rosnou. "Esse sou eu. Papelada e noites em claro. Responsabilidade e distância, isso é—"

Ela se aproximou dele, o rosto erguido em desafio. "Você está *errado*. Esse não é você, de jeito nenhum."

"Você não sabe de nada —"

"Você se esquece, marido, que eu o conheci. Naquela noite no jardim."

Seus olhos brilharam com aquela faísca de mercúrio. "*Não fui eu*. Era —"

"Se você disser *algo errado*, eu te dou um tapa." Ela levantou a mão em advertência. "Você foi mais você mesmo naquela noite do que eu acho que já tinha sido em algum tempo antes, e *certamente* desde então. Você estava despojado de toda essa artimanha firme. Nu e vulnerável. E sim, sombrio e irritado." A mão dele pousou em sua bochecha, mas apenas com cuidado e afeto. "E você precisava de mim tanto quanto eu precisava de você. E eu acho... eu acho que você ainda precisa."

Seu peito se expandiu com respirações curtas e rápidas enquanto ele se mantinha tão ereto e tenso quanto uma estátua de mármore. Seu queixo, no entanto, inclinou-se levemente na mão dela como uma fera em busca de conforto.

"Você foi tão maravilhoso comigo na minha primeira noite", ela lembrou. "Tão gentil."

"Não gentil o suficiente", ele lamentou.

"Você foi perfeito. *Nós* fomos perfeitos."

Ele a olhou com cautela. "Não estamos... no meio de uma discussão?"

Sua respiração engasgou, divertida. Farah tinha razão, homens eram idiotas adoráveis.

"Sou sua *esposa*, Carlton." Ela nunca o chamara assim antes. Não na cara dele. "Para o bem ou para o mal, nossos destinos estão interligados. Posso não ser o que você imaginou, mas... estou *aqui*." Ela deslizou para mais perto, até que seus seios pressionaram o peito dele, seu corpo se moldando ao dele. "É permitido precisar de mim. Me querer. Se não temos mais nada, temos *aquela* noite. Temos *essa* criança. E essa... atração entre nós. Uma que pode, com o tempo, ouso esperar, se transformar em afeição?"

Ela se levantou na ponta dos pés para deslizar um beijo suave contra o queixo dele.

"Prudence", ele rosnou.

"Você está tão cansado. Tão tenso." Ela puxou a cabeça dele para mais perto, sussurrando sua respiração em seu pescoço, permitindo que suas sugestões deslizassem em seu ouvido. "Deixe-me acalmá-lo, marido", ela insistiu. "Mais do que isso. Deixe-me *agradá-lo*. Depois de tudo o que você fez por mim—"

A cabeça dele se jogou para trás. "Eu nunca esperaria—não como pagamento —"

"Eu sei", seus dedos acariciaram os cabelos finos e curtos da nuca dele, incitando-o a voltar para ela. Ansiando por seu beijo. "É por isso que eu ofereço. Eu quero você, marido. Apesar de tudo, isso nunca mudou. Se tivesse a chance, eu faria uma miríade de escolhas diferentes nos últimos três meses, mas não essa. Não consigo me arrepender de ter me entregado a você... de ter tido você... isso me torna imperdoavelmente perversa aos seus olhos?"

"Não." Ela sentiu a tempestade dentro dele, a batalha de sua natureza dual, e identificou o momento exato em que uma das facções derrotou a outra.

Com um palavrão, ele fechou a mão em volta do pulso dela e a puxou atrás de si enquanto abria com força a porta da alcova e outra da escada. Ele a conduziu silenciosamente por um lance de escadas, passando por mais duas portas em outro escritório caótico, cheio de máquinas de escrever e barulho, e então a conduziu para um longo corredor deserto.

Ela correu para acompanhá-lo enquanto ele a levava até o fim do corredor e abria com o ombro uma porta velha e inchada pelo desuso. Em uma dança incrível de movimentos fluidos, ele a puxou para dentro, fechou a porta com firmeza, trancou a fechadura e a puxou para seus braços para esmagar sua boca contra a dela.

Toda a pretensão do Inspetor-Chefe civilizado se dissipou sob o calor que explodiu entre eles. Suas mãos estavam de repente por toda parte. Seus lábios não estavam mais comprimidos em suas linhas firmes e lacônicas. Eles se moldaram aos dela com uma consumação selvagem e úmida que superava qualquer coisa que ela já tivesse imaginado.

Ele sucumbira mais uma vez à fera carnal e faminta que espreitava dentro dele. Uma fera trancada em uma caverna tão profunda que era como se ele tentasse enterrá-la para sempre.

Mas qualquer um sabia que um predador privado de sustento

se tornava a mais perigosa das criaturas. Prudence percebeu que, de alguma forma, possuía a chave para o calabouço onde ele mantinha aquela fera.

E ela esperava que, uma vez que a deixasse escapar, ela a devorasse.

Fiel à sua natureza, ele não a decepcionou.

O corpo dela se derretia contra e ao redor dele enquanto ele a beijava como se pudesse compensar cada noite ausente e cada manhã vazia. Sob o fervor de seu abraço, existia uma doçura de cortar o coração. Uma espécie de maravilha apavorante que a comovia até a medula dos ossos.

Isso era algo que ele não conseguia expressar com palavras, ela entendia. Ainda não.

Talvez nunca.

Embora não houvesse chance de ele soltá-la, ela ainda se agarrava a ele, os dedos cravados nos músculos convexos de suas costas, deleitando-se com a força que encontrava ali.

A língua dele não esperou por convite, invadindo sua boca em carícias sedosas e entorpecentes. Ele gemeu contra os lábios dela e ela inspirou, saboreando o prazer sincero do som.

Ele a empurrou para trás, sem nunca parar de beijá-la. Suas mãos a seguraram pela cintura e a ergueram sobre uma escrivaninha, ou uma mesa, ela não tinha certeza. Somente depois de colocá-la ali, ele permitiu que seus lábios inquietos se aventurassem em outro lugar. Ele os arrastou por sua bochecha, cravando-se na cavidade sensível de sua garganta, mordiscando o lóbulo macio de sua orelha enquanto pressionava seus joelhos para abrir o espaço com seus quadris.

Era assim que ele a teria em seguida, ela percebeu. Aqui. Agora.

Ele a tomaria novamente. Para consumar o casamento deles.

No breve momento em que lhe foi permitido absorver o ambiente sombrio ao seu redor, ela identificou os esqueletos de prateleiras e caixas com algum tipo de depósito mal utilizado, iluminado apenas por uma janela suja.

Algo na ilegalidade daquele cenário fez com que ela sentisse uma onda de excitação e expectativa. O único som na sala era o farfalhar do vestido dela enquanto ele o agarrava com as mãos desesperadas e as pequenas explosões das suas respirações ofegantes.

Ela também estava frustrada com as camadas de roupa dele. Qualquer que fosse o que o compunha, a própria essência dele a atraía. Aprisionava todos os seus sentidos. Ela queria vê-lo. Marcar sua pele. Cheirar, tocar e saborear.

As mãos ásperas dele agarraram suas meias enquanto ele se pressionava para frente, abrindo ainda mais as pernas dela para acomodá-lo. Seus dedos eram fortes e gentis enquanto acariciavam a parte interna de sua coxa. Respirar pareceu se tornar mais difícil para ele ao encontrar as bordas de suas meias e ligas.

Quando ele puxou a fita de suas ceroulas, o palavrão que ele emitiu provocou fogo em seu sangue e uma inundação em suas entranhas. A palavra desesperada e grosseira que saiu de seus lábios era indescritivelmente erótica ao vibrar contra a pele dela.

Os dedos dele roçaram seu calor, produzindo um suspiro entre eles. Prudence agarrou seus ombros e as camadas curtas em sua nuca quando ele encontrou a carne macia e túrgida já inchada e úmida de desejo.

"Sim", a palavra escapou em uma respiração irregular e seu corpo se moveu sinuosamente, seus quadris se curvando para frente, buscando o prazer proibido de sua carícia íntima.

Ele se inclinou para trás apenas o suficiente para olhá-la. Seu rosto meio exposto à luz cinzenta e meio na escuridão. O brilho perigoso em seus olhos fez com que ela recuperasse o fôlego antes que o movimento ágil de seus dedos a forçasse a soltá-lo em um pedido suplicante.

Ele a observou como um homem testemunhando um milagre

ou mapeando o próprio cosmos, suas feições uma máscara de admiração reverente e luxúria blasfema.

"Tão molhada", ele sussurrou, passando o polegar em círculos sobre a abertura de carne dolorida acima de sua vagina.

Ela não conseguiu responder.

Ele não precisava que ela respondesse.

Enquanto ele evocava sensações de prazer intenso em seu útero com a pressão implacável de seu polegar, seu dedo deslizou pelas pregas de pele que protegiam a entrada de seu corpo, sondando suavemente antes de deslizar para dentro.

O prazer elétrico da intrusão arrancou de sua garganta um som desesperado que ela não se imaginara humanamente capaz de emitir.

"Tão apertada", ele grunhiu como se estivesse em agonia.

Ela queria dizer alguma coisa. Seduzi-lo e encorajá-lo. Elogiá-lo e implorar. Mas cada vez que abria a boca, apenas um miado ou um gemido escapava enquanto ela sofria um êxtase instantâneo e excruciante à mercê de seus dedos hábeis.

Ele cobriu a boca dela com a sua, engolindo os sons enquanto o prazer dela se intensificava em uma onda de batidas pulsantes tão selvagens quanto tambores primitivos. Suas mãos o agarraram, suas coxas se contraíram enquanto espasmos de êxtase a assaltavam, impulsionando-a contra ela como as ondas implacáveis de uma tempestade violenta. Ela não podia fazer nada além de seguir o movimento da mão dele, soltando soluços abafados, enquanto seu orgasmo encharcava os dedos dele.

Ela estava muito satisfeita para se escandalizar com a perversidade deles. Muito cativa de suas paixões para se preocupar em ser descoberta. Ela existia apenas naquele momento. Nesse lugar onde ele desmantelou a mulher que ela era e reconstruiu alguém novo. Uma criatura de desejo e escuridão, imbuída de apenas uma necessidade.

Ele. Isso. *Eles.*

Ele não a derrubou gentilmente dessa vez, não se deu ao

trabalho de acalmá-la ou distraí-la com beijos entorpecentes e abundantes, nem de sussurrar palavras doces contra sua pele corada. Sua mão a deixou apenas por um instante enquanto seus quadris se afastavam.

E então estava lá. Grosso, quente e pulsante.

A coroa de seu pênis roçou seu sexo e ela floresceu como um jardim de rosas de verão. Ela ainda não havia recuperado o fôlego antes que ele a penetrasse, preenchendo-a com uma sensação tão infinitamente maravilhosa que a desfez em seu âmago.

O som que ele emitiu não poderia ter sido menos humano. Era ao mesmo tempo sombrio e divino. Atormentado e vitorioso.

Através da névoa de frenesi e desejo, Prudence reconheceu aquilo pelo que era. Seu marido a estava reivindicando. Possuindo-a com agressividade exigente e uma necessidade feroz e primitiva.

Finalmente.

Ele parou apenas no momento exato, esfregando os quadris contra os dela como se estivesse testando suas profundezas. Mesmo esticada até os limites de sua capacidade física, Prudence acolheu cada centímetro dele. Desejando poder levá-lo mais fundo, para que pudessem realmente se fundir em um só.

O momento durou apenas o espaço de uma respiração antes que o instinto os dominasse. Ela estremeceu de prazer quando ele se retirou e a preencheu repetidamente com estocadas implacáveis, quase cruéis. Seus olhos eram poças vidradas de prata e sombra. Sua mandíbula se apertou. Seu corpo, uma máquina flexível e compacta de músculos, ira e paixão não consumida.

Ele era a coisa mais linda que ela já vira.

"De novo", ele ordenou com firmeza.

Ela balançou a cabeça, incapaz de expressar verbalmente sua falta de compreensão.

A mão dele mergulhou sob suas saias, acariciando-a onde seus corpos se juntavam, até encontrar a fonte de sua felicidade íntima mais uma vez. "Eu quero sentir você... ao meu redor. Gozando.

Apertando..." Seus impulsos se tornaram mais profundos, seus músculos se contraindo ainda mais enquanto ele a penetrava com movimentos hábeis e precisos. "Eu... preciso..."

Sem preâmbulos, Prudence se estilhaçou em pedaços de prazer. Ela se despedaçou, sua alma se separando de um corpo não acostumado e despreparado para um êxtase tão puro e eletrizante. Sua cabeça caiu para trás sobre os ombros, expondo o pescoço. Ele se agarrou a ela como um demônio, lambendo, chupando e mordiscando a carne macia ali até que seu próprio corpo se encheu de um espasmo de tremores devastadores. Ele se enterrou dentro dela enquanto chegava ao clímax, cobrindo seu útero com jatos quentes de sua semente. Seu corpo ficou preso dentro dela enquanto onda após onda parecia enrolar sua coluna, extraindo sons crus, graves e ásperos de algum lugar mais profundo do que seu peito.

Talvez, de sua alma.

Por fim, a testa dele encostou-se à dela, e ficaram assim por uma eternidade, compartilhando a respiração, o calor e uma espécie de paz aliviada que os iludira por meses.

Sexo com ele não era nada parecido com o que ela se lembrava, e sim tudo o que ela sempre desejara.

Talvez fosse diferente a cada vez.

Ah, ela esperava que sim... seria perverso da parte dela querer fazer aquilo de novo quando ele permanecia dentro dela?

Acariciando a camisa de algodão macio que cobria seus braços, ela lhe deu uma cutucada afetuosa com o nariz.

Isso foi todo o incentivo que ele precisava para aproximá-la mais perto, abaixando a cabeça para beijá-la, beijá-la e beijá-la até que ela pensasse que estava prestes a desmaiar novamente. Ele agora a beijava com ternura, seus lábios puxando os dela. Explorando e acalmando, mordiscando e experimentando enquanto permitia que ela acariciasse seu queixo, as fibras intrincadas de seu colete finamente costurado e envolvesse o painel de seda nas costas.

"Um dia desses", ela sussurrou, "faremos amor na cama."

Ele soltou um som ofegante de alegria, mas ainda parecia incapaz de encontrar palavras.

Encorajada, ela o acariciou. "Sabe o que eu acho?" perguntou retoricamente. "Acho que, se tentássemos um pouco, poderíamos fazer o amor dar certo."

Ele se afastou dela. Para fora dela.

Prudence queria chorar, se agarrar a ele, implorar para que não se escondesse atrás de sua maldita fachada. O que ela estava pensando ao falar o que pensava em voz alta? Ela deveria ter pensado melhor antes de estragar o momento com sentimentalismo. Não com um coração tão forte quanto o dele.

Esse tinha sido o seu problema de toda a vida. Ela nunca estava feliz apenas com o que as pessoas se dignavam a permitir.

Ela sempre exigia mais.

A expressão dele tornou-se cautelosa enquanto ele rapidamente se recompunha e a ajeitava também. "Se aprendi alguma coisa observando os relacionamentos bem-sucedidos da minha vida, é que o amor exige confiança. E isso ainda não temos."

Embora suas palavras doessem, ela teve que aceitar a veracidade delas. "Amizade então... camaradagem pelo menos?"

Quando ele não respondeu imediatamente, ela o alcançou, sentindo-o escorregar por entre seus dedos como a areia fina da praia.

"Isso não é nada, não é? Não está vazio." Ela o puxou, precisando dele de volta contra ela, mesmo que fosse só por um momento. "Porque para mim não parece vazio."

Quando ela temeu que ele resistisse, ele não resistiu. Ele encostou a testa na dela e respirou fundo, como se pudesse prender o cheiro dela em seus pulmões. "Isso... não é nada", ele cedeu. "É isso que o torna perigoso."

Pru fez o possível para não sorrir radiante. Era algo para ele. Ela era algo. Algo com que ela podia trabalhar. Podia expandir.

"Bem... já é um começo, não é?"

Ele assentiu cuidadosamente. "Pode-se dizer que é um começo."

Ela o beijou e se contorceu até que ele se afastou para ajudá-la a se abaixar, para que ela pudesse alisar o vestido e o cabelo. "Agora que estabelecemos isso, vou deixá-lo examinar as evidências que lhe trouxe. Talvez, se eu puder ajudá-lo a provar minha inocência no assassinato, você me considere digna do seu coração."

CAPÍTULO 14

Morley não conseguia acreditar que estava pensando em transar com a esposa na igreja.

Nem era culpa dela. Muito pelo contrário, na verdade.

Ela se vestia com o recato de uma freira e adotava o semblante de uma santa sem que ninguém se importasse, enquanto ocupavam o primeiro banco e ninguém além dele podia vê-la.

Ele nem precisou mencionar que sua melhor roupa de domingo não serviria para uma paróquia em Whitechapel. Ela saiu do quarto usando um vestido matinal de gola alta listrado de dourado e verde, que talvez fosse o mais simples de seu enxoval. Seu cabelo estava preso em um coque trançado descomplicado e seu chapéu e véu estavam adequadamente sóbrios. Ainda assim, ela era a mulher mais bem vestida da congregação.

E a mais desejável.

O sermão não tinha nada a ver com os prazeres da carne ou os pecados da sedução. De fato, foi uma exploração eclesiástica bastante serena da generosidade pessoal que fez sua libido zumbir como as vibrações incessantes das asas de uma abelha. Não ofuscando as coisas em si, mas sempre ali na periferia, esperando para atacar no momento mais inoportuno.

Talvez essa palavra, generosidade, tenha sido o impulso para um espaço decididamente menor em suas calças.

Se os últimos dias lhe ensinaram alguma coisa, foi que ele tinha uma esposa generosa. Uma com uma boca generosa, curvas generosas e um espírito aventureiro. Seu apetite por comida havia retornado com força total e, junto com ele, outros apetites exigiam ser saciados.

Ele só precisava estender a mão para ela e ela estava lá, seus braços o envolvendo com um sorriso tentador. Ela lia suas necessidades como uma sábia, intuía se ele se sentia selvagem ou lânguido, pervertido ou terno. Ela não lhe negava nada e trazia ideias próprias suas relações amorosas que o deixaram tanto surpreso quanto emocionado.

Ele olhou para onde as mãos enluvadas dela estavam dobradas recatadamente em seu colo, sobre os tons plácidos de sua saia.

Na noite anterior, aquelas mãos tinham sido milagrosamente perversas. Ela insistira em despi-lo à luz do lampião de seu quarto. Ronronava de apreciação enquanto explorava cada centímetro de sua pele com seus dedos elegantes e andarilhos. Seu deleite inocente deu lugar ao desejo ilícito, e quando ela chegou abaixo de sua cintura, ele não passava de um caldeirão de luxúria fervente, seus nervos em absoluta anarquia. Ela pediu para acariciá-lo até o fim, pois estava curiosa sobre a experiência sexual masculina e não conseguia se concentrar nela quando também estava sendo satisfeita.

Um pedido que ele teria sido um imbecil se negasse.

Ele retribuíra o favor, é claro, seu senso de gratidão e cavalheirismo não o permitindo parar até que ela estremecesse de exaustão e implorasse por misericórdia.

Deus, como ele tinha gostado da brincadeira, mas não estivera dentro dela na noite passada.

Ele sentia falta dela.

Sentira falta dela quando saíra da cama dela para rondar os

armazéns do pai dela nas docas. Sentira falta dela quando caíra na própria cama depois de apenas tirar o paletó e os sapatos.

Ele sentia falta dela agora, mesmo sentada ao lado dele, com o braço roçando no dele ocasionalmente, criando faíscas entre eles que ele se surpreendeu que os outros paroquianos não pudessem ver.

Era isso que ele temera o tempo todo.

Apego. Sentimento. Maldita confusão.

Antes de descobrir a verdade.

Enquanto o órgão tocava o hino de encerramento e sua voz clara e doce se misturava à da congregação, Morley sentou-se quieto, ruminando seus pensamentos e refletindo sobre suas dúvidas.

No início, quando ele a considerava uma fraqueza simplesmente porque seu corpo respondia a ela, a situação ainda parecia de alguma forma administrável. Agora, ele não a queria apenas.

Ele... *gostava* dela. Maldição.

Enquanto esperavam no final da fila para sair da igreja, ela passou o braço pelo dele e inclinou a cabeça para presenteá-lo com um sorriso encantador.

Ela era como um jardim primaveril contra uma pedra cinzenta. Vibrante e exuberante. Cheia de sol e, às vezes, de chuva. Sempre convidativa, exibindo descaradamente sua beleza florescente, tentando-o com pétalas cor-de-rosa de —

Maldição, ele não conseguia parar de pensar nela nua por dois malditos minutos?

Percebendo sua carranca, ela puxou seu braço e disse: "Não vamos ficar mal-humorados, o dia está lindo demais."

"Eu não estou mal-humorado", ele argumentou fazendo uma careta ao ouvir o tom irônico de irritação em sua voz.

"Com fome, então? Eu sei que estou faminta." Ela pressionou uma luva contra a barriga, um gesto que se tornava mais familiar à medida que sua gravidez avançava.

Ele não estava particularmente faminto, pelo menos não de

comida. Mas de repente tornou-se imperativo que ele lhe fornecesse sustento.

Nas últimas duas semanas, sua cozinheira desistira de satisfazer os caprichos gastronômicos cada vez mais obscuros de Prudence. O que era bom, pois sua esposa, sendo da classe alta, nunca tivera a oportunidade de experimentar as delícias culinárias de Londres. Por um código de conduta superior, as damas não tinham permissão para comer em bares, restaurantes ou casas noturnas.

A classe trabalhadora, no entanto, raramente compartilhava tais escrúpulos.

Morley se via frequentemente voltando da Scotland Yard para casa às pressas no final do dia, ansioso para ouvir um relatório sobre qual desejo insano decidiria o jantar deles. Assim que sua carruagem entrava no estábulo, ela aparecia de peliça e chapéu e anunciava algo como: "Seu filho está pedindo sal. E cebolas, eu acho. Só bocados de sabor e molho."

"Cebolas, você disse?"

"Mmhmm." Ela assentiu, extasiada. "E com grandes pedaços de carne suculenta."

"Meu filho é um carnívoro assumido?" ele perguntou com uma sobrancelha arqueada.

Ela inclinou a cabeça e olhou para o lado como se estivesse ouvindo, antes de revelar: "Indeterminado... Acredito que esse último requisito seja todo meu."

Aquela conversa o fez levá-la até a Manwaring Street, onde bazares indianos e mercados de especiarias se abriam magicamente com o amanhecer, ao lado de restaurantes que serviam curries saborosos, carnes e queijos saborosos assados em fornos tandoori.

Eles comeram com as mãos, esparramados em almofadas como a realeza antiga, enquanto se aconchegavam em um bairro da cidade onde poderiam ser qualquer casal de vanguarda. Depois, ela insistiu em um passeio de volta pelo mercado noturno, onde comprou um par de brincos e sapatos extremamente nada práticos.

A noite seguinte pedia repolho e peixe, por incrível que pareça, então ele a apresentou à culinária russa. Na noite seguinte, ela fez o pedido bastante inócuo de cordeiro, mas o precedente já estava estabelecido. Morley a levou rapidamente a um estabelecimento grego onde homens animados dançavam ao som de uma música empolgante, encantando-a imensamente.

Ele se alarmava com o quanto de prazer extraía desses passeios. Como, por horas inteiras, esquecia tudo o que ameaçava a felicidade futura deles e se perdia em nada mais extraordinário do que uma conversa.

Sua esposa tinha poucos preconceitos pessoais e era infinitamente curiosa e apreciativa sobre as tradições e pessoas a quem ele a apresentava. Ela tinha um raro dom para a observação, identificando cuidadosa e astutamente as sutilezas e nuances da cultura, enquanto se esforçava ao máximo para não ofender. Ela nunca comentou sobre a classe social percebida nos bairros aos quais ele a levava, nem fazia com que qualquer pessoa que conhecesse se sentisse menos do que a pessoa mais interessante com quem já conversara.

Toda a atenção dela estava absorvida por quem quer que estivesse falando, e ele notou que ela tinha o jeito gentil e genuíno que lhes rendia pequenos toques de gratidão por onde passavam.

Foi por isso que ele ousara levá-la para St. Dismas. Porque esse era o chão onde ele e Caroline costumavam dormir no inverno. No bairro que o gerou e o abandonou.

Ele não ia à paróquia desde antes do casamento e sabia que o vigário Applewhite ficaria arrasado por não ter sido convidado para o casamento.

Eles estavam quase chegando ao altar quando o velho padre cego parou para se despedir pessoalmente de cada família e, para disfarçar sua ansiedade, Morley se inclinou para perguntar a

Prudence: "O que será que a diabinha deseja para o almoço, eu me pergunto?"

Ela emitiu um som pensativo. "Você se lembra de três dias atrás, quando provamos aquele macarrão chinês?" Ela engoliu em seco antes de continuar, e ele teve a impressão de que ela havia salivado.

"Eu me lembro."

"Algo *assim*, mas não exatamente isso."

Em vez de esclarecer, ele permitiu que ela resolvesse o enigma, tendo aprendido que ela chegaria a um sabor e textura específicos eventualmente, e a tarefa dele seria então fornecê-los.

"Manteiga", ela finalmente anunciou. "Deve ter manteiga. E... talvez queijo."

"Massa?"

Sua boca se abriu e seus olhos brilharam como a luz do sol no Mar do Sul. "Massa", ela sussurrou. "Sugestão engenhosa."

"Angelo's on the Strand, então", ele decidiu, percebendo que seu próprio estômago roncava vazio com a ideia. "Francesco serve esse prato de vinho branco e manteiga com alho e cebolinha—"

Ela agarrou seu braço com um dramatismo indevido. "Pare de me atormentar ou eu vou morrer antes de chegarmos."

Ele adotou um sorriso malicioso e provocador. "Imagino que você não queira ouvir sobre os pães frescos de —"

"Morley?" O Vigário Applewhite virou o rosto na direção deles, os tufos de cabelo espetados em uma profusão de tons grisalhos acobreados enquanto seu sorriso revelava uma fileira de dentes amarelados pela idade. "Morley, meu rapaz, é você?"

Morley pegou a mão oferecida às cegas e colocou um envelope nela. "Vigário", ele disse. "Desculpe o atraso desse mês. Tem dinheiro sobrando. Peça para Thomas contar e ele pode levar um pouco para Lettie e Harry, pois sei que eles provavelmente cobriram as despesas na minha ausência."

"Você os conhece bem." O envelope desapareceu em vestes

volumosas com uma rapidez que beirou um truque de mágica. "Tenho certeza de que você tinha um bom motivo e... bem, você não é responsável por nossa manutenção."

"Você sabe que sou", murmurou Morley, muito ciente de como sua esposa ficara imóvel enquanto observava a conversa com interesse. "Mas eu tenho razão. Gostaria de apresentá-lo a... minha esposa, Prudence Morley."

Por puro hábito, ela fez uma reverência ao cego. "Como vai, Vigário Applewhite? Fiquei muito comovida com suas palavras hoje."

O rosto do Vigário se iluminou com um brilho quase infantil de pura alegria. "Oh, meu Deus! Meu dia feliz! Já tive muitas preces que não foram atendidas, Lady Morley, e eu já tinha desistido de ver esse patife se casar com alguém há muito tempo." Antes que ela pudesse responder, ele se virou para Carlton. "Ouvi dizer que temos uma nova voz na congregação. Como a de um anjo. Pura, doce e boa. Que bênção. Que bênção! Louvado seja."

Desconcertado e envergonhado pela emoção efusiva do homem, Morley pressionou a mão fria na nuca quente. Tornou-se preocupantemente evidente para ele que seu estado civil — ou a falta dele — era mais perturbador para aqueles em sua esfera do que ele jamais imaginara. E entre aqueles que afirmavam se importar com ele, todos aprovaram unanimemente sua escolha de esposa.

"Nós ficaríamos e visitaríamos...", ele começou, desconfortável.

"Não, não, vou tomar chá com os Brintons assim que eles vierem me buscar, mas você precisa me visitar logo. Precisa me contar tudo." Ele se virou para Prudence, estendendo as mãos para ela.

Ela as segurou com os dedos enluvados, apertando-os carinhosamente como se se conhecessem há uma vida inteira.

"Parece que sempre há muitos demônios nesse nosso mundo.

E poucos anjos. Fico feliz que o nosso Cutter tenha encontrado o seu anjo."

Morley pediu licença e a apressou para a rua principal, esperando que ela não tivesse percebido o lapso de língua do velho. Ele contratou uma carruagem para eles, já que raramente trazia sua própria carruagem para aquela parte da cidade, e a colocou dentro, instruindo o cocheiro a deixá-los no restaurante do Angelo.

Ela balançou silenciosamente sobre as molas desgastadas da carruagem enquanto o submetia a um estudo minucioso antes de dizer: "Minhas irmãs e eu fomos criadas por fanáticos quase religiosos, como evidenciado por nossos nomes virtuosos. No entanto, eu não o consideraria um homem religioso."

Ele olhou pela janela para os arredores sombrios, endurecendo seu coração contra cada criança magra demais ou delinquente de olhos desconfiados. "Eu não sei se sou", ele disse honestamente. "Mas outros creem com um fervor tão desconcertante, não é? Eu vou lá para observá-los, eu acho. Para aprender o que eles amam. Ou o que eles temem. Para ver o êxtase em seus rostos e me perguntar como deve ser. Acreditar em algo tão vasto. Tão absoluto. Confiar..." Ele parou por um momento, voltando toda a sua atenção para ela. "Confiar... em qualquer coisa."

Ele não encontrou condenação nela, mas uma tristeza infinita. "Você não vai lá para encontrar graça? Para encontrar Deus?"

Ele fez um ruído cáustico. "Eu nunca entendi as palavras. Mas acho que vou lá para o caso de Ele me encontrar. Se eu estiver no lugar certo. Talvez uma resposta para toda essa loucura caia na minha cabeça." Ele apontou para a cidade e o mundo além dela.

Para sua surpresa, uma risada borbulhou dela, aquecendo o momento. "Considerando quantos pecados temos cometido ultimamente, você poderia temer um raio."

Apesar de tudo, ele riu junto com ela. "Não conheço todas as crenças e mandamentos, mas tenho quase certeza de que não pecamos desde que nos casamos."

"Não sei", ela disse por baixo dos cílios tímidos. "Parece bastante perverso para mim."

Se aquela fosse a carruagem dele, ele a teria puxado para perto de si e lhe mostrado o significado da palavra perverso.

"St. Dimas." Ela testou o nome. "O ladrão arrependido."

Ele se remexeu na cadeira.

Alisando as saias, ela sorriu para si mesma. "Confesso que inicialmente presumi que você me levou a esta igreja para que ninguém nos reconhecesse, mas agora... acho que entendo."

Ele balançou a cabeça, desejando nunca tê-la levado lá. O que ele estava pensando? Que ele queria revelar a parte de si mesmo que ele culpava pela devassidão dela? Ele queria ver se ela seguraria um lenço para proteger o nariz do fedor dos poços e bombas de onde ele tirava água potável? Se ela se esquivaria da classe trabalhadora e das pessoas honestas que viviam na pobreza ao lado da criminalidade?

Se fosse, era um teste injusto. Embora, um no qual ela tivesse passado com nota máxima.

"Não há nada para entender", ele a informou com o máximo de imparcialidade possível. "Eu frequento a St. Dismas mensalmente. Sou o padroeiro deles, sabe? Applewhite abriga e cuida de muitas das crianças famintas e seminuas dessa parte da cidade. Um dos poucos cristãos verdadeiros que já conheci. Eu financio sua missão de levar alguns dos meninos indesejados de Whitechapel e ajudá-los a encontrar um rumo. Uma profissão. Um meio de sobrevivência."

"Porque —"

"Porque o crime e a violência nascem da pobreza e da crueldade", ele explicou. "Quanto mais meios um homem tiver para prover a sobrevivência para si e seus parentes, menor a probabilidade de sucumbir ao vício ou à vilania."

"E porque o Vigário uma vez fez o mesmo por você?" Seu

olhar, como sua avaliação, era franco e aberto, e Morley queria se encolher diante dele.

Era isso que ele viera ali para lhe dizer. A quem ele viera apresentá-la.

Então por que ele hesitava agora?

Porque ele sempre tivera a vantagem naquele relacionamento, percebeu. Não era confortável dar a ela algo que pudesse usar contra ele.

À sua frente, a luz do dia incidia sobre os cabelos escuros dela, fazendo-os brilhar com reflexos azuis iridescentes. "Você me disse uma vez que cresceu com o sotaque que usa como Cavaleiro das Sombras", ela disse. "O mesmo sotaque que o Vigário tem, e todos aqui."

"Sim, eu disse."

"Farah mencionou que você tinha segredos... e o Vigário, ele te chamou de Cutter."

Seu coração explodiu em caos enquanto a observava entrelaçar os fios de seu passado sem que ele dissesse uma palavra.

"É esse o seu nome? Cutter. Você é um ladrão arrependido?"

Ele recuou em direção à janela, observando os anos passarem entre aquela época e essa. Um garoto loiro estava em um canto com seu amigo de cabelos pretos, avaliando quais bolsos estariam cheios. Quais apostadores seriam facilmente enganados.

"É quem eu era", admitiu relutantemente, encarando os olhos duros daquele garoto do passado. Olhos que não tinham visto nada além de opressão e desespero, em um rosto que só conhecia o toque de outro ser humano como um tapa rápido na orelha ou um soco forte no rosto. Um corpo emagrecido pela fome constante e fortalecido pelas dificuldades e pelo trabalho.

Deadeye.

"Eu era um batedor de carteiras e ladrão a caminho de uma cela de prisão até que uma noite..." Ele hesitou quando o garoto dentro dele levou o dedo aos lábios para silenciá-lo.

Não conte a ela. Não confie nela.

Mas... e se ela pudesse entender de onde ele veio? O que ele perderia.

E se a admissão dele a repelisse e a aterrorizasse? E se ela contasse? Ela teria o segredo final. Um que poderia rasgar sua vida inteira em pedaços e jogá-lo de volta na sarjeta.

Se ele não se enforcasse.

"Uma noite... o Vigário me acolheu e me deu um lugar para ficar quando eu não tinha nenhum", ele explicou, sem muita convicção, saltando sobre as partes mais importantes. "Foi ele quem me incentivou a me reinventar por meio de documentos que recebi ao ingressar no Regimento de Sua Majestade. E, ao retornar da guerra, ele me entregou o jornal onde havia um anúncio para homens com minha constituição física e destreza usarem o uniforme da Polícia Metropolitana de Londres." Ele lhe lançou o que esperava ser um sorriso nada convincente. "O resto, como dizem, é história."

"Isso foi realmente maravilhoso da parte dele", ela murmurou extrapolando o que pôde de suas vagas memórias. "E então você o retribui por sua gentileza com um salário mensal?"

Morley aproveitou a oportunidade para distraí-la de toda a conversa.

"Eu dou a ele todo o meu salário como Inspetor Chefe", revelou.

Ela empalideceu visivelmente, boquiaberta, olhando-o boquiaberta como se ele tivesse arrancado a própria pele para revelar um demônio. "Mas... mas... como você...?" Boas maneiras a faziam evitar conversas sobre dinheiro. Conhecer o trabalho de um homem, mesmo sendo seu marido, poderia ser considerado vulgar. Ele identificou o momento em que ela fez as pazes com aquela vulgaridade.

"Eu sempre me perguntei como você, mesmo com o salário de Inspetor Chefe, conseguia se dar ao luxo de morar em um endereço tão caro", ela disse. "Até meu pai mencionou que seu salário do governo não cobriria a comida para nossos cavalos, muito menos para nossas casas. Ele sempre insinuou que nosso dinheiro vem de suas terras e da companhia de navegação."

Seus lábios se comprimiram com pesar. Ele ainda estava investigando de onde exatamente vinha à riqueza do pai dela.

"Então... e você, marido?" Foi a vez dela de olhar pela janela. "Se você foi criado nessas sarjetas e foi direto do exército para a polícia, como acumulou fortuna suficiente para se casar comigo, sem precisar do meu dote? Ouso perguntar se você ainda é ladrão? Se o dinheiro que paga à igreja é penitência?"

"Na verdade", ele disse achando graça. "Suponho que roubei um pouco enquanto fazia fortuna."

Ela fez o possível para não parecer horrorizada e quase conseguiu. "Você não roubou!"

"Não se preocupe, eu só roubei informações."

Ela se inclinou para frente como se estivesse em transe. "Diga-me."

"Depois que eu voltei do exército, meus antigos oficiais de regimento me convidaram para participar de exibições para que pudessem apostar em mim."

"Que tipo de exibições?"

"De tiro, principalmente."

"De tiro? Por quê?"

Ele lhe deu a resposta curta. "Porque eu era um atirador de elite."

Seus olhos se estreitaram enquanto ela inclinava o queixo delicado em avaliação. "Você deve ter sido um atirador incrível para ter sido convidado para competir em exibições."

"Razoavelmente bom."

"Ah, qual é, você teria que ser mais do que tolerável se eles—"

"Eles me chamavam de *Deadeye* [1]. Não importa." Ele sentiu o pescoço esquentar novamente enquanto passava correndo para evitar os comentários ou perguntas dela. "Em um desses eventos,

---

1. Deadeye tradução = Olho de Águia

ouvi meu Capitão discutindo um esquema de investimento com um americano chamado Elijah Wolfe, um mineiro implacável e inescrupuloso que estava angariando fundos para reabrir as minas de ferro extintas de sua cidade moribunda. Ele não conseguiu encontrar apoio algum e eu pude sentir seu desespero. Mas, apesar de tudo isso, havia algo nele..."

"Você salvou um nobre agradecido de ser enganado por esse americano sem escrúpulos, Wolfe?" ela imaginou.

Ele emitiu um som baixo de diversão. "Dei a Eli tudo o que ganhei nas exposições por uma participação de dez por cento. Mal dava para manter a mina dele aberta por um mês, quanto mais pagar os trabalhadores."

Os olhos dela se arregalaram. "Você fez fortuna com ferro?"

"Não", ele disse ironicamente. "A mina ainda está extinta, pois levou apenas um mês para esgotá-la. No entanto, outro mineral frequentemente reside onde o ferro é encontrado. Muito menos, mas vale muito mais."

"Sério?" ela perguntou. "O que é?"

Ele pegou a mão dela e gentilmente apertou a ponta da luva do longo dedo médio, deslizando a peça de sua pele macia. Segurando os nós dos dedos dela, ele beijou o anel em seu dedo.

"Ouro."

CAPÍTULO 15

*P*rudence mal provou o macarrão. Em vez disso, mastigou um quebra-cabeça, determinada a descobrir que segredo o marido estava escondendo dela.

Ela o observou do outro lado de uma mesa privativa no jardim, atrás do que era possivelmente o café italiano mais charmoso da cidade, e contemplou tudo o que ele havia sido em sua vida excepcional.

Um moleque, um ladrão, um atirador de elite, um exibicionista, um herói de guerra condecorado, um oficial da lei, um justiceiro e um capitalista de risco com interesse em uma mina de ouro americana que valia uma fortuna.

E, muito possivelmente, um mentiroso.

Não sobre o ouro, que era ao mesmo tempo surpreendente fascinante e maravilhoso. Mas sobre o que veio antes.

Sua infância.

Ele havia deixado algo de fora daquela história, ela tinha certeza. Enquanto ele falava de seu tempo em St. Dismas, ela podia senti-lo pulando sobre os túmulos de emoções há muito enterradas, arrancando suas lápides para fingir que nunca existiram.

Que homem complicado ela havia se casado. Possuidor da dicotomia entre um coração capaz de tamanha bravura, galhardia e coragem inigualável, unido a uma mente atormentada pelo ceticismo, pelo enigma e, por falta de uma palavra mais gentil, pelo medo.

Era uma palavra que ele jogaria fora e cuspiria nela se ela o acusasse disso. Mas se ela reduzisse a amálgama de sua cautela, mistério e proteção a uma solução tão espessa quanto o molho maravilhoso que cobria sua massa, tinha certeza de que encontraria no medo o ingrediente principal.

Não o medo da morte ou do perigo. Sua vocação noturna era evidência de uma bravura incomum diante da morte.

Então, o que aterrorizava esse cavaleiro audacioso e destemido? O que o levou a se esconder, a esconder seu passado, nas sombras?

O que lhe haviam feito?

Ou... o que ele havia feito?

"Você não está comendo", ele insistiu, dando um gole em seu café. "Se não estiver do seu agrado, podemos ir a outro lugar."

Despertada de seus pensamentos, Prudence pegou seus talheres novamente e preparou para si uma garfada especialmente deliciosa. "Não, está maravilhoso. Eu só estava distraída."

"Ah? Em quê?" Ele comia como fazia tudo o mais, ela percebeu, com eficiência correta e decisiva. Serviram-lhe um prato de massa recheada com carnes, queijos e ervas aromáticas em um abundante molho vermelho, enquanto ela escolheu imediatamente a redução de manteiga e vinho branco sobre o Capelli d'Angelo [1].

"Eu estava pensando que você é quem precisa comer mais", ela disse.

"Estou consumindo uma verdadeira montanha de comida

---

1. Capelli d'Angelo é uma massa longa e fina, semelhante ao espaguete.

agora." Ele apontou para o prato. "Na verdade, se continuarmos assim, vou precisar ajustar minhas calças."

Dificilmente. Ele estava ganhando um pouco de peso, mas as porções extras pareciam simplesmente alimentar a produção de músculos em vez de se acumularem em algum lugar desagradável. "Sim, mas, antes de eu começar a insistir para que você me levasse a todos esses lugares maravilhosos, a percepção em casa era de que, por causa da sua rotina exaustiva, você estava lamentavelmente desnutrido. Além disso, você mal dorme."

Ela havia notado que, na última semana, sua pele havia ganhado um pouco mais de cor e suas bochechas, antes bastante magras, estavam agora apenas mais definidas. Ele estava se alimentando melhor, mas as olheiras permaneciam, e as linhas de tensão constante, de prontidão eterna, ainda estavam gravadas na beleza esculpida de seus traços.

Seus talheres pararam na massa e ele olhou para a comida com um pequeno sorriso estranho que desapareceu tão rápido quanto apareceu. "Há anos ouço policiais reclamarem de suas esposas que os importunam para ficarem mais em casa. Para cuidarem melhor da saúde."

Ela se irritou um pouco até que ele a presenteou com um olhar tão terno que ela poderia ter se derretido em uma poça sob a cadeira.

"Eu sempre os invejei." O brilho em seus olhos a deslumbrava mais do que a luz do sol fragmentando-se nos respingos da pequena fonte do jardim. A mesa redonda era grande o suficiente para acomodar suas refeições, mas por pouco, e isso os fazia sentar de tal forma que seus joelhos frequentemente se tocavam. Uma profusão de jacintos, calêndulas e flores de lilás os protegia do barulho dos clientes no interior, criando um oásis luxuoso e íntimo só para eles no meio da maior cidade do mundo.

"Bem, Lady Morley", ele disse, dando uma mordida discreta no pão. "Minha falta de sono é inteiramente culpa sua. Antes que você me tentasse a ir para sua cama a qualquer hora, saiba que eu me saí muito bem em encaixar o sono na minha rotina."

"Suponho que terei que trancá-lo para fora do meu quarto, então", ela suspirou como se fosse uma grande vergonha. "Até porque me preocupo com a sua saúde."

Ele cutucou o joelho dela em desafio. "Nem pense nisso."

Ela riu de forma sedutora antes que uma nota de incerteza a atingisse. "Eu sei que você leva duas vidas muito importantes, mas... você consideraria... dedicar algumas noites para ficar em casa?" ela arriscou.

Você poderia dormir comigo, ela não disse. Porque ele ainda não tinha dito isso. Ele a deixava à noite, obrigado a cumprir seus autoproclamados deveres como Cavaleiro das Sombras. Ao retornar, ele dormia no quarto no final do corredor, longe do dela. Sua respiração tremia tanto na garganta que ela teve que puxar a gola alta do vestido. "Sei que não tenho o direito de fazer exigências indevidas, mas quando o bebê nascer—"

"Não precisa dizer mais nada." Ele estendeu a mão e segurou a mão que ainda tremulava em seu peito, acariciando delicadamente seus nós dos dedos com o polegar. "Eu estava pensando exatamente a mesma coisa—"

"*Mi scusi, Signore Morley, mi scusi! (Desculpe-me, Sr. Morley, desculpe-me!)*" O proprietário, Francesco, com um bigode magnífico, uma barriga redonda e um jornal de domingo no colo, caminhou com dificuldade até a mesa deles. "*Il giornale! Il giornale! È così brutto quello che dice! Non ci credo! (O jornal! O jornal! É tão horrível o que ele diz! Eu não acredito!)*" Ele se virou para ela. "Eu não acredito."

Um franzir de sobrancelhas começou a substituir qualquer vestígio de bom humor de seu marido enquanto ele arrancava o jornal das mãos do dono do restaurante e o examinava. Tempestades se acumularam em seus olhos e trovões em sua expressão enquanto ele o amassava com o punho.

"Obrigado, Francesco", ele disse, sem separar os dentes enquanto o lábio se curvava num rosnado silencioso.

"Claro…" O homem lançou-lhe um olhar de pena e entrou apressado, não querendo testemunhar a reação de Pru ao que ela sabia que ia acontecer. Ela desejou poder segui-lo. Seu coração tornou-se como um pardal em uma gaiola, voando como um louco ao redor como se procurasse uma saída.

Eles haviam se aproveitado da sorte por tempo demais. Eventualmente, a história teria que vir à tona. A verdade sempre acabaria vindo à tona, e com ela algumas mentiras também, para temperar a história com um delicioso escândalo.

Ela queria ler, mas seus olhos se recusavam a focar no jornal. Não só ela tentava conter as lágrimas, como também uma escuridão crescente em sua visão periférica. Sentia como se tivesse levado um golpe na cabeça e não conseguia se livrar da desorientação que a acompanhava.

Ela reconheceu a palavra inconfundível no título do artigo. ASSASSINA.

"O quê? O que eles dizem? Será que acham que eu—"

"Vai ficar tudo bem", ele a tranquilizou, instintivamente guardando o jornal atrás de si.

"Diga-me o que escreveram", ela implorou.

Ele hesitou por um instante, antes de exalar derrotado. "Foi divulgado à imprensa que Sutherland foi esfaqueado e que você estava na sala com ele. O artigo menciona o passado dele… infidelidades e sua possível reação a elas."

"Eles me deram um motivo." Ela levou a mão ao rosto, só para se certificar de que ainda a tinha, pois de repente estava dormente. "Não pode ser só isso", preocupou-se. "Como o Sr. Francesco soube que devia trazer-lhe o jornal? Ele menciona o nosso casamento?"

A expressão dele tornou-se ainda mais sombria. "Felizmente, não."

"Então..."

Ele tirou o jornal do bolso e dobrou-o para que ela pudesse ver. "Seu retrato, receio."

"Meu Deus." Ela olhou para a imagem, tomada por um horror gélido. "Que desenho grosseiro! Nem sequer se parece comigo."

"Na verdade não parece, mas foi o suficiente para que Francesco unisse o desenho a sua pessoa."

"O que vou fazer?" exclamou incapaz de impedir que as palavras que não queria ler lhe saltassem aos olhos. "Eles me transformaram em uma vilã. Praticamente decidiram o caso pelo juiz."

"Estamos preparados para isso", ele disse tentando acalmá-la. "No entanto, acho melhor irmos para casa."

"Mas… eu deveria ir ao encontro da Sociedade de Auxílio Feminino da Duquesa de Trenwyth com a Farah hoje." Ela olhou desolada para o prato de massa que esfriava. Não tinha terminado, mas perdera o apetite.

"Prefiro que você não vá." Ele limpou os lábios e as mãos com o guardanapo de linho antes de jogá-lo sobre a mesa. "O maldito abutre que escreveu isso, e qualquer outro jornalista, vai estar a sua procura. É melhor ficar longe dos holofotes por um tempo, até resolvermos isso."

"Entendo a sua lógica", ela disse sentindo um aperto no coração. "Isso não provaria o ponto do jornalista? Estarei me escondendo em desgraça. Parecerei culpada."

Além disso, ela *não podia* voltar a ser como era antes, a ter apenas a criadagem silenciosa e as partículas de poeira como companhia. Voltar ao silêncio absoluto e à distância do único homem que começara a significar tanto para ela. "Você diria que isso está próximo de ser resolvido?"

Ela evitara pressioná-lo muito sobre o assunto. As últimas noites quase despreocupadas e apaixonadas haviam anunciado uma nova era em seu relacionamento, e ela se convencera de que ele quase esquecera sua suspeita. Que ele acreditava que ela não tinha sangue nas mãos.

Que ele estava tentando inocentá-la.

Seu rosto se tornou uma máscara fria de vazio calculado. "Tenho uma igreja cheia de suspeitos no caso Sutherland, e estamos investigando-os o mais rápido possível, começando pelos mais próximos na época do assassinato. Lorde e Lady Woodhaven, seu pai, o vigário, e a partir daí, espalhando-se a partir daí. Estou até mesmo investigando Adrian McKendrick, o novo Conde de Sutherland."

Ela assentiu, examinando o jornal repetidamente. "E quanto ao meu pai?"

"Minhas buscas nos armazéns e negócios do seu pai renderam alguns frutos bastante desagradáveis, receio", ele admitiu relutantemente, observando a reação dela. "Encontrei registros de embarques provenientes de portos onde se acredita que a planta seja nativa. Embarques que levam o nome e a assinatura de Sutherland. Isso sugere que seu noivo poderia estar envolvido com seu pai... e, se for esse o caso, precisaremos adicionar o Comissário a curta lista de principais suspeitos de seu assassinato."

"O quê?" Ela se endireitou bruscamente, deixando o jornal cair na mesa. "George não era um homem de negócios, ele achava que comércio e transporte marítimo eram, francamente, indignos dele."

"E de fato achava", ele concordou. "Mas a nobreza empobrecida está sendo forçada a considerar todos os tipos de meios desesperados para reforçar suas fortunas cada vez menores. Será que Sutherland era um deles?"

Sem saber o que dizer, ela balançou a cabeça negativamente. "Nunca me passou pela cabeça perguntar. Mas tive motivos para acreditar que ele estava de olho no meu dote quando soube que ele tinha vários filhos ilegítimos para sustentar."

"Bastardo vergonhoso", ele murmurou.

Ela sabia que não deviam falar mal dos mortos, mas não conseguiu discordar.

"Você realmente acha que ele e meu pai eram... meu Deus. Isso só piora, não é?" Com as mãos trêmulas, ela pegou o jornal da mesa e encarou as palavras que a condenavam, possivelmente para o resto da vida. "Como eles conseguiram essa informação?"

Ele balançou a cabeça. "Achei que tivéssemos eliminado todas as possíveis brechas", murmurou. "O reverendo, talvez? Ele teve um lampejo de consciência?"

"Suponho que sim... mas é improvável. Assim como você, minha família é patrona da igreja há anos. Ele batizou todos nós. E quanto a alguém da Corregedoria? O juiz? O oficial de registro que nos casou?"

Ele fez um gesto fervoroso em sinal de negação. "Pedi uma série de favores que você não acreditaria se eu lhe contasse", ele disse. "Todos sabiam que o fogo do inferno seria preferível à ira que eu lançaria sobre suas cabeças se falassem."

"E quanto ao marido de Honoria, William?" Ela sussurrou. "Ele *amava* George e estava... estava tão *zangado* comigo. Tão certo de que eu tinha feito isso." Uma faixa apertou seu peito, forçando-a a soltar um suspiro forte. A mesma pressão apertava sua cabeça, com uma força implacável, em suas têmporas latejantes. "Se William acha que eu me safei de um assassinato, ele pode estar usando a opinião pública para te pressionar. Para me fazer pagar." Ela não conseguia dizer mais nada, seus pulmões haviam comprimido completamente a capacidade de respirar.

"Sua maldita família", ele disse entre dentes, parecendo que ia arremessar a mesa num acesso de raiva.

A represa que ela havia construído para conter a corrente de suas emoções desmoronou, inundando todo o seu ser com uma torrente desoladora de sentimentos. Como último recurso, ela pressionou as duas mãos sobre a boca para conter os gritos, mas ainda assim não conseguiu. Eles irromperam dela como rios de lágrimas quentes que escorriam por suas bochechas.

Ele estava ao seu lado num instante. Acolhendo-a em seus braços, num emaranhado de membros desamparados e soluços entrecortados. Seu peito estava duro e firme como a rochedo de Gibraltar enquanto as ondas de sua dor se quebravam sobre ele.

"Sinto muito, querida", ele murmurou, suas mãos fazendo uma dança terna de conforto para cima e para baixo em sua coluna enquanto ele aconchegava sua cabeça sob seu queixo. "Pronto. Tudo ficará bem." Você não corre mais perigo do que antes. "Não comigo para te proteger."

Ela se agarrou a ele, ouvindo suas palavras enquanto elas ressoavam em seu peito, agarrando-se a elas como a uma boia lançada para ela antes que se afogasse em seu desespero.

"Pronto, querida." Ele pressionou a boca na testa dela. "Chore à vontade. Eu estou aqui com você."

Sim. Ele estava com ela. Ela era totalmente dele.

Poderia ela reivindicar o mesmo direito?

"E-eu não estou chorando", ela declarou mais como uma ordem para si mesma para parar do que qualquer outra coisa.

"Claro que não, querida", ele disse solícito.

"Quer dizer. Eu n-nunca choro", ela disse com a respiração entrecortada. "Eu n-não sou uma pessoa histérica. Mas parece que não consigo parar." "Eu... eu..." Ela soluçou alto e sentiu o sorriso dele contra seus cabelos.

"Querida", ele murmurou. "Você não só está passando pelo que provavelmente é a provação mais difícil da sua vida, como também está grávida." Ele a puxou para trás para poder olhá-la com infinita ternura, antes de acariciar suas bochechas encharcadas com o polegar. "Eu não deveria ter dito aquilo sobre sua família", repetiu. "Eu estava... irritado com a sua angústia, só isso."

"Você tem todo o direito de amaldiçoá-los. Eu também estou desiludida com eles. Eu pensava que eles fossem demasiadamente justos, e descobri que todos podem ser corruptos, se não fosse as gêmeas." Seu queixo tremeu quando uma nova onda de tristeza a atingiu, fazendo-a se afastar dele. "Deus, como você deve se arrepender de mim. Eu trouxe tanto caos para a sua vida organizada. Certamente você gostaria que nós nunca tivéssemos—"

Ele a segurou, puxando-a de volta para o círculo protetor de seus braços, dessa vez tendo tirado um lenço. "Pare com isso", ele ordenou contra sua têmpora enquanto depositava pequenos beijos de consolo ali. "Não pense assim."

"Como eu poderia não pensar quando—"

Ele a distraiu passando o lenço pelo dedo e traçando os cantos de sua boca onde as lágrimas haviam escorrido, depois ao longo de sua mandíbula, ao lado de seu nariz e suavemente por suas bochechas. Ele depositou beijos, com aroma de vinho, em suas pálpebras inchadas e em sua testa quente.

"Você se sentiria melhor sabendo que minha família envergonharia a sua?" Ele perguntou, injetando um pouco de leveza na voz.

Ela fungou delicadamente e depois mais profundamente. "Um pouco", ela admitiu enquanto ele lhe entregava o lenço para que ela pudesse assoar o nariz. "Você nunca falou da sua família", ela disse com certo constrangimento. Ela nunca havia perguntado sobre eles. "Onde eles moram?"

"Eles não moram em lugar nenhum", ele respondeu num tom calmo e indiferente que não inspirava piedade. "Minha mãe morreu pouco depois do nosso nascimento, e meu pai se matou bebendo alguns anos depois, mas não sem antes tornar a vida da minha irmã e a minha miserável."

Ela ergueu o queixo para olhá-lo, percebendo que sua expressão estava distorcida por sua confusão. "Você tem uma irmã?"

"Tenho. Eu… tinha. Uma gêmea. Caroline."

"Uma gêmea", ela sussurrou, o coração amolecido pela forma como ele pronunciou seu nome, e então atingido pelo uso do passado. Ela tentou imaginar Mercy sem Felicity — ou vice-versa — e seus olhos ameaçaram evocar uma tempestade como nunca haviam visto. "Você pode me dizer… o que aconteceu com ela?"

Ele a encarou por um longo tempo, e ela retribuiu o olhar com um encorajamento silencioso. Era como as portas de sua casa. Era isso que ele havia mantido escondido dela, essa dor brilhando em seus olhos, irradiando de seu corpo e fragmentando sua alma.

Depois de uma eternidade, seus lábios se entreabriram e ele revelou a ela o que ela entendeu que ele não estivera preparado para compartilhar na carruagem.

Ela permaneceu em seus braços enquanto ele destruía com uma marreta os cacos de seu coração já partido. Ele lhe contou sobre duas crianças tremendo de frio nas ruas, roubando comida e suprimentos necessários. Sobre a esperança de que sua irmã se casasse com seu melhor amigo. Sobre o seu desespero e desapontamento quando ela se voltou para a profissão de tantas outras para prover para si mesma o que ele, um ladrão ignorante, não podia.

Ele relatou o dia violento da morte de Caroline em detalhes vagos e fragmentados, embora ela não pudesse ter certeza se era para o benefício dela ou para o dele. Seus olhos permaneceram secos. Distantes. Como se ele estivesse contando a história horrível do cruel assassinato da irmã de outra pessoa.

Pru era uma poça de emoção novamente quando ele ficou sem palavras. A história nem parecia ter terminado, e ainda assim ele simplesmente… parou abruptamente.

Assim como a vida de Caroline, antes mesmo de começar de verdade.

Dessa vez, quando ela enterrou o rosto no peito dele, mergulhou os braços em volta da cintura dele, apertando-o contra si, desejando lhe transmitir todo o consolo possível.

Ele ficou parado por um instante, rígido e inseguro, antes de soltar um suspiro contido e deixar a bochecha repousar em seus cabelos.

Ele relaxou contra ela, permitindo que ela sustentasse parte do seu peso enquanto se apoiavam mutuamente, criando uma força ainda maior para compartilhar seus fardos.

"Pensar", ela disse. "Que você poderia ter se afogado nessa dor. Poderia ter deixado que ela o dominasse. Mas você escolheu se erguer, em vez disso, para se tornar... esse homem milagroso e extraordinário—"

De repente, ele se afastou, levando um dedo aos lábios dela para que ela não dissesse nada mais gentil. Seus olhos ainda estavam fechados, opacos de incerteza beirando a ansiedade. Como se ainda não tivesse chegado a uma decisão. "Não lhe contei para ganhar sua simpatia nem sua admiração", ele disse antes de lançar um olhar furtivo ao redor do jardim, encontrando apenas abelhas ouvindo ruidosamente as últimas flores de lavanda antes que o outono roubasse seu viço.

"Contei porque quero que você saiba que... você não é a única nesse casamento com segredos condenáveis."

Prudence balançou a cabeça, sem entender. "Eu não tenho segre—"

"Eu o matei." A confissão pairou no ar como uma lâmina fria, esperando para separá-los. "O homem que feriu minha irmã, que olhou em seus olhos enquanto eles perdiam o brilho e morriam. Eu o encontrei, cortei sua garganta e observei seu sangue encharcar minhas mãos." Ele a soltou então, afastando-se para mostrar-lhe as palmas ásperas como se a mancha ainda estivesse lá. "Ele era um relojoeiro, um ninguém, que gostava de ferir mulheres. Meninas. Que ele achava que mereciam." Sua voz falhou por um instante, e ele desviou o olhar, não de agonia, mas com aparente repulsa por um ser humano que ele ajudara a sair desse mundo e entrar no próximo.

"Dorian foi preso por roubo naquela noite, o que me proporcionou uma fuga, e eu apareci na porta do Vigário Applewhite. Ele me concedeu refúgio. Lavou o sangue das minhas mãos, assim como eu fiz com você no dia em que a pedi em casamento."

"Meu Deus." Prudence ficou parada como se seus sapatos estivessem colados ao chão. Seu marido acabara de confessar um assassinato para ela. O Inspetor Chefe da Scotland Yard. Ele havia matado a sangue frio o homem que estuprou e assassinou sua irmã.

Então por que ela não estava horrorizada? Ou com raiva? Por que ela ainda queria pegá-lo — e aquele adolescente sujo e faminto que ele fora — e embalá-lo em seus braços até que a dor se dissipasse? Confusa como estava com a verdade, levou um momento para ela processar a próxima frase dele.

"Revelei isso a você como um gesto de paz", ele disse sinceramente. "Não, como um gesto de compaixão. Você e eu, não somos tão diferentes assim. Veja bem, a vingança não é apenas uma característica humana, mas sim universal. A justiça é a maneira que nossa sociedade encontrou para punir crimes, mas quando não há justiça, é natural buscar vingança—"

Ela se afastou dele com tanta violência que as mãos dele ainda estavam estendidas enquanto ela recuava alguns passos até o canto do jardim.

"Sim, *somos* diferentes", ela falou, o tremor se intensificando novamente, mas por um motivo completamente diferente de antes. "Somos *absolutamente* diferentes."

Ele a encarou, a cabeça inclinada para o lado com um olhar confuso e perplexo.

"Você vingou a morte da sua irmã, e não acho que eu a condene por isso. Mas eu..." Ela levou as mãos ao peito. "*Eu não. Sou inocente de todos os crimes, exceto daquele que você e eu cometemos juntos naquele jardim.*"

Ela queria chorar novamente, mas parecia que já não tinha mais lágrimas. Agora, tudo o que lhe restava era uma ferida aberta e dolorida onde antes residia seu coração, uma ferida que ardia e queimava a cada respiração. "O fato de você ainda pensar que sou culpada é mais decepcionante do que a condenação de todos os jornais e pessoas de todo o império. Você não vê?" Ela balançou a cabeça, sabendo que, mesmo agora, a mente e o coração do marido estavam fechados para ela. "Eu poderia enfrentar tudo isso, cada pessoa que conheço e amo me virando as costas, se ao menos pudesse ter a esperança de que você acreditasse em mim."

Ele deu um passo à frente, estendendo a mão para ela até que ela o impedisse de falar.

"O que estou lhe dizendo, Prudence, é que não importa no que eu acredito", ele falou com veemência, gesticulando com movimentos fervorosos e precisos da mão. "Não importa o que aconteceu naquela sala, eu estou do seu lado. Aconteça o que acontecer, você terá todas as ferramentas à minha disposição, cada centavo que possuo e toda a minha força, influência e experiência. Eu vou te tirar você dessa situação, você tem a minha palavra."

"E eu agradeço por isso, mas isso não o destrói? Você não deveria assumir minha defesa apenas se eu for digna disso? Você não *acredita* que eu sou inocente."

"Eu não ligo!" ele rugiu. "Estou te dizendo, maldição, que eu faria qualquer coisa por você. Entende? Eu assumiria a responsabilidade se achasse que isso ajudaria. Eu traria o desgraçado de volta e o mataria eu mesmo. Eu cometeria perjúrio por você, Prudence, inferno, receio que eu cometeria um assassinato se você me pedisse—"

"Mas eu *não faria isso*. Eu. Nunca. Faria!" Ela ergueu os braços e se virou, caminhando em direção à fonte, desejando que o som da água não trouxesse à tona as lembranças da noite em que se conheceram. "Tudo o que peço é que você descubra quem matou George e limpe meu nome."

Ela o sentiu atrás dela, uma sombra iminente de tormento conflituoso. "Por que você está com raiva?" Ele perguntou num sussurro rouco e irregular.

"Porque você não confia em mim", ela disse à fonte, incapaz de olhá-lo. "Sinto muito, mas você não imagina o quanto isso é frustrante."

"Por favor", ele implorou. "Tente entender, Prudence. Eu quero você. Eu... gosto de você. Meu Deus, você é a mãe do meu filho e eu acredito que estamos construindo uma vida aqui. Mas na minha área, não importa o que você acredita. Importa o que você pode provar. Os sentimentos que tenho por você já influenciariam o resultado de qualquer investigação, e essa é uma desvantagem com a qual decidi conviver."

"Que altruísta da sua parte." A cada palavra dele, a ferida em seu coração começava a se fechar. Não com um conforto reconfortante, mas com uma espécie de frieza glacial. Parecia que ela começara a erguer suas próprias fortificações, para não sangrar até a morte ali mesmo, no meio do almoço.

E ele continuou. "Tente apreciar a oportunidade que eu tive ao me tornar seu marido. Uma mulher que eu só encontrei uma vez, num encontro imprudente. Uma mulher com uma faca na mão e o sangue do seu futuro marido a encharcando. E se nunca tivéssemos nos conhecido antes? E se não tivéssemos..." Ele parou de falar com um ruído brutal. "Preciso analisar as evidências, Prudence, e quando tudo estiver diante de mim, só há uma conclusão a ser tirada."

"Que eu sou uma assassina." Ela se virou para ele, com os punhos cerrados ao lado do corpo. "É por isso que você não dorme na minha cama? Por que você tranca a porta do seu quarto e do berçário? Para se proteger de mim, sua esposa louca e assassina?"

Ele fez um gesto de impotência enquanto seus olhos se desviavam. "Ora, isso não é justo. Eu não posso dizer isso com precisão..."

"Então diga que não!" ela cuspiu as palavras. "Você tem medo de que eu possa, o quê, entrar sorrateiramente no seu quarto e assassiná-lo enquanto você dorme?"

"Não estou com medo, propriamente dito. Só senti que precisava manter certa distância."

"Argh!" Erguendo sua saia, ela contornou a fonte correndo,

disparando em direção à porta. Era tudo demais. O escândalo, as revelações dele, as confissões, a hipocrisia e as concessões. Todas as emoções que ela já havia nomeado rodopiavam dentro dela até que sentiu como se pudesse explodir em um milhão de nuvens de cinzas vulcânicas. "Não consigo olhar para você."

Os passos dele a seguiram. "Aonde você pensa que vai?"

"Para a casa dos Trenwyth."

"Espere." Ele agarrou seu pulso, o aperto cuidadoso, mas firme. "Não é seguro. Achei que tínhamos combinado que você não ia—"

"Você combinou!" Ela se virou bruscamente para ele, direcionando toda a força de uma raiva crescente contra ele. "Você não faz nada além de tomar decisões por mim desde o começo. E eu tenho sido tão solícita, não é? Porque eu precisava ser grata. Porque eu precisava que você confiasse em mim. Que me ajudasse. Que me salvasse. Porque algo despertou em mim na noite em que nos conhecemos, e eu me apaixonei um pouco por você naquele instante. No momento em que caí em seus braços." Ela enxugou novas lágrimas de raiva enquanto torcia o pulso para se livrar de sua mão.

"Mas você me ensinou que o amor não é possível sem confiança, e a confiança não é possível sem provas, então..." Ela fez um gesto de frustração antes de voltar a apertar as mãos ao lado do corpo. "Aqui estamos. Estou saindo agora para que você possa se dedicar ao seu trabalho. Vá, Inspetor Chefe Carlton Morley, vá descobrir se eu sou a assassina."

"Prudence—" Ele ergueu as mãos, mas ela se afastou bruscamente de seu alcance.

"Não", foi tudo o que ela disse enquanto se retirava pela porta para escapar em uma carruagem.

Ele não foi com ela.

CAPÍTULO 16

*E*u *me apaixonei um pouco por você.*

As palavras dela assombraram Morley enquanto ele seguia a carruagem de Pru até a espetacular mansão de pedra branca do Duque de Trenwyth em Belgravia, e observava de uma distância discreta enquanto ela entrava. As palavras o atormentaram por várias horas agitadas, enquanto ele se esforçava para se concentrar em qualquer outra coisa. Nenhum treinamento, papelada, leitura ou investigação era capaz de silenciar essa confissão.

Apaixonada.

Cada documento que ele examinava se tornava turvo sob a imagem dos poços abissais de dor em seus olhos. A expressão ferida que havia precipitado sua raiva. Feridas que ele havia infligido de forma descuidada e egoísta.

Que tolo ele havia sido, tendo tal conversa depois do desastre com o artigo do jornal. Ela estava inconsolável, e ele estava imerso em sua própria dor e perda relembradas, incapaz de lidar com aquele momento com a desenvoltura necessária. Ele havia falado precipitadamente e dito tudo de errado que poderia ter dito.

Se o casamento tivesse um chapéu de burro, ele ficaria de castigo no canto por semanas, com o rosto voltado para a parede.

Agitado, ele tentou inúmeras distrações, desejando acalmar a necessidade de sair da própria pele. Rastejar de joelhos até ela e implorar seu perdão.

Ele observava cada minuto passar, ansiando por seu retorno. Desejando que ela não tivesse buscado conforto em outro lugar, mas também reconhecendo sua necessidade de se separar dele.

Ela estava em um dos lugares mais seguros da cidade, além de sua própria casa, entre as esposas dos homens mais perigosos e protetores que ele conseguia imaginar, além dele mesmo.

Um longo dia deu lugar ao anoitecer, e quando ele não aguentou mais, Morley socou as mangas do paletó e saiu a pé em direção a Belgravia, mantendo os olhos no trânsito à procura dela.

A imponente casa de Trenwyth estava iluminada quando Morley encontrou por acaso seu melhor amigo subindo à calçada, presumivelmente pelo mesmo motivo: escoltar sua Condessa para casa.

Ash, Lorde Southbourne, apoiou sua bengala no chapéu e o saudou com um sorriso pirata. "Olhe para nós, Morley", lamentou com um tom diabólico. "Quando éramos garotos, você jamais imaginou que um dia reivindicaríamos o West End como nosso bairro, casualmente buscando nossas esposas bem-nascidas para levar de volta para nossas mansões para transar com elas como os pervertidos comuns que somos?"

"Nem em um milhão de anos." Morley não conseguia nem fingir que apreciava a irreverência carismática do Conde de Southbourne. Duvidava muito que essa noite fosse tomar esse rumo com sua própria esposa bem-nascida.

Ele não merecia.

"Vi os jornais hoje, Cutter", disse Ash, lançando-lhe um olhar observador que beirava a preocupação filial que o pirata de olhos de tubarão conseguia demonstrar. "Como ela está? Como vai a investigação?" Sem ver sentido em corrigir o homem quanto ao seu nome, Morley levou a mão à nuca tensa e apertou, tentando obter uma resposta.

Ele foi impedido de fazê-lo quando as portas foram quase arrancadas das dobradiças, revelando uma Farah Blackwell carrancuda, iluminada por lamparinas suficientes para dar a impressão de uma auréola heráldica de um arcanjo.

Aparentemente, em pé de guerra.

"Carlton Morley, seu idiota incomparável", ela declarou colocando os punhos na cintura de seu vestido violeta.

Morley estremeceu. Ele devia ter previsto que as mulheres se voltariam contra ele.

Era o que ele merecia.

"Oh, meu Deus", Ash se virou para ele, suas sobrancelhas escuras subindo pela testa em surpresa, e não menos deleite. "Estou morrendo de vontade de ouvir isso."

"Você disse à sua esposa grávida que achava que ela poderia tentar te matar enquanto você estivesse dormindo?" ela quase gritou.

Ash engasgou, pressionando a mão contra o peito. "Morley!" Parado alguns degraus abaixo de onde Farah o encarava com raiva, Morley apertou os olhos, achando que as palavras dela soavam um pouco arrastadas e seus olhos brilhantes demais.

"Não!" ele disse por reflexo, e então percebeu que estava errado. "Quer dizer, eu não neguei—"

"Nunca fiquei tão decepcionada com alguém em toda a minha *vida*", repreendeu Farah.

"Eu conheço seu marido, Lady Blackwell", brincou Ash. "Duvido muito."

Soltando um suspiro profundo, Morley assentiu com a cabeça, decidido a aceitar o castigo. "Convide-me para entrar, Farah, e eu farei as pazes."

"Acho que não!" ela retrucou. "Você ficará aqui fora, onde pertence, e se explicará, ou vai dar meia-volta e voltar para casa."

"Mas..." Ele olhou para Ash em busca de ajuda e encontrou apenas um prazer ávido e mal disfarçado. "Esta nem é a sua residência. Lady Trenwyth está aí dentro?"

Ela estendeu a mão contra ele julgando-o como se fosse o próprio São Pedro. "Você não quer cruzar caminho com as mulheres dessa casa agora, Morley, já que está falando com a única que sente um mínimo de compaixão por você nesse momento."

"Não entre aí, meu velho", disse Ash pelo canto da boca. "Há muitos corrimãos de onde podem te enforcar. É melhor você correr e mudar de nome... de novo."

Com os ombros caídos, Morley subiu os últimos degraus para ficar pelo menos na altura dos olhos de sua acusadora. "Deixe-me começar dizendo que reconheço que lidei mal com a situação."

"É um eufemismo, mas continue." Farah estreitou os olhos.

Ele se virou para Ash. "Você se lembra da aparência de Caroline?" Os cílios do homem se curvaram para baixo. "Sim, mas não sei o que isso tem a ver com—"

"Ela tinha um rosto de santa", insistiu Morley. "Olhos grandes o suficiente para conter toda a inocência do mundo."

O lábio de Ash se contraiu ao se lembrar com carinho. "Sim, e a garota brilhante conseguia roubar bacon de um cão farejador e sair impune."

"*Exatamente*." Morley se virou para Farah para explicar. "Minha esposa é a criatura mais adorável que eu jamais terei a oportunidade de imaginar em minha vida. Ela é radiante, doce e sábia, e nada me dá mais prazer do que sua presença. Mas isso não a torna a golpista perfeita? Como ela pode me pedir para confiar nela se eu não a conheço?"

A testa de Farah se franziu em preocupação enquanto ela ponderava sobre as palavras dele. "Você mora com ela há semanas. Certamente você já tem *alguma* ideia de como ela é."

"Será que realmente conhecemos alguém?" Ele perguntou, enquanto a defensiva se transformava em ira. "Já prendi criminosos que eram casados há décadas, para o espanto absoluto de seus cônjuges. Além disso, não sou um de vocês, ricos ociosos, sem nada melhor para fazer do que relaxar, viajar e se divertir juntos. Estou bastante ocupado com a segurança da cidade e tudo mais, e depois tenho uma vocação completamente diferente à noite. Quando é que eu teria tempo para—"

"Ah, por favor," Ash bufou com um desdém peculiar. "Já matei homens que tentaram me enganar com metade das besteiras que você acabou de dizer, Morley."

"*Arranje* um tempo", Farah interrompeu firmemente. "Pelo bem de vocês dois. Porque eu conheci sua esposa apenas duas vezes e eu testemunharia amanhã mesmo para declarar a inocência dela. Não só isso, mas é evidente que ela pode ser a mulher mais solitária que eu já conheci."

Morley se sobressaltou surpreso. "O que você quer dizer?"

Farah o encarou com puro ceticismo. "Preciso soletrar para você?"

"Finja que sou um idiota."

Uma risada irrompeu do homem ao seu lado. "Por que a necessidade de fingir?"

Esquecendo sua indignação, ou talvez apenas sentindo imensa pena dele, Farah deslizou até ele e colocou a mão sobre os braços que ele nem percebera ter cruzado.

"Morley, ela perdeu toda a família e a reputação por causa desse escândalo. O pai dela pode ser um criminoso. O noivo morreu na frente dela. As irmãs mal podem falar com ela. Ela foi enganada pela melhor amiga e pela irmã mais velha. E então... o marido a abandona em uma casa estranha, sem nada além de estresse para ocupar seus pensamentos, enquanto ela está grávida do filho dele. O filho de um estranho. E um estranho que você parece determinado a continuar sendo. Como você pode tornar impossível que vocês se conheçam e então puni-la por isso?"

Suficientemente repreendido, ele baixou a cabeça. "Eu sempre quis ser marido, mas acho que esperei muito tempo porque uma parte de mim sabia que eu ia estragar tudo."

"Ah, droga." Em uma rara demonstração do afeto que um dia compartilharam, Ash deu um encontrão de leve no ombro dele. "Você é o melhor de nós, Morley. Sempre foi. Mas você está priorizando fazer a coisa certa em vez de ser um bom homem, e com isso está se sabotando. Só isso."

"Ela te ama, eu acho", disse Farah.

Morley ergueu a cabeça bruscamente para flagrar as covinhas dela aparecendo em um sorriso cúmplice. "Eu não acredito que uma mulher possa se magoar apenas com palavras a menos que ela tenha aberto seu coração para essa dor."

Era a segunda vez que a palavra era pronunciada naquela noite. Uma palavra que ele nunca antes ousara contemplar.

"E nós também a amamos", ela concluiu, dando um tapinha no braço dele. "Fico feliz que você tenha vindo. Agora vá para casa, para sua esposa. Ela está desesperada para ter notícias suas."

Ao ouvir as palavras dela, ele ficou imediatamente alerta. "Ir para casa? Estou aqui para *levá-la* para casa."

A dúvida nublou os suaves olhos cinzentos de Farah. "Morley… ela saiu há quase uma hora."

Ele a agarrou pelos ombros, o pânico o atingindo como uma pedra no estômago, espremendo o sangue de suas veias. "Uma hora? Você a viu sair? Para que lado ela foi? Ela contratou uma carruagem?"

"Confesso que estava ocupada com outros detalhes quando ela se despediu." A ansiedade também se insinuou em seus olhos. "Você tem algum motivo para achar que ela está em perigo?"

Ele queria dizer não, mas algo o impedia. "Ela já desmaiou uma vez e, com a investigação sobre o pai dela... a história nos jornais hoje... eu não sei. Eu sinto perigo."

Ao lado dele, o corpo esguio de Ash se tensionou sob o terno impecável. "Esses não são instintos que você deva ignorar, Cutter.

Volte para casa, revire tudo, eu vou dar uma olhada por aqui e vamos nos reunir se ela não for encontrada imediatamente."

"Vou perguntar a Dorian", disse Farah, visivelmente abalada. "Ele desapareceu há algum tempo; acho que está escondido com Trenwyth."

Morley deu um tapinha no ombro de Ash antes de ele se lançar do patamar e descer as escadas até a rua. Ele correu para casa a toda velocidade, com uma rapidez de tirar o fôlego. Ele se desviou dos pedestres e mergulhou atrás e ao redor das carruagens, sob a aprovação atônita de muitos cocheiros.

Ele não se importava. Nada importava. Ele destruiria a cidade. Diabos, ele incendiaria tudo para encontrá-la. Desmontaria cada tijolo. Queimaria cada torre. Tudo o que um dia fora importante para ele desapareceu com a ausência dela, revelando exatamente o que ela havia se tornado para ele nesse curto espaço de tempo.

Ele temia por seu filho ainda não nascido? Claro que sim. Mas era o nome dela que ecoava em cada passo. Prudence. Sua esposa. Sua mulher.

Ao virar a esquina para sua própria rua, ele se permitiu diminuir o passo ao ver uma carruagem familiar parada em frente aos terraços de tijolos dourados. Sentiu o medo se esvair a cada respiração ofegante quando encontrou sua esposa parada na varanda, olhando para ele como se fosse um lobo solto no meio da cidade.

"Morley", cumprimentou Dorian Blackwell da janela da carruagem com a cabeça aparentemente desencarnada e o sorriso presunçoso de um gato de Cheshire. "Acabei de passar a hora mais divertida com sua adorável esposa." A adrenalina ainda pulsava em suas veias, misturada a uma sensação de alívio que lhe fazia suas pernas bambas, enquanto Morley tentava cruzar olhares com Prudence. Em vez de permitir, ela lhe deu as costas para entrar em casa, fechando a porta atrás de si com um clique fatal.

Morley se atirou sobre Blackwell como um cão raivoso.

"Onde diabos vocês dois estiveram por uma hora? Acabei de vir de Trenwyth Place, onde Farah está procurando por vocês. Se eu não soubesse o quão absoluta é a sua devoção à sua esposa, eu o tiraria dessa carruagem e o espancaria até a morte por estar sozinho com a minha esposa."

Para sua surpresa, o sorriso de Blackwell se alargou enquanto ele erguia as mãos. "Não estava sozinho, eu acompanhei minhas cunhadas, Lady Ravencroft e Lady Thorne, até o Savoy, onde elas estão hospedadas enquanto estão na cidade vindas da Escócia. Informei Farah disso antes de partirmos."

A explicação bastante plausível lhe roubou o fôlego.

"Sim, bem… ela não me falou isso."

"Vamos culpar o terceiro copo de vinho dela", Blackwell riu com carinho.

Morley franziu a testa, demonstrando desagrado. "Por que você não deixou Prudence aqui primeiro? Isso é um pouco fora do seu caminho."

"Foi a pedido dela." O único olho descoberto de Blackwell lançou um olhar significativo em direção à porta sinistramente fechada. "Para ser sincero, ela não estava com muita pressa para voltar para casa."

Morley ficou parado na calçada sentindo-se como o estandarte de guerra de um exército derrotado. Pisoteado. Dilacerado. E agora sem qualquer propósito. Ele acenou com a cabeça em agradecimento a Blackwell, sem se sentir capaz de articular palavras gentis. "Talvez você queira voltar logo e dizer a Ash e à sua esposa que está tudo bem", murmurou.

"Certamente." Após uma hesitação, Blackwell se debruçou na janela. "Eu conheço assassinos, Morley. Eu sou um. Você é um. Acho que conseguimos sentir a presença um do outro. Certamente você já sabe que ela não é."

O momento em que a verdade o atingiu em cheio foi como se um raio tivesse caído do céu e o tocado. De repente, ele soube o que fazer. Soube o que dizer.

Blackwell continuou: "Se você quer meu conselho—"

"Não quero." Morley deu meia-volta abruptamente e subiu as escadas de casa, esperando que sua esposa não o tivesse trancado do lado de fora para sempre.

CAPÍTULO 17

*P*rudence sabia que ele a seguiria. Que ele teria muito a dizer. Ela não se preocupou em se preparar para dormir, pois não sentia grande necessidade de confrontá-lo em trajes íntimos.

Ela se sentia vulnerável o suficiente.

Um gosto amargo subiu pela sua garganta enquanto ela se sentava na beirada da cama e apertava os dedos dolorosamente ao som dos passos dele vindo pelo corredor.

Ela se arrependeu de como havia agido antes. Mesmo depois que a Sociedade de Auxílio Feminino a apoiou e a incentivou... ela ainda desejava não ter perdido a cabeça.

Ela não tinha exatamente a intenção de contar sua história às senhoras da Sociedade de Auxílio Feminino, mas Farah Blackwell a olhou assim que chegou e a envolveu em um círculo das mulheres mais calorosas e extraordinárias, que exigiram saber o que estava errado para poderem ajudar.

Depois de relatar tudo com vários detalhes, Pru ficou surpresa com o quão agitados haviam sido os últimos três meses. Não era de *admirar* que se sentisse tão desanimada quanto um suflê murcho. Não era de admirar que estivesse tão inexplicavelmente chateada esta tarde.

A vergonha a consumia por dentro ao pensar na intimidade da confissão que Morley compartilhara antes da discussão. Sua irmã era um segredo protegido e doloroso. Sua vingança pela morte dela, uma concessão vulnerável para um homem como ele.

Ele lhe entregou o poder de destruí-lo, e ela o castigou com ele.

Depois que sua raiva havia diminuído... ela teve que admitir que ele havia levantado alguns pontos relevantes. Mesmo que esses pontos a atingissem com injustiça e sofrimento agonizante.

Ela sabia que eles precisavam conversar que ela precisava fazer concessões tanto quanto ele. No entanto, ela não conseguia se obrigar a fazer isso essa noite. Não agora, quando ela sentia como se todo o seu ser, por dentro e por fora, fosse apenas um nervo tenso e frágil, rasgado e exposto.

Embora esperasse por isso, ela ainda se assustou com a leve batida na porta. Fechando os olhos para afastar o pavor, ela implorou em silêncio. *Por favor, eu não aguento mais. Não esta noite.*

A porta se abriu, e ela soube que deveria se levantar e encará-lo, que deveria reunir suas reservas de força e determinação, erguer o queixo e enfrentá-lo com força de vontade até que eles superassem o problema.

Mas, naquele momento, tudo parecia tão insuperável quanto o Monte Kilimanjaro [1]. Produzir lágrimas seria uma tarefa árdua, quanto mais em se levantar da cama.

Ela se enrijeceu à medida que ele se aproximava, seus olhos incapazes de se erguer acima do tapete enquanto ela se concentrava em fortalecer o que restava de si mesma para isso. Para ele.

Ele ficou parado diante dela por um momento tenso e silenci-

---

1. O Kilimanjaro (*Oldoinyo Oibor*, que significa *montanha branca* em massai) é um monte localizado no norte da Tanzânia, junto à fronteira com o Quénia. O Kilimanjaro é o ponto mais alto da África, com uma altura de 5 895m no Pico Uhuru.

oso, e quando ela não conseguiu levantar a cabeça, ele fez algo que lhe tirou o fôlego.

Ele se ajoelhou como um penitente sobre o tapete diante dela, estendeu a mão e cobriu suas mãos cerradas com as suas. O contato aqueceu seus dedos gelados, liberando raios de calor que se espalharam por seus braços, acendendo uma tênue chama de esperança em seu coração trêmulo.

"Vou te dizer uma coisa, Prudence, e não preciso de uma resposta. Na verdade..." ele hesitou. "Seria melhor se você me deixasse atrapalhar tudo, como nós dois sabemos que eu farei."

Ela engoliu em seco, encarando suas mãos grandes. Ao mesmo tempo tão masculinas e elegantes tão capazes e tão brutais.

Sua voz era paradoxalmente decisiva e incerta, mas não tinha a aspereza de antes. Continha um tom rouco, manso demais para o desespero e sombrio demais para a indiferença.

A compostura, ao que parecia, escapava a ambos.

"O engano tem sido uma constante em toda a minha vida", ele falou, abafando um pouco de suas esperanças. Tentando fazê-la se encolher como um caramujo.

Mas ela não se moveu.

E ele não parou.

"As únicas coisas que me lembro dos meus pais são as mentiras que eles usavam para ferir um ao outro. Quando meu pai morreu, Caroline e eu sobrevivemos apenas por meios desonestos. Tudo o que tínhamos podia ser levado por um ladrão mais astuto, um vigarista melhor. Esse foi o jogo que aprendemos a jogar nas ruas. Depois que ela... depois que eu..." Ele parou de falar, enchendo o peito com uma inspiração profunda enquanto pressionava os polegares contra os punhos cerrados dela, como se pudesse penetrar seu coração fechado.

Prudence relaxou seu aperto gradualmente, fazendo o possível para permitir que seu interior refletisse a ação. Para se abrir. Para ouvi-lo.

"Meus pais nunca registraram nosso nascimento, então eu não tinha documentos. Li o nome Carlton em um anúncio do Carlton Football Club afixado no prédio ao lado do escritório militar onde me alistei. Outra mentira que contei uma que achei que não teria consequências porque eu pretendia morrer em algum buraco em outro continente. Nunca pensei que viveria para ver a Inglaterra novamente. Em vez disso, abri caminho a tiros por diversos países. Matando por um império que fabrica falsidades e deturpações para o mundo como se palavras como humanidade e honra não existissem diante do progresso e da expansão. E então..."

Ele virou as palmas das mãos dela para cima para acariciar as linhas delicadas com os polegares enquanto continuava. "Tornei-me policial, acredite se quiser. E imploro que encontre para mim uma profissão em que alguém se depare com mais enganos. Não só os criminosos mentem para mim por todos os tipos de motivos, como também pessoas comuns, assustadas e geralmente honestas, simplesmente por causa do que sou e da autoridade que exerço. Meus subordinados relatam constantemente erros e exageros, e muitos deles, aparentemente, usam o uniforme para atividades criminosas."

Ele se aproximou rastejando de joelhos, as coxas poderosas se contraindo e se pressionando contra as calças enquanto implorava para que ela o ouvisse. "Grande parte do meu dia a dia é gasto desvendando mentiras e investigando imprecisões. Vejo-as em todos os lugares e, por causa disso, acho que passei a esperá-las de todos."

"Eu entendo", ela murmurou, enquanto uma sensação de simpatia se infiltrava em sua melancolia. Uma vida assim não era fácil, uma mentalidade assim era terrivelmente árdua e pesada. "Você está me dizendo que é por isso que você não consegue confiar."

Ele juntou as mãos dela contra o peito enquanto seus olhares se encontravam. Ancorando-as contra seu coração acelerado, colocou a ponta de um dedo sob o queixo dela, incentivando-a a olhar para ele. Algo brilhou em seu olhar que ela nunca havia notado antes. Um leve arrependimento. Um lampejo de vulnerabilidade. "Querida. Estou lhe dizendo por que fui um tolo. Um completo canalha. Prudence... Desculpe-me."

Ela teria jurado que seu coração havia parado de bater, não fosse pelo zumbido em seus ouvidos. Ela o havia ouvido corretamente? Ou estava imaginando?

Ela havia desmaiado novamente?

Seu olhar se voltou para o dele, procurando por sinais de que ela estava realmente enlouquecendo.

"Você... não precisa—"

"Preciso sim", ele insistiu, o semblante tomado por uma emoção ao mesmo tempo desolada e resoluta. "A verdade é que eu não te conheço como um homem deveria conhecer sua esposa, mas essa é a minha falha, não a sua. Além disso, acho que você é uma pessoa honesta, dotada de uma integridade que eu sempre fingi ter."

Ela hesitou, piscando para ele, maravilhada. "Você acha?"

As feições dele se suavizaram enquanto ele a olhava com uma ternura tão infinita que ela sentiu como se pudesse se derreter completamente. "Sim. Você é tão aberta e vulnerável. Você me conta tudo o que está pensando. Você me diz o que quer, o que você sente e o que você sabe ser verdade. Ora, naquela primeira noite, sua franqueza surpreendente foi a primeira coisa que me atraiu. Desde o início... eu me inclinei a acreditar em cada palavra que saía da sua boca."

A boca à qual ele se referia se abriu em completa incredulidade. "Então... por quê?"

"Porque todos — literalmente *todos* os outros — são mentirosos, incluindo eu, e com isso, eu fiz as pazes comigo mesmo. Mas Prudence", ele passou o polegar pelo queixo dela, seus olhos percorrendo seu rosto, procurando por algo. "Você é a única pessoa que pode realmente me trair, você entende?"

Ela inclinou o pescoço, afastando-se do toque perturbador dele para balançar a cabeça em sinal de incompreensão.

"Você vai me fazer dizer isso", ele percebeu ironicamente, dando a impressão de um menino se contorcendo sob a insistência de um adulto o repreendendo para que ele se explicasse. O azul elétrico de seus olhos desapareceu enquanto ele escondia sua expressão atrás das pálpebras. "Você é o epítome de todos os desejos ou sonhos que concebi desde que me lembro, e esse é um tipo muito específico de tormento. Uma beleza incomparável, uma amante magnífica, uma mulher de graça, bondade e intelecto que só posso respeitar e admirar. Uma fantasia em carne e osso, aqui na minha casa. Com o *meu* nome."

Ele ergueu a mão vazia para passá-la pelos cabelos. "Cristo, às vezes eu preciso ficar parado no corredor olhando para a porta atrás da qual você dorme porque não consigo acreditar na minha sorte, na minha fortuna imerecida. Você está aqui. Você é real. E nosso filho também."

Um soluço escapou dela. Não um soluço adornado por lágrimas, mas de descrença. "Mas..." Ela nem sabia por onde começar. Uma parte dela havia despertado com as palavras dele, a parte feita de necessidade, amor, esperança e felicidade. "Mas... só esta manhã você pensou que eu — você disse —"

"Eu sei o que eu disse." Seu maxilar se contraiu antes de ele continuar, a testa franzindo em sincera angústia. "Confiança não é uma palavra que eu entenda. Fé é um conceito estranho para mim. Apesar disso, meus instintos me dizem para confiar em você." Seu olhar se voltou para baixo enquanto sua mandíbula se contraía devido à forte emoção.

"E então aquela voz insidiosa dentro de mim me avisa que, se eu realmente acreditasse em você e depois descobrisse que você mentiu? Que você de alguma forma me enganou, possivelmente o homem mais incrédulo que existe. Bem... eu sobrevivi a inúmeras decepções, traições e tristezas. Mas não vejo como voltar atrás. Você poderia me destruir, Prudence, não vê? É por isso que tenho te pressionado tanto. Por isso que eu quase precisei que você fosse culpada, para que a terrível verdade — se fosse verdade — viesse à tona. Assim seria seguro me apaixonar por você, porque você era tão desonesta quanto o mundo inteiro. Tão enganadora quanto eu."

Prudence ansiava por dizer tantas coisas. Fazer tantas perguntas. Acalmá-lo e tranquilizar sua mente agitada, mas agora que ele havia começado, seu turbilhão de palavras jorrava descontroladamente, como os cativos libertados de uma prisão vigorosamente fortificada.

A mão dela permaneceu contra o coração dele, que batia forte sob o músculo rígido do peito, enquanto ele a soltava para acariciar ternamente o rosto dela entre as palmas das mãos. A faísca de calor que ele acendera dentro dela floresceu em um brilho incandescente, reanimando seu espírito.

"Eu quis dizer o que disse antes", ele sussurrou o seu olhar buscando o dela, implorando. "Mesmo que eu tenha sido um completo idiota ao dizer isso. Não me importo com escândalos nos jornais, mas sim com o fato de que isso te incomoda. Prefiro mandar qualquer um para o inferno antes que eles te machuquem. Sou um cavaleiro. Um homem com um código. Um guerreiro com um credo. Juro, a partir desse momento, ser seu cavaleiro, esposa. Alguém que tem a honra de proteger seu nome, sua vida e sua alma. Juro que, antes que esta criança nasça, o mundo saberá quem é o assassino. E saberão que não foi você." Sua voz se tornou mais fervorosa até que ele terminou com a única coisa que ela havia desejado ouvir. "Eles vão acreditar em você, assim como eu acredito em você."

Suas palavras dissiparam qualquer pensamento de erguer barricadas entre eles. Seu próximo soluço foi repleto de alegria enquanto ela o abraçava pelo pescoço, o puxava para si e o beijava.

O beijo que continha seu coração.

Ela estava perdida. Estava perdida para ele desde o momento

em que caiu no seu colo. Uma queda predestinada, ela percebeu, como se o destino a tivesse empurrado.

E ele a amparou, como sempre fazia.

O momento passou de excessivamente emocional para intensamente erótico em um instante, quando ele a abraçou e subiu na cama, puxando-a para baixo de si.

Ele era um homem notavelmente contido, seu marido... até deixar de ser.

Seus beijos começaram suaves como preces e depois foram ganhando intensidade e exigência à medida que seu controle sobre si mesmo se tornava menos tênue. Os toques quentes de sua língua se transformaram em danças profundas e sedutoras, com as paixões correspondentes dela.

Ela se derreteu sob ele, e ele preencheu seus espaços com a força de seu ardor.

Uma voz interior a exortou a abandonar a frágil e desesperada resistência à qual ela se agarrava, percebendo que era seguro. Ela não cairia. Não, ela se juntaria a ele ali, para dançar entre as nuvens.

Seu beijo continha tantas coisas que ainda não haviam sido ditas. Tantas partes de seu ser fragmentado. Ele era, ao mesmo tempo, o Cavaleiro das Sombras. Um homem possuído por uma escuridão implacável, devorando-a com uma intensidade de tirar o fôlego. E também era o Inspetor Chefe, avaliando e observando enquanto roçava seus lábios nos dela, criando uma fricção deliciosa com a boca, evocando uma dor em seu sexo que exigia satisfação.

E talvez o ladrão estivesse aqui com ela, ameaçando roubar seu coração, até mesmo as partes que ela ainda tinha medo de entregar. Havia uma sensação de reverência maravilhosa em seu toque, um pouco de incredulidade que pertencia à juventude que ele tivera, aquela desacostumada a qualquer bondade ou afeto.

Embora ela sentisse um fervor nele, ele se demorou sobre sua boca, beijando-a com uma eficiência lenta e lânguida e uma promessa tentadora.

Pela primeira vez, ele a beijou como se não devesse fazer mais nada. Como se sua mente estivesse vazia, exceto por aquele momento. E o seguinte. Como se fossem imortais que pudessem continuar se beijando por cem anos e nunca se cansarem.

E, de fato, ela desejava que fosse assim.

Se alguma vez houve um momento que precisasse ser prolongado, era aquele.

E, no entanto... uma pressão cresceu dentro dela, impulsionando-a a abrir as pernas para que ele pudesse acomodar seu corpo grande entre elas. A glande de sua ereção esfregava-se contra ela entre as roupas, e ela de repente sentiu um desejo incontrolável de se livrar delas.

Ela queria a pele dele junto à dela. Todo o seu calor, sua necessidade e seu sexo.

Como se lesse seus pensamentos, ele interrompeu o beijo, afastando-se dela apenas para desabotoar a fileira de pequenos botões que se estendia do queixo à cintura dela.

Ele chegou até suas clavículas antes de rasgar a peça de roupa e voltar a abafar seus fracos protestos com beijos que a distraíam.

"Eu compro uma dúzia de espartilhos para você", ele sussurrou contra a boca dela. "Se você me deixar arrancá-los de você todas as noites."

Saciada, ela deixou que ele a desembrulhasse como um presente, soltando uma alça, desamarrando uma fita, desabotoando um gancho. A boca dele explorava cada centímetro que descobria como se o estivesse encontrando pela primeira vez.

Sua chemise [2] ficou presa sob seus seios inchados e sensíveis quando ele a puxou para cima, e ela sentiu-os se libertarem com

---

2. Uma *chemise* era uma peça clássica de roupa íntima, originalmente, usada para proteger as roupas do suor e da oleosidade corporal. Era ajustada à pele e usada por baixo de vestidos.

um pequeno pulo antes que ele a jogasse por cima de sua cabeça e a atirasse em algum lugar no chão.

"Você é tão linda", ele gemeu.

"Você também é", ela respondeu com uma sinceridade ofegante.

Seu sorriso foi tocado com desagrado quando, em vez de alcançar seus seios, ele levou os dedos para os seus cabelos, procurando habilmente por grampos na trança, retirando-os de uma cabeça que ela nem sabia que estava doendo até que a pressão cessasse.

Ele voltou a beijá-la com uma nova profundidade e ângulos inexplorados enquanto seus dedos percorriam a trança, desenrolando-a suavemente até que seus cabelos caíssem em ondas delicadas pelas costas nuas.

Dedos exploradores deslizaram por sua coluna, excitando-a até o âmago e misturando um arrepio gelado com o calor correspondente da necessidade.

Não mais disposta a permanecer inerte, Prudence o abraçou, afundando os dedos nas mechas pesadas e brilhantes de seu cabelo bem aparado antes de baixá-los para puxar sua gola. Os dedos dele se ergueram para ajudar, e suas mãos se entrelaçaram em uma pressa repentina para despir um ao outro de suas roupas.

Depois de se despirem, ele subiu em seu corpo como um gato, deitando-a de costas enquanto pressionava uma coxa musculosa salpicada de pelos dourados entre suas pernas.

Eles conversavam entre sorrisos e suspiros enquanto ela testava as cristas tensas dos músculos em suas costelas, e descia por seu abdômen para alcançar a carne dura e macia abaixo. Ela ainda se maravilhava com a maciez da pele de seu sexo, esticada como uma lona e pulsando com sangue e luxúria. Era veludo quente derramado sobre aço, e ela amava nada mais do que o momento em que ele se encaixava dentro dela. Como se ele sempre tivesse sido feito para ela. A chave para sua fechadura.

Uma metáfora apropriada, pois sempre que ele terminava com ela, ela se soltava completamente. Desfeita. Aberta.

Ele começou a traçar um caminho com os lábios pelo corpo dela, puxando seu sexo de seu alcance com um gemido plangente. Um pouco de umidade permaneceu na ponta de seus dedos, e ela sabia agora que isso significava que sua excitação havia atingido o ápice. Que ele se aproximara de um ponto sem retorno.

Sua cabeça dourada inclinou-se sobre o seio dela para soltar um hálito quente contra o mamilo contraído. Ele roçou o mamilo apenas com os lábios, lambeu-o com uma leve lambida da língua.

Gemendo com o incentivo, Pru se contorcia sob as atenções, não estando tão distante a ponto de não ser tocada pela sua consciência. Seus seios estavam incrivelmente sensíveis antes, e ele era o tipo de homem que não se esquecia disso.

Um que sempre se importava com o prazer e o conforto dela.

Ele não usou os dentes até se aninhar no vale entre eles, mordiscando a pele e depois a acalmando com uma lambida aveludada.

À luz da lamparina em sua penteadeira, ele se tornou uma silhueta do pecado, seu corpo poderoso curvado sobre o dela como se protegesse sua próxima refeição.

E uma refeição, ela certamente se tornaria.

Ele passou a língua pelos lábios, fazendo-os brilhar, antes de inclinar a cabeça para depositar um beijo suave como o de uma borboleta na delicada curva de sua barriga.

A visão daquilo tocou seus olhos com uma ardência de emoção que rivalizava com o calor do desejo. Foi ele quem colocou essa criança dentro dela. Esse pequeno milagre de criação permitido a meros mortais, cuja culminação poderia ser chamada de vislumbre da divindade.

"Minha", ele rosnou possessivamente. O roçar de sua respiração contra sua barriga nua fez com que cada pelo de seu corpo vibrasse em alerta. Seus músculos se contraíram de desejo, e seus joelhos se afastaram ainda mais, convidando-o a beijar seu centro pulsante.

Oferecendo-se.

Suas mãos acariciaram suas coxas firmes enquanto ele se aninhava nos cachos macios e felpudos, inspirando profundamente.

"Meu Deus, você é perfeita", ele sussurrou contra sua intimidade, provocando um espasmo íntimo de antecipação.

Sua língua a dividiu em um único movimento ascendente. Ele a beijou ali como fizera em sua boca, com ardor febril. Sua língua lenta e longa, quente e firme, entrelaçando-se com a maciez de sua pele íntima. Deslizando para frente, recuando, penetrando e explorando enquanto ela se contorcia sob ele.

Com dificuldade para respirar, Pru estendeu a mão para ele, entrelaçando os dedos em seus cabelos enquanto ele mordiscava e puxava com os lábios, explorando com a língua como se não conseguisse decidir qual parte tinha o melhor sabor.

E então ele estava lá, na abertura apertada e contraída de seu corpo, penetrando-a com movimentos rasos que a sensibilizaram tanto que seus quadris se ergueram da cama em um arco sinuoso.

Incapaz de se conter, ela buscou o prazer da boca dele com movimentos ágeis e flexíveis. Ela tremia e se contorcia, dançava e se debatia, até que ele foi forçado a segurar seus quadris e imobilizá-la, para que pudesse desmantelá-la completamente, envolvendo com boca seu clitóris rígido e macio.

A euforia a inundou em espasmos de deleite enquanto o ápice do desejo a atingia em ondas sucessivas de êxtase. Ela queria agradecer a todos os deuses pagãos do sexo e do pecado, e ela até pensava que os sons rítmicos e extáticos que produzia poderiam ter sido uma homenagem suficiente enquanto ele lhe proporcionava um êxtase que ela nunca havia alcançado antes.

Só depois de ter certeza de que ela havia sido trazida de volta à realidade, ele a deixou com um último beijo travesso antes de limpar o brilho dela de sua boca com o dorso da mão.

Seus traços estavam tensos com uma malícia peculiar enquanto ele se ajoelhava entre suas coxas entreabertas e olhava para sua genitália exposta com a reverência de um homem no fim de uma busca pelo Santo Graal.

De repente, tímida, ela tentou fechar os joelhos para esconder a carne ainda pulsante de sua vista. Ele a impediu, moldando a mão sobre seu monte de Vênus, acariciando-o suavemente, mergulhando os dedos para umedecê-los e, em seguida, espalhando o néctar dela na ponta de seu pênis.

Ele se levantou para pegar um travesseiro e, sem esforço, a conduziu para que o deslizasse sob seus quadris, inclinando-os para cima. Inclinando-se sobre ela, ele se apoiou nos cotovelos enquanto deslizava a cabeça de seu membro pela fenda úmida, encaixando-se contra a entrada dela.

Seus olhos queimavam nos dela, enquanto ele a alimentava com seu pênis pulsante, centímetro por centímetro, até que se inseriu tão fundo que ela sentiu o despertar de um novo prazer. De uma glória ainda inexplorada.

Algo se desabrochou quando ele se acomodava dentro dela. Algo antes adormecido e inexplicavelmente doce. Eles já haviam sido amantes algumas vezes extasiantes, e cada vez fora incrível à sua maneira.

Mas isso. Essa conexão… ia além do físico. Ela podia sentir as batidas do coração dele, mas em seu próprio peito. A caverna de sua solidão e o espaço que ela ocupava dentro dela, tornando-a menor.

Seu olhar tornou-se incrédulo, e ele sussurrou o nome dela como se não tivesse certeza do que estava acontecendo.

"Eu sei", ela sussurrou, passando as mãos pela pele dele. "Eu também sinto." A respiração irregular dele a atraiu, e ela o abraçou, puxando-o para um beijo ardente. Saboreando o próprio prazer em seus lábios. A essência de sua habilidade e o desejo infinito dela por ele.

Então ele se moveu.

Ele impôs um ritmo profundo e primitivo, penetrando-a com uma perícia enlouquecedora. Ela sentiu o peso dele dentro dela, contra ela, sobre e ao redor dela, envolvendo seu corpo com o dele.

Embora seus membros parecessem líquidos com a letargia que se seguia a um clímax tão intenso, ela não conseguia ficar parada sob ele. Ela ergueu os joelhos até os lados dele, envolvendo as pernas em torno de seus quadris que se moviam em alta velocidade.

O pênis dele tocou algo dentro dela, provocando um prazer instantâneo tão intenso que beirava a dor. Ela se arqueou em direção a ele. Ou talvez para longe, sentindo como se ele tivesse empurrado um raio contra sua coluna e as correntes a levantassem em nuvens de tempestade, onde uma tempestade a sacudiu em pedaços.

Ela percebeu vagamente a respiração dele falhando antes que um som escapasse de seus lábios, algo como um rosnado preso enquanto seus músculos se contraíam. Apertando. Tremendo. Contraindo. Antes que a onda quente de sua liberação se espalhasse dentro dela.

Demorou um pouco para que ela encontrasse o caminho de volta das estrelas. Seu marido, como de costume, cuidou de tudo. Ele a lavou, depois a si mesmo, parando na lamparina para diminuir a luz, dissipando as sombras nas paredes até que estivessem envoltas apenas em um brilho âmbar fraco.

Ele os acomodou sob o cobertor, apoiando os ombros em uma pilha de travesseiros e puxando-a para que se encostasse em seu peito, para que pudesse apoiar o queixo em sua cabeça e entrelaçar os braços ao redor dela. Mãos grandes envolveram sua barriga que se contraía, e ele a acariciou distraidamente enquanto ela relaxava após o ocorrido. Seus membros se entrelaçaram e a penugem fina em suas pernas fazia cócegas em sua bunda, mas ela estava exausta demais para se importar.

Prudence sintonizava-se com os tremores posteriores da

união deles, os espasmos e pulsações do seu corpo, as batidas ressonantes do seu coração. Ela amava o cheiro deles, o aroma do suor, do calor e do sêmen, sutil e sedutor. Tentador e erótico.

Ele nunca a havia abraçado assim antes. Ele... nunca havia ficado com ela após o sexo.

Atormentada por uma súbita ansiedade, ela engoliu em seco. "Se você vai embora, é melhor ir agora." Ela inseriu um tom provocador na voz. "Vou ficar brava se você me acordar mais tarde."

"Eu ficaria..." ele hesitou. "Se você me aceitasse."

"E o Cavaleiro das Sombras?" ela protestou, inclinando a cabeça para olhá-lo. "Ele não tem algum lugar para ir?"

As mãos dele deslizaram por suas costelas e acariciaram suavemente o peso de seus seios, testando a pele fina e sedosa por baixo. "Ele está exatamente onde deveria estar."

Ela relaxou contra ele, seu coração se enchendo de prazer, como se fosse duas vezes maior do que o necessário. Isso era êxtase. Esse momento. Se ela fosse uma gata, estaria ronronando.

"Serei um marido melhor para você", ele murmurou com a voz cheia de autoaprovação enquanto se enrolava em torno dela, como se pudesse criar uma barreira de pele, músculos e sangue, protegendo-a do resto do mundo.

Aconchegando-se ainda mais contra ele, ela se virou para lhe dar um beijo no queixo, sentindo o sono lhe puxar as pálpebras. "Você já é."

CAPÍTULO 18

O que eles precisavam era de uma lua de mel, concluiu Morley.

A princípio, ele havia rejeitado a ideia completamente — não, aquilo não estava certo. Ele nunca sequer cogitara a *possibilidade*, por razões óbvias.

Mas agora...

Agora ele havia perdido toda a capacidade de se concentrar no trabalho.

Relatórios precisavam ser analisados, homens precisavam de ordens e permissões, mandados judiciais imploravam por aprovação para serem encaminhados aos tribunais. Ele tinha meia dúzia de cenas de crime ativas só neste bairro, e uma greve de metalúrgicos prestes a acontecer bem na Ponte de Londres.

Ele assinou os documentos corretos, designou os investigadores apropriados, ouviu o melhor que pôde os relatórios e coisas do tipo. Mas agora, enquanto se debruçava sobre os relatórios, percebeu que já havia lido o mesmo parágrafo umas quinze vezes.

Ele só queria mandar tudo para o inferno e voltar para a cama com a esposa.

Ele havia se atrasado para o trabalho pela primeira vez em quinze anos naquela manhã, porque perdera a noção do tempo apenas observando-a dormir.

Embora ele geralmente mantivesse as persianas baixadas e bem fechadas, Prudence preferia dormir com elas abertas para poder apreciar a luz enquanto ela brilhava pela cidade, e acordar com o sol a chamando para fora da cama.

Ele resistiu à ideia a princípio, mas então acordou com os raios da aurora pintando as exuberantes ondas escuras de seu cabelo com a bela iridescência de uma asa de corvo enquanto se espalhava sobre a seda branca do travesseiro. Ela poderia ter sido alguma heroína mítica de um conto de fadas, presa em um feitiço de torpor, esperando que ele matasse seus dragões e a despertasse com um beijo.

Ele talvez também tivesse feito isso, se pequenas manchas de sombra não tivessem se escondido sob seus olhos trêmulos. Sua respiração era tão suave e profunda, seus cílios ônix um contraste marcante sobre as bochechas mais pálidas do que ele gostaria.

Em vez disso, ele se apoiou no cotovelo e simplesmente a observou em um raro momento de vulnerabilidade. Parecia justo. Ela o havia despido completamente, o deixara completamente exposto e perigosamente próximo da vulnerabilidade. A intimidade que ele sentia se formando entre eles, o vínculo que se entrelaçava entre suas costelas e as dela, costurando seus corações que batiam em uníssono, era feita de um material mais forte do que o aço e o gelo que ele havia colocado ao redor do próprio coração.

Algo mágico, provavelmente, se alguém acreditasse nesse tipo de coisa ridícula.

Que ele não acreditava.

E, no entanto, quando ele já havia dormido tão bem? Quando ele já estivera à beira de um precipício tão íngreme e infinito, e se sentira tão seguro?

Ela realmente dormia o sono dos inocentes. Mesmo depois de todas as coisas perversas que haviam feito juntos.

E as que ele ainda queria fazer.

Meu Deus precisariam de semanas. Talvez mais. Luas de mel faziam tanto sentido agora.

Ele poderia levá-la para Antígua para nadar em um oceano quente tão azul quanto os olhos dela. Ou talvez mais perto, em algum lugar no continente? Eles poderiam se aconchegar no extremo norte, sob tetos de vidro, observando a aurora boreal estalar sobre suas cabeças enquanto ele a amava em peles macias como um senhor viking. Ou poderiam visitar um mercado de especiarias marroquino ou um bazar turco e dormir sob treliças de seda esvoaçante, com o ar perfumado por flores exóticas.

Ele a deixaria decidir, é claro. Não se importava.

Pela primeira vez em... talvez em toda a sua vida... a ideia de não fazer nada realmente o atraía. Contanto que fosse com ela. Ele se espreguiçaria como um atleta olímpico, alimentando sua deusa com qualquer ambrosia que ela desejasse. Conhecendo-a, consumindo-a. Mente, corpo e alma.

"Onde quer que sua mente esteja, eu quero estar lá também."

Morley voltou bruscamente ao presente para ver Christopher Argent, com um sorriso debochado, encostado no batente da porta de seu escritório.

"Você não está convidado", ele disse irritado.

"Ah." Uma compreensão astuta brilhou nos olhos claros do homem. "Falando da sua esposa. Um mensageiro veio entregar isso. Ela foi para a casa da irmã ajudar a empacotar algumas coisas."

Morley arrancou o papel da mão dele, a raiva transbordando para a impaciência. "Você leu?"

"Estava num cartão, não num envelope", protestou Argent, um homem pouco acostumado a se defender. "Como eu poderia me controlar?"

"Cretino inescrupuloso." As palavras de Morley não tinham

nenhuma agressividade enquanto ele olhava para o seu nome rabiscado em uma caligrafia feminina impecável.

O ombro de Argent se ergueu. "Já me chamaram de coisa pior." Ele hesitou, levando a mão ao queixo para aliviar a tensão. "Morley... o caso de assassinato que você me entregou alguns meses atrás, os Cafajestes de St. James..."

A própria investigação que dera início a tudo isso.

"E quanto a isso?"

As feições estoicas se compuseram cuidadosamente, como se Argent soubesse que estava pisando em terreno instável. "Entrevistei um homem recentemente que insinuou que um dos Cafajestes de St. James costumava se deitar regularmente com uma bela morena de alta linhagem. Ele disse que ela era uma, e eu cito, 'Boa moça.'"

Boa moça... como em uma moça... *Goode*?

Morley ficou muito quieto, examinando cuidadosamente o efeito que a informação teve sobre ele.

Não era a sua Goode. Ele sabia disso. Ele confiava nisso. Sua esposa lhe dissera que fora uma conversa entre sua amiga e sua irmã mais velha que a levara a procurar um Cafajeste em primeiro lugar.

"Prudence tem uma irmã de cabelos escuros", ele disse. "Ela é casada, mas poderia ter usado seu nome de solteira para tais fins. Ela e o marido, William Mosby, o Visconde Woodhaven, foram enviados à Itália pelo Barão."

As sobrancelhas do agente franziram lentamente enquanto ele ponderava sobre isso. "Como um Barão envia um Visconde para a Itália, eu me pergunto? Mesmo que ele seja genro, não consigo imaginar um homem como Woodhaven sendo facilmente mandado a fazer alguma coisa."

"*Visconde empobrecido*", esclareceu Morley, folheando alguns papéis para encontrar o pequeno dossiê que havia feito sobre Woodhaven por capricho. "Eles sobrevivem com o dote de Honoria e a pensão mensal, pelo que entendi."

"Honoria?" ecoou Argent, sua voz cortante como uma lâmina no escritório fechado. "Se ela está na Itália... como sua esposa pode estar se encontrando com ela em uma casa geminada na Gloucester Square?"

A pele de Morley corou, embora seu sangue parecesse gelo em suas veias enquanto ele olhava para baixo para ler a mensagem rabiscada às pressas de sua esposa.

> *Querido,*
> *Minha irmã enviou uma carruagem e pediu minha ajuda. Parece que Honoria está sendo maltratada por William e decidiu deixá-lo. Estarei na residência dela em Gloucester Square para ajudá-la a fazer as malas e encontrar um novo lugar para morar temporariamente. Não acho que vou me atrasar para o jantar, mas aviso que talvez tenhamos um terceiro convidado apesar de considerar nossos jantares sagrados. Peço desculpas antecipadamente.*
> *Atenciosamente,*
> *Prudence*

Seu polegar roçou a palavra *"Querido"* antes que ele se levantasse, abotoasse o paletó e pegasse o chapéu. Uma onda de inquietação percorreu seu corpo e ele soube, no fundo, que precisava falar com sua esposa.

Intrigado com a força do instinto por uma questão tão trivial, ele parou para informar Argent. "A estadia deles no continente não deveria ser indefinida, porém..." Ele esfregou um peso estranho alojado sob o esterno. "Algo está errado."

Foi tudo o que ele precisou dizer para receber um aceno sombrio de Argent. "Obviamente, vou acompanhá-lo até Gloucester Square."

Eles chegaram milagrosamente meia hora depois, após galoparem pelas ruas como se Londres inteira fosse a Rotten Row [1].

---

1. Rotten Row é uma ampla pista com 1.384 metros de extensão ao longo do

A casa era bonita, mas não era o que se esperaria de um Visconde, e Morley só podia imaginar o que um fanfarrão como Woodhaven pensava de sua situação financeira precária.

Morley empurrou sem cerimônia um mordomo resmungão, determinado a negar-lhes a entrada, e encontrou Honoria em uma sala de estar pouco iluminada, olhando para um livro com uma taça de vinho na mão.

Ainda não era nem uma e meia da tarde.

Olhos escuros e penetrantes como os de uma ave de rapina se ergueram, anunciando que a mulher ainda não estava embriagada.

"Inspetor-Chefe", ela o cumprimentou alegremente antes de fechar o livro com um estalo e ajeitar a saia volumosa de seu vestido.

Morley tinha entendido que era amplamente aceito que Honoria era a grande beleza das filhas Goode, mas ele não conseguia concordar. Havia uma nitidez na simetria de seus traços que ele jamais gostaria de contemplar. Ângulos pontiagudos e linhas dramáticas demais. Ele preferia muito mais a beleza agradável e etérea de sua esposa.

"Entre, por favor. Ainda não consegui conhecer o marido da querida Prudence. Por favor", ela gesticulou para um móvel que devia ter sido caro meio século atrás, "sente-se e pedirei chá."

"Onde está Prudence?" ele perguntou recusando sua oferta educadamente. Sua mão parecia não conseguir soltar a maçaneta da porta. Ele não relaxaria até ver sua esposa.

"Certamente não está aqui." Seus traços eram suaves e frios como vidro temperado.

O coração de Morley parou por um instante. "Então onde ela está? Para onde a carruagem a levou?" O único sinal externo de resposta foi uma leve inclinação da cabeça. "Está me dizendo

---

lado sul do Hyde Park, em Londres. Durante os séculos XVIII e XIX, Rotten Row era um local elegante para os londrinos de a classe alta serem vistos cavalgando.

que... você perdeu minha irmã, Inspetor Chefe? Porque garanto que o último lugar aonde ela provavelmente viria é para essa... casa infeliz."

"Se não estiver perdida." Ele enfiou o cartão na mão dela. "Então ela foi levada."

"Vou revistar a casa", disse Argent, sem se dar ao trabalho de pedir permissão enquanto começava a abrir todas as portas do corredor do primeiro andar.

Honoria examinou o bilhete duas vezes, sua compostura desmoronando como as paredes de uma antiga fortaleza em ruínas. "Meu Deus." Ela cobriu a boca enquanto seus olhos, cheios de lágrimas, se voltavam para os dele. "William falsificou esse bilhete. Eu juro. Se ela estiver em uma de nossas carruagens, então... ele a pegou."

"Woodhaven", disse Morley, sentindo os músculos se contraírem ao ouvir o nome. Ele nunca gostou da reação do homem a Prudence, mas a descartou como a loucura do luto. Uma breve investigação sobre ele o levou a descartar o homem como um covarde mimado que vivia à custa do nome antigo de sua família. Se ele havia retornado da Itália tão cedo, poderia estar planejando se vingar da mulher que culpava pela morte de seu melhor amigo?

"Ele estava tão zangado, por tantas coisas", revelou Honoria num sussurro horrorizado. "Mas eu não pensei que ele fosse—". Incapaz de terminar o pensamento, ela avançou apressadamente. "Por favor. Venha comigo. Talvez eu saiba onde eles estão."

Uma lâmina fria de pavor deslizou entre suas costelas, ameaçando sua compostura. "Será que ele a machucaria por causa de Sutherland?"

Ela mordeu os lábios como se isso pudesse conter as lágrimas. "Se eu tivesse que adivinhar, diria que tem algo a ver comigo."

"O que você tem a ver com isso?"

"Meu marido é um homem obsessivo, Inspetor-Chefe", ela disse revelando as sombras que assombravam a fachada de serenidade enquanto passava por ele para pegar seu xale na entrada. "Ele é vingativo e manipulador. A única coisa que o controla é a necessidade de me controlar. A necessidade de *me fazer amá-lo*. Me fazer... oh, Deus. Você não pode imaginar como é a vida com ele."

"Se ele tocou num fio de cabelo da Prudence, você não precisa mais se preocupar em morar com ele", disse Morley, sombriamente. "Para onde eles foram?"

"William me disse que ele e alguns sócios de um de seus esquemas de investimento tinham negócios no Cais de Chariton, em Southwark."

Morley não conhecia o lugar. Achava que conhecia cada canto da cidade, mas aquele cais não lhe era familiar.

"Há um antigo armazém de farinha lá. Meu pai o comprou há anos, mas não fez nada com ele. Sei que William tem trabalhado lá. Posso lhe mostrar onde fica."

"Quantos homens estariam com ele?" perguntou Argent, deslizando pelo corredor. "Será que esses sócios estariam armados?"

A pergunta fez seus olhos se arregalarem de pânico, mas ela balançou a cabeça negativamente. "Eu... eu não sei. Raramente interrompo meu marido quando ele está falando de negócios. Você precisa entender, nenhum dos empreendimentos dele jamais deu certo." Ela franziu a testa. "Mas esse tem sido lucrativo. Ele não conseguiu se conter e esfregou os lucros na minha cara, mas... eu não tenho os detalhes."

"Eu vou até lá." Morley correu de volta para a porta.

"Eu também." Honoria o seguiu escada abaixo até a calçada da frente, antes que ele se virasse e a agarrasse pelos ombros.

Seu aperto afrouxou quando a sentiu tenso.

"Você vai ficar aqui", ele lutou para manter a voz suave contra a crescente onda de sua própria urgência.

"Ela é *minha irmã*. Além disso, você acabou de dizer que não sabe onde é."

Argent desceu as escadas correndo atrás deles. "Podemos precisar de reforços se esses associados forem tão suspeitos quanto parecem. Eu vou chamar Dorian e Ash."

"Muito bem." Morley virou-se na direção oposta, lamentando a distância entre Southwark e Mayfair. "Encontro você nas docas."

Argent o deteve com a mão no braço. "É sensato ir sozinho?"

"Não me importo se é sensato ou não", ele rosnou. "É o que vou fazer."

O homem grande o avaliou com aquele olhar frio e impiedoso. "Você está bem, Morley? Onde está sua raiva?"

"Que tipo de pergunta é essa?", perguntou impacientemente.

"Uma pergunta importante", insistiu Argent com sua monotonia característica. "Onde está? Porque eu não consigo vê-la. A fúria é profunda ou está à flor da pele? Você consegue tomar as decisões necessárias? Porque se trata da sua esposa e do seu filho que ainda vai nascer. E se você chegar lá e encontrar o pior—?"

"Não faça isso", rosnou Morley, puxando o braço e enfiando o dedo na cara brutal de Argent. Ficaram assim por um momento, a respiração de Morley ofegante. "Simplesmente... *não faça isso.*"

Isso não merecia consideração. Seria a perda que o destruiria completamente.

Morley olhou para o seu reflexo na janela. Ele não parecia ele mesmo. Rígido. Cruel. Tenso e fechado. Os olhos sem brilho.

Morto.

"Vou buscar minha esposa", ele disse. "Você faz o que quiser, eu farei o que preciso."

Argent assentiu, deixando-o com suas palavras de despedida. "Espere por nós, Morley. Não deixe que sua fúria coloque a vida dela em perigo. Eu cometi esse erro uma vez e Millie pagou com sangue."

Morley saltou sobre seu cavalo e se abaixou para puxar Honoria atrás dele.

"Eu não sabia que ela estava grávida", disse Honoria em seu ouvido. "É... do George?"

"É meu", ele falou recolhendo as rédeas. "Agora, vou cavalgar como um louco", avisou. "Consegue se segurar?"

"Como um louco é o único jeito que nós, as Garotas Goode, cavalgamos", disse ela, com a voz firme, mas com uma força admirável.

Morley esporeou seu cavalo para a praça, surpreendendo as damas da sociedade e os funcionários apressados enquanto passavam.

Onde estava sua raiva? Que emoção habitava-o agora?

A fúria costumava ser ardente. Uma companheira constante da brutalidade masculina que ele presumia que todo homem carregava dentro de si.

Mas não agora. Essa emoção era intensa. Incrivelmente sombria. Um frio gélido que ecoava por um vasto abismo aberto em seu peito. Era isso que fazia os homens convocarem demônios e sacrificarem virgens. Essa raiva. Esse poder. Essa necessidade de esmagar e consumir. Essa esperança desesperada de deter todas as coisas além do seu controle, nem que fosse apenas para proteger o que lhe era mais precioso.

Homens como Argent. Eles assumiam sua escuridão. A exibiam em sua pele. Ele sempre teve que esconder a sua atrás de um distintivo de ouro. Ou uma máscara preta. Ele tinha que fingir que a escuridão não estava lá. Esperando. Crescendo. Se expandindo.

A sua era uma fúria paciente. Uma brasa brilhante de ira sempre presente.

E agora, essa fúria estava prestes a ser libertada.

CAPÍTULO 19

$\mathcal{P}$rudence se perguntou se o fato de estar grávida a tornava mais ou menos propensa a sobreviver à loucura do cunhado.

Era a coisa mais terrível que ela já tivera que contemplar.

Ele a empurrou para o canto de um longo armazém com um labirinto de caixas de madeira espalhadas desordenadamente pelo chão de pedra. Caixas que ele e seus quatro camaradas agora abriam freneticamente com pés de cabra, arremessando as tampas e mergulhando nelas como se pudessem conter o Santo Graal.

A tarde estava cinzenta, mas várias janelas filtravam a luz para dentro do armazém de dois andares, que era pouco mais que um espaço aberto sem mezaninos ou escritórios. Um amplo portão de madeira dava direto para as docas, onde barcos a vapor descarregavam suas mercadorias para armazenamento e distribuição na ampla baía em frente à Water Street. A partir da estrutura de um silo que ocupava quase toda a entrada da rua e da estranha arquitetura em camadas do telhado, Prudence pensou que talvez aquele lugar tivesse sido um depósito de grãos ou de farinha.

Impossível dizer o que era agora.

Ela havia sofrido a maior parte de um pânico paralisante na carruagem, onde William enfiou uma pistola em seu rosto e gritou para o cocheiro seguir em frente. Sua salvação foi que ele havia feito um péssimo trabalho ao amarrar seus pulsos e tornozelos.

Graças a Deus.

Aproveitando a distração deles, ela trabalhou freneticamente para soltar as amarras. As que estavam em suas mãos estavam afrouxando, disso ela não tinha dúvida, só precisava continuar.

Era a única coisa que lhe dava esperança. A única razão pela qual ela ainda mantinha um tênue controle sobre sua sanidade.

Porque, uma vez livre, ela teria que descobrir qual seria seu próximo passo...

Como passar por cinco homens com pistolas escondidas em coldres de colete ou cós de calça quando ela não tinha arma alguma.

Uma coisa de cada vez.

Pelo menos ele não se safaria, ela pensou. Se o pior acontecesse... seu marido sentiria sua falta no jantar e viria procurá-la. Ele *saberia* quem a tinha.

Morley... um poço de saudade jorrou dentro dela com um desespero tão visceral que lhe escapou um soluço.

William endireitou-se após mais uma busca infrutífera, penteando os cabelos ralos para trás, revelando a testa suada, enquanto a encarava com um olhar fulminante. Um cavalheiro ocioso como ele não estava acostumado a esforços físicos tão intensos. Especialmente alguém tão mole e inchado quanto ele.

"Seu maldito marido", ele resmungou, como se estivesse lendo onde seus pensamentos haviam acabado de pairar. "Deu ordem para o velho Goode me mandar para o exterior sem nem um aviso. Só para salvar sua pele." Lábios finos se entreabriram em um sorriso tão carregado de desgosto que ela mal conseguia olhar para ele. "O que ele pensou: que eu receberia ordens dele? De um *ninguém*?"

Ela queria dizer a ele que seu marido não era um ninguém. Que ele era o cônjuge mais vantajoso do que uma dúzia de viscondes ou mesmo uma centena de duques.

Ela conteve a raiva, pelo bem de seu filho.

"Ele achou que você ajudaria sua família em uma crise", ela disse calmamente, tentando mantê-lo tranquilo. "William, se isso tem a ver com Geor—"

"*Essa família*, tão arrogante para uma posição tão baixa." Ele balançou a cabeça e começou a forçar o pé de cabra na próxima caixa, que chegava à altura da sua cintura. "Eu fiz a minha parte por essa família, simplesmente elevando-a da mediocridade."

Ele jogou todo o seu peso sobre o pé de cabra e inclinou a tampa para o lado antes de mergulhar nos pedaços da embalagem protetora. "Por que eles permitem que barões mantenham títulos, afinal?" ele disse como se estivesse murmurando para si mesmo. "Hoje em dia, quase não são necessários, não estamos mais na Idade Média. E seu pai, se rebaixando com esse empreendimento marítimo para fazer fortuna, apenas para continuar sendo tão avarento com relação a seu dinheiro." Seu lábio se curvou em desgosto. "Não existe um livro mais restrito na cristandade. *Onde está ele?*" Em uma explosão chocante de raiva, ele derrubou um caixote inteiro. Prudence se encolheu ao vê-lo se estilhaçar, espalhando uma variedade de sedas que se desenrolaram em uma profusão de cores.

"O que você está procurando?" ela perguntou, na esperança de mantê-lo conversando enquanto o nó em sua mão direita *finalmente* cedeu o suficiente para que ela o soltasse, tornando a outra mão inútil.

Mesmo assim, ela manteve as mãos atrás das costas.

"Pagamento pelo risco que corri", rosnou ele. "Retribuição! Tenho uma barcaça esperando no final do cais, e estaremos em alto mar antes que alguém sinta nossa falta com um caixote cheio de dinheiro."

"Se tudo se resume a dinheiro..."

"É claro que se resume a dinheiro!" ele rugiu. "Hoje em dia, tudo gira em torno de dinheiro. Nascimento, títulos e sangue azul não significam mais nada nesta máquina frenética e blasfema que é a nossa nação agora. O que aconteceu com a nobreza?"

Ela o encarou com seu olhar mais frio. "Está se comportando nobremente agora, William?"

"Não me questione, sua vaca hipócrita." Ele a atingiu com as costas da mão, torcendo seu pescoço para o lado. A dor queimou sua bochecha e fez seus olhos lacrimejarem.

Uma explosão estilhaçou o ar no instante seguinte.

Prudence conseguiu olhar para trás e ver um dos homens mais próximos da janela cair sobre o caixote em que estava curvado.

Faltando a parte superior da cabeça dele.

Ela cobriu a boca aberta com as duas mãos para conter o grito que borbulhava dentro dela. Escapou como um som rouco e estrangulado.

Outro estrondo ressoou pelo armazém, quebrando a janela ao lado de onde um homem grisalho que tentava alcançar sua arma.

A bala atravessou seu pescoço.

O pandemônio irrompeu do lado de fora do armazém quando trabalhadores braçais e estivadores se dispersaram ao som inconfundível de um rifle.

Prudence lamentou o susto deles, mesmo enquanto seu peito se enchia de um alívio eufórico e radiante.

Ele estava ali. Seu Cavaleiro das Sombras.

Ele viera buscá-la.

William largou o pé de cabra e sacou o revólver enquanto ele e os dois homens restantes se apressavam para descobrir de qual sombra o atirador havia disparado.

"Não fiquem parados nas janelas, seus imbecis!" ele gritou.

Os capangas contratados demoraram mais do que seria sensato para se recuperar após o tiro inicial, e Morley conseguiu atingir o braço de um terceiro homem antes que eles se apressassem para se proteger atrás das mesmas caixas que estavam vasculhando.

Uma saraivada ensurdecedora de balas zuniu por toda parte, do chão às poucas claraboias acima. Prudence caiu de joelhos, cobrindo a cabeça com as mãos enquanto lascas de madeira caíam sobre ela.

Finalmente, eles saíram correndo.

Seu coração deu alguns saltos no silêncio sinistro que se seguiu.

Será que o tinham apanhado? Será que tinham atirado no homem que ela amava? Na sua única esperança de salvação?

Bem quando a felicidade estava ao seu alcance?

O som de vidro quebrando atrás deles desviou a sua atenção para o fundo do armazém, perto da zona de carga e descarga. Mais um homem caiu morto antes que os ecos do disparo terminassem de reverberar na sua cabeça.

"William", ela falou encolhendo as pernas para poder soltar a corda das botas. "Solte-me agora, ou isto vai acabar muito mal para você." O pé dela se libertou na última sílaba, tornando-se áspera com a tensão.

Ele abriu o tambor da pistola e enfiou a mão trémula no bolso do colete, retirando duas balas e inserindo-as nas câmaras. "Você acha *mesmo* que é sensato me ameaçar?"

"Não estou te ameaçando, estou avisando", ela gritou. "Meu marido era atirador de longa distância no exército. Ele vai atirar em todos os homens nesta sala. *Ele vai te matar.*"

"Não antes de eu te matar."

Prudence avistou o pé de cabra que ele havia deixado cair ao lado de um contêiner e se atirou sobre ele, na esperança de pegá-lo antes que ele tivesse a chance de recarregar a arma.

Ele se levantou bruscamente, agarrou-a pelos cabelos e a puxou contra si, usando-a como escudo humano.

O toque frio da pistola em sua têmpora combinava com o gosto metálico do medo em sua boca.

"Ou nós dois saímos daqui vivos. Ou nenhum de nós", ele gritou para o atirador invisível antes de sussurrar para ela: "Não que você mereça viver."

Ele a arrastou até que suas costas ficassem contra a parede de pedra, agarrando-a contra si com um braço em volta de seu pescoço.

Se apertasse mais, ele a sufocaria.

"Eu não matei o George", ela ofegou, puxando o braço dele com as duas mãos para evitar que sua garganta fosse comprimida. "Eu juro. Não há motivo para me machucar."

"Eu sempre soube disso, sua idiota. Quem você acha que enfiou a faca no pescoço dele?"

O choque fez com que os membros de Prudence ficassem completamente moles.

Fazia sentido. William a havia encontrado. Ele estava tão ansioso para apontar o dedo para ela.

Porque isso o deixaria impune.

"Ele era... seu... seu melhor amigo!" ela gritou.

"O amigo que transou com a minha esposa." O ódio emanava de suas palavras como ácido.

"*O quê?*"

"Não fique tão brava com a Honoria", ele disse com uma voz seca como serragem. "Ela tinha seus escrúpulos. Quando eu disse que ia arranjar um encontro entre você e George, ela protestou com veemência. Até que finalmente descobri o porquê. Ela se entregava a ele pelo menos três vezes por mês. A ideia de seu amante transando com sua irmã a deixava enojada e perturbada."

Prudence lutava para respirar, seu pânico atingindo o ápice à medida que se aproximavam das portas que davam para o cais.

Honoria? E George? A traição de sua irmã a dilacerava mais do que qualquer dor que George pudesse ter lhe causado.

"Eu disse a ela que, se você descobrisse sobre eles, eu a arruinaria de uma maneira que ela jamais imaginaria. E ela me conhecia bem o suficiente para acreditar em mim."

"Mas eu não fiz nada para você", disse Pru com a voz embargada.

Ele finalmente chegara ao canto mais afastado do armazém e ousou espiar para ver se conseguia abrir a porta sem que uma mão fosse arrancada.

O ar permanecia imóvel, exceto pelo clamor lá fora. "Todas as guerras têm danos colaterais, receio." Sua voz ecoou pelas paredes de pedra fria. "Além disso, você merece morrer. O seu maldito marido tem atrapalhado meu caminho. Confiscou minhas mercadorias, prendeu meus corretores e interrompeu minha cadeia de suprimentos, tudo para limpar seu nome."

"A cocaína", ela percebeu em voz alta. "Você estava contrabandeando nos navios do meu pai?"

Ele soltou um longo suspiro de resignação. "Não me importo com essa droga", disse ele. "Eu ia estabelecer os esquemas de contrabando de mercadorias e fazer uma boa fortuna. Depois, avisar a polícia para que o Barão fosse preso. George também, já que eu falsifiquei a assinatura dele nos documentos. E eu ficaria com a riqueza do seu pai também."

"Mas você o matou? No nosso casamento?"

Ele fez um som de desprezo. "Você sabia que, na época do casamento, George estava completamente apaixonado por você? Que ele estava pensando em tentar ser um homem decente? Foi aí que eu soube que ele não tinha o direito de reivindicar a felicidade. Nenhum deles tem. E eu acabei com ele. Agora abra essa porta, porra."

Ela estendeu a mão e tateou a maçaneta, os dedos fracos e frios pela falta de sangue. *Espere*, ela hesitou. "Nenhum deles?"

"Os homens com quem minha esposa vagabunda transou debaixo do meu próprio teto!" ele rugiu.

Prudence congelou. "Os Cafajestes de St. James", ela sussurrou.

"Prostitutos!" O pânico e a raiva, ao que parecia, o estavam enlouquecendo. "Minha esposa pagou *prostitutos*. Eles a desonraram. Eles a transformaram em uma criatura de desejos vis e tentaram fazê-la se desviar do caminho. Homens como eles, como George, astutos, bonitos e carismáticos."

"Então você... as assassinou?"

"Só para fazê-*la* pagar duas vezes. Três vezes, até. Ela tinha hematomas onde ninguém podia ver. Ela tem feridas que nunca cicatrizarão. Eu me certifiquei disso. Mas mesmo assim ela não se manteve na *minha* cama. Ela não me obedecia. Ela não me temia! E então, ela me forçou a agir. Enterrei todos os homens que tocaram minha esposa. Como um aviso para ela... ela não tem para onde fugir, nem mesmo depois de escaparmos. Eu irei buscá-la. Eu irei—"

"Por que não me leva agora?" A porta se abriu de repente e a arma atingiu a cabeça de Prudence com uma força devastadora.

Ao ouvir a voz de Honoria, William apertou o braço dela com tanta força que pequenas estrelas dançaram na visão periférica de Prudence enquanto ela lutava para respirar.

Honoria estava parada na porta, envolta em um vestido de seda creme e xadrez, suas feições quase serenas em sua perfeição. Sua beleza, um farol no caos de sangue, corpos e vidro quebrado.

Prudence agarrou o braço de William, tentando avisar a irmã, gritar seu nome.

Honoria apenas balançou a cabeça. "William. Tudo isso é realmente necessário? Você não poderia simplesmente ter me levado com você hoje?"

"Honoria", ele disse com a voz embargada, afrouxando um pouco o aperto. "Você veio."

"Claro que vim", ela disse com um olhar provocante e um

revirar de olhos. "Você é meu marido. Acha que eu teria deixado você escapar?"

O som que ele fez era pura angústia e júbilo absoluto.

Isso enojava Pru, que não conseguia deixar de vasculhar a porta em busca de outra sombra na porta. Pelo homem que poderia vir pôr fim ao horror.

Ele estava aqui. Ele já havia destruído todo o campo. Mas... onde ele estava agora? O que ele poderia fazer.

"Vá, Honoria", implorou Pru. "Ele está louco."

Sua irmã não desviou o olhar do marido. "Ele sabe exatamente o que está fazendo. Ele sempre sabe, não é, marido?" Ela estendeu a mão, os dedos elegantes firmes e persuasivos. "Agora vamos embora daqui, juntos."

"O dinheiro", ele disse, com a voz de um menino queixoso. "Não está na maldita caixa onde supostamente deveria estar. Eu ainda não o encontrei."

"Porque eu o peguei ontem à noite."

Ao som da voz aparentemente desencarnada de Morley, William engatilhou a pistola na têmpora de Prudence, arrancando dela um gemido de vergonha. Não, Morley não tinha confiscado o dinheiro. Ele estivera com ela à noite toda. Por que estava mentindo? Por que estava irritando o homem que apontava a arma para a cabeça dela?

"Nem pense nisso, Inspetor", exclamou William. "Vou pegar o barco e atravessar o canal. Estes dois são meus bilhetes para fora da Inglaterra, entendeu?"

"É aí que você se engana", disse a sombra. "Você não vai dar mais um passo."

"Ou o quê? Quer que eu pinte o chão com o cérebro dela?"

"William, não", implorou Honoria, sua fachada de compostura se desfazendo. "Ela está grávida. Eu *sei* que você não mataria uma criança."

"Parece que escolhi a irmã errada", sibilou William, enojado, em seu ouvido. "Honoria é seca e estéril como o Saara, e gélida como o Ártico."

"Só com você", ela disse com uma voz tão fria quanto à morte. "Eu me certifiquei de que sua semente nunca criasse raízes, mas nenhum dos meus outros amantes me achou fria."

O corpo inteiro de William se tensionou e, por um instante, Prudence soube que tudo havia acabado. O tempo pareceu desacelerar a uma fração do seu ritmo normal, e o maior arrependimento que ela conseguiu reunir em seu último momento foi o de não poder ver o rosto de seu amado marido antes do fim.

Uma lágrima escapou de seus lábios enquanto ela fechava os olhos com força.

Ele se contraiu, e um tiro detonou, a dor cortando a lateral de sua cabeça com uma agonia lancinante que ela não esperava sentir antes do fim. Outro tiro explodiu. E depois outro.

O peso do braço dele em volta de sua garganta se soltou imediatamente e ela gritou em um longo suspiro.

Estou... viva, foi seu primeiro pensamento. Mas a dor... ela tinha mesmo levado um tiro?

Mais confusa do que chocada, Pru abriu os olhos a tempo de testemunhar as consequências imediatas.

A arma de William não estava mais apontada para sua cabeça, mas para frente, antes que sua mão ficasse frouxa e a arma caísse no chão com um estrondo.

Os olhos de Honoria se voltaram para os dela e permaneceram assim por um momento, enquanto o único som que Prudence conseguia ouvir era o ar gritar com uma nota monossilábica insuportável.

A dor estava apenas em seu ouvido, porque a pistola havia disparado ao lado dele.

Uma explosão vermelha apareceu no corpete cor de creme de Honoria, bem acima do seu coração.

Ambas encararam o ferimento de bala no peito da irmã

enquanto o corpo de William desabava no chão, uma poça de sangue escorrendo sob suas botas.

O marido o matara, mas não antes de William atirar na própria esposa.

O grito de Prudence ecoou ao longe enquanto ela se lançava para frente, na esperança de amparar a irmã antes que as pernas trêmulas da mulher cedessem.

CAPÍTULO 20

Dorian Blackwell entrou de repente, amparando Honoria em seus braços enquanto ela se inclinava para frente.

Prudence entrou em pânico com o olhar desesperado que ele lhe lançou enquanto, com um grunhido, levantava Honoria e a carregava para fora do armazém, até a plataforma de descarga de madeira.

Prudence correu atrás deles, a luz do dia a cegando enquanto agarrava a mão da irmã e a levava ao rosto.

"Honoria! Não. Oh, por favor. Você consegue me ouvir?" ela gritou enquanto Blackwell, com cuidado, acomodava a irmã sobre as tábuas da plataforma e rasgava suas anáguas para improvisar um curativo. Ele o colocou nas mãos de Prudence e a orientou a pressionar o ferimento de bala com força.

"Mantenha isso aqui", ele ordenou antes de se levantar bruscamente e deixá-las. "Não se mexa." Pru não conseguia imaginar a terrível dor de um tiro, mas os olhos de Honoria apenas se fecharam, suas feições esmaecendo de pálido para um tom fantasmagórico.

"Não vá. Não vá", implorou Pru à irmã. "Não agora que você finalmente está segura. Finalmente você está livre dele."

Os olhos escuros de Honoria se abriram e encontraram os dela por um instante, inundados por alguma emoção terrível que ela não conseguia identificar. Seus lábios se moveram, mas a pressão e o zumbido nos ouvidos de Prudence ainda a impediam de ouvir aqueles tons ofegantes.

"Não consigo te ouvir. Droga. Não consigo te ouvir", ela se lamentou.

Os lábios sem sangue de Honoria se moveram com mais cuidado, suas feições de porcelana contraídas pela dor. "Desculpe-me. Eu deveria ter te contado… Eu… estava com medo…"

"Shh. Shh. Shh." Prudence queria alisar o cabelo, mas não ousava aliviar a pressão do ferimento. "Honoria, eu não sabia o que ele era. O que ele estava fazendo com você. Não me admira que você tenha se desviado. Não estou com raiva do George. Por favor, não se culpe. Só — só fique bem."

"Eu te amo", murmurou sua irmã entre lágrimas, e Prudence ficou feliz ao notar que sua audição havia retornado o suficiente para que ela pudesse distinguir as palavras. "Nós não dizemos nada disso, dizemos? Nós, os Goodes. Mas eu digo. Eu te amo."

"Eu também te amo", disse Pru, com lágrimas escorrendo. "Vou te amar por muito tempo, então não comece a dizer isso como se fosse um adeus."

"Você é uma irmã maravilhosa. E eu... eu não sou..."

Prudence olhou para as docas quase desertas, notando que algumas almas corajosas começavam a se afastar dos lugares atrás dos quais haviam se abrigado. "Chamem uma ambulância!" ela gritou para eles.

"Eu fiz algo melhor", disse Dorian, conduzindo homens de volta em direção a eles. Eles colocaram dois postes no chão e estenderam uma lona entre eles, presumivelmente improvisando uma maca. "Há um médico a menos de duas ruas daqui que uso há uma década para tirar balas de homens que não querem ser questionados em hospitais."

"De jeito nenhum!"

Apesar de sua quase histeria, a expressão dele suavizou-se enquanto a observava. "Lady Morley, já vi muitos ferimentos como este. É improvável que seja fatal se conseguirmos que ela receba os cuidados e a limpeza imediatamente. Permita-me—"

"Não *permitirei* nada", ela se jogou sobre a irmã, apoiando o peso nas mãos. "Chame uma ambulância e ela será levada para um hospital, não para algum médico clandestino. Não vou tolerar isso!"

Blackwell emitiu um som de impaciência e consternação. "Onde será que está seu marido?"

"Ele *deveria* estar nos esperando." O homem que ela reconheceu como Argent, marido de Millie LeCour, espiou pela porta e avaliou a carnificina lá dentro. "Ele não deixou nada para nós fazermos além de limpar os cadáveres." Se ela não o conhecesse melhor, teria pensado que ele parecia estar lamentando.

Como se estivesse ansioso pela violência.

"Sugiro que comecem então." Uma voz vinda de cima chamou a atenção deles, e todos olharam para o telhado do armazém onde Morley estava contra o céu cinza-ardósia.

Claro. Ele não estava atirando pelas janelas. Pelo menos não pelas janelas do térreo. De alguma forma, ele havia escalado o prédio até o segundo ou terceiro andar e atirado pelas aberturas menores acima. Ele teria que ter contornado o ângulo agudo do telhado e se equilibrado em pontos precários para atirar de tais ângulos e a tais distâncias na penumbra.

Sua habilidade era nada menos que milagrosa.

Morley largou o rifle para Argent e, em seguida, habilmente se apoiou na beira do telhado, controlando a queda apenas com a força dos braços até que seus pés estivessem longe o suficiente do chão para que ele pudesse se agachar.

Ele examinou a área, seu olhar passando por cima de

Prudence enquanto se levantava e ajustava a gravata que havia se desalinhado apenas ligeiramente durante toda a provação.

"Morley", Blackwell ergueu as mãos, impotente, embora não estivesse mais armado. "Você conhece Conleith; ele é mais do que um cirurgião competente."

"Titus Conleith?" O maxilar afiado de Morley se contraiu enquanto ele se aproximava deles com a graça predatória de um felino selvagem. "Aquele demônio irlandês tirou mais balas de mais soldados do que qualquer outro homem vivo. Ele poderia fazer isso de olhos vendados."

Prudence não se moveu; algo dentro dela havia se quebrado. "Isto não é uma tenda de cirurgião de campo de batalha", ela sibilou. "Essa é a *minha irmã* e—"

"Titus Conleith?" Honoria surpreendeu a todos ao pronunciar o nome em um soluço entrecortado. Ela agarrou Prudence com dedos como garras. "Leve-me até ele", implorou. "Leve-me até ele, agora. Você precisa deixá-los, Pru", ela disse com os olhos transbordando de lágrimas desesperadas. "Você precisa."

Pru olhou para ela, tentando se lembrar da última vez que vira Honoria chorar. "Tem certeza?"

Os olhos de Honoria estavam selvagens e ainda mais escuros em um rosto que empalidecia a cada instante. "Eu... eu preciso dele. Por favor, Pru, me ajude a levantar. Deixe que me levem."

Recuando rapidamente, Prudence sentiu-se sendo erguida por braços fortes e ancorada ao lado do marido enquanto Blackwell e os homens cuidadosamente colocavam sua irmã na maca improvisada e a conduziam de volta para a estrada.

"Eu deveria ir com ela", lamentou, sentindo de repente como se suas pernas tivessem perdido os ossos.

Ela nunca gostou de William. Nunca foi muito próxima da irmã; Honoria sempre tornou isso impossível. Era de se admirar que ela fosse tão distante? Tão sozinha. Ela estava presa em um inferno particular dentro de sua própria casa.

Casada com um monstro.

"Você não vai a *lugar nenhum*." Seu marido ainda se recusava a olhar para ela, a boca contraída enquanto avaliava alguns dos trabalhadores do cais que observavam com espanto boquiaberto.

"Você", ele ordenou apontando para um operário de olhar penetrante na casa dos cinquenta. "Vá até a Divisão M na Blackman Street. Procure o Sargento Catesby e um contingente de homens para garantir a segurança das docas."

"Senhor." O homem tocou o boné e deu um pulinho também, como os homens costumavam fazer quando Morley dava uma ordem.

"Argent." Ele se virou para onde o homem corpulento, de terno castanho-avermelhado impecável, examinava o rifle em suas mãos. "Envie nossos homens até a residência do Comissário Goode, caso o Visconde Woodhaven tenha algum capanga causando problemas por lá. Depois, quero que os Inspetores Detetives Sean O'Mara e Roman Rathbone revistem todos os armazéns do Barão para encontrar as caixas desaparecidas com o contrabando que Woodhaven estava procurando."

Argent fez uma saudação sarcástica com dois dedos e saiu caminhando tranquilamente.

"O resto de vocês, essa doca está fechada até segunda ordem, sumam daqui." Alguns operários, visivelmente descontentes com a perda do salário de um dia, pareciam prestes a discutir. Outros, talvez os que tivessem testemunhado as habilidades de Morley no telhado, se arrastaram para longe sem fazer contato visual.

Seu marido não tinha o hábito de repetir uma ordem.

Resolvido isso, ele arrastou Prudence consigo enquanto caminhava em direção à esquina do armazém à beira do rio, além da qual barcaças a vapor e vários barcos de recreio agitavam o rio com seu tráfego incessante.

No momento em que eles viraram a esquina, ela ofegou a se ver imediatamente presa entre uma parede de pedra e uma parede dura — a parede dura sendo o corpo de seu marido.

Suas mãos estavam por toda parte enquanto uma torrente de

maldições jorrava de seus lábios. "Jesus Cristo, Prudence. Ele te machucou?"

Seus dedos examinaram o rosto dela como se ele fosse cego, o polegar pairando sobre a bochecha onde William a havia atingido. Seus olhos gélidos brilharam com uma intensidade perturbadora que ele visivelmente lutava para conter.

Afogada na tensão tácita, mas não invisível, entre eles, ela abriu a boca para falar, mas nada saiu. Nenhuma palavra conseguiu expressar a emoção pura e incalculável que a invadia em ondas que lhe faziam as pernas bambear.

Uma emoção que ela agora conseguia identificar, mas não tinha coragem de expressar.

"Eu—nós—estamos bem", ela finalmente assegurou com uma voz muito mais trêmula do que pretendia.

"Pois eu não estou!", ele explodiu, afastando-se dela e passando as mãos trêmulas pelos cabelos. "Nunca", ele disse com um olhar hostil. "Você nunca vai se colocar em perigo pelo bem de outra pessoa, está claro?"

"Mas... ela é minha irmã. Certamente você consegue entender a importância disso. Você arrisca a sua vida pelas pessoas todos os dias." Ela manteve a voz calma e suave, apreciando a volatilidade que fervilhava na musculatura pesada de seus ombros e braços, enquanto seu peito subia e descia em respirações irregulares. "Todas as noites", ela acrescentou, significativamente. "Estou bem ciente da minha hipocrisia, Prudence", ele disparou. "Mas não importa. Você não pode... eu não vou... Deus! Eu não nasci para isso." Ele deu três passos para trás e voltou como se tivesse sido ricocheteado por uma parede invisível.

Suas palavras a atravessaram, e ela se enrijeceu de medo, grata pela parede atrás dela, que a sustentava. "Por... por quê?" ela perguntou com a voz embargada, imaginando se tudo estava prestes a mudar.

Se ela estava prestes a perdê-lo.

"Por te amar, droga", disse ele com uma antipatia quase selva-

gem. "Tenho que lutar contra a imagem da arma daquele desgraçado contra sua têmpora toda vez que fecho os olhos. Pelo resto
da minha maldita vida. Tenho que reviver a agonia de possivelmente perder você. De perder vocês dois."

"Ah...", ela respirou fundo, sentindo o coração acelerar.

"Isso vai me enlouquecer", ele vociferou. "Essa necessidade
profana e doentia que tenho de me deleitar na sua presença. Esse
sentimento de posse — não — essa *obsessão*. Como vou comandar
toda a força policial de Londres quando estou tão consumido por
você?"

"Eu—"

Ele não havia terminado nem pela metade. "Estou tentado a
te arrastar para o trabalho comigo e te jogar na cela, só para ter
certeza da sua segurança. Que tipo de lunático eu seria? Você
acha que eu teria sobrevivido se as coisas tivessem sido diferentes?" Ele gesticulou para si mesmo com os braços fortes e
descontrolados. "E tudo isso logo depois da noite passada. Bem
quando eu tenho tudo o que quero ao meu alcance, tudo. Se ele
tivesse—" Sua voz falhou e ele a disfarçou com um rosnado
áspero. "Eu juro, nunca senti um medo assim antes, Prudence. Eu
tive você por um breve instante na minha vida, e mesmo assim,
eu teria levado um tiro antes de encarar o resto da minha vida
sem você." Ele se virou para ela, o rosto manchado e as pontas
das orelhas vermelhas enquanto quase tremia de emoção repri-
mida. "Agora", ele exigiu. "O que você tem a dizer em sua
defesa?"

Prudence se perguntou se ele conseguia ver o brilho em seu
coração transparecendo em seus olhos. Se ele soubesse como
cada palavra de sua bronca havia soado como um poema byro-
niano em seus ouvidos. Ela se perguntou se algum dia conseguiria dizer algo que significasse tanto, porque tudo o que lhe
vinha à mente era: "Eu... eu também te amo."

Ele piscou, o rosto completamente inexpressivo.

Então, num movimento rápido como um raio, agarrou-a

pelos cabelos escuros e inclinou a boca sobre a dela, beijando-a com uma ferocidade desesperada.

Prudence se entregou ao beijo instantaneamente. Ela entendeu agora o que sua frieza nas docas significava. O motivo pelo qual ele não a olhava.

Ele precisava garantir que tudo estivesse resolvido antes que as fissuras em sua compostura se abrissem e se estilhaçassem. Ele acabara de matar cinco homens com cinco balas. Escalara um armazém de três andares e, furtivamente como um gato, usara sua mira certeira.

Quando o calor entre eles se transformou em paixão, ele afastou a boca bruscamente, aparentemente consciente do que acontecia ao redor.

Ele encostou a testa na dela e compartilharam respirações desesperadas enquanto ele deslizava as mãos pelos braços dela até a cintura, espalhando as palmas das mãos em seu abdômen. "Eu não deveria ter te repreendido", ele admitiu com a voz carregada de arrependimento. "Principalmente depois do trauma que você passou. Meu Deus, tudo o que eu quero é apagar esse dia da sua memória. Apagar o hematoma que está se formando na sua bochecha. Mimar-te e te proteger. É muito perturbador." Sua testa se enrugou em desgosto.

Ela o cutucou com o nariz. "Quero me lembrar desse dia para sempre. Vou me lembrar dele como o dia em que você salvou minha vida e libertou minha irmã das garras de um homem mau." Ela sorriu, envolvendo os braços em volta do pescoço dele enquanto o abraçava forte. "Vou me lembrar desse dia como o dia em que você disse que me amava."

Seus braços a envolveram, puxando-a completamente para si, como se não conseguisse abraçá-la o suficiente. "Eu prometo, Prudence, direi isso todos os dias pelo resto de nossas vidas juntos."

Embora ainda estivesse com as pernas bambas devido ao pânico e à tensão de sua provação, ela se emocionou com uma sensação de plenitude e pertencimento. Como se o amor dele a fortalecesse, entrelaçando fios de aço no tecido feminino e sedoso de seu ser. Nada os separaria. Nem mentiras, nem dúvidas. Nem vilões, nem adversários, nem seus próprios corações feridos.

Recuando um pouco, ela olhou para o rosto querido dele e pensou ter visto algo do mesmo sentimento escondido no brilho azul-prateado de seu olhar.

"Você ouviu?" ela perguntou, com a esperança e a dor presas em sua garganta. "Você ouviu William confessar o assassinato de George? E dos Cafajestes de St. James?"

"Ouvi, meu amor." Ele desviou o olhar para o lado, as sombras recuperando parte de seu brilho. "Eu poderia me humilhar aos seus pés por uma década e isso não aliviaria minha culpa."

Ela ergueu a mão e traçou a fina covinha em seu queixo com a ponta do dedo. "Eu diria que não é necessário", ela deu de ombros. "Mas se humilhar é o que vai tranquilizar sua consciência, longe de mim tentar impedi-lo."

Ele soltou uma risadinha abafada contra o cabelo dela enquanto seus braços a apertavam. "Muito bem, minha pequena e atrevida esposa... admito que sou novato em me humilhar. Como se faz isso?"

Ela levou um minuto inteiro fingindo ponderar. Não para puni-lo, propriamente dito, mas para desfrutar do círculo de seu abraço protetor. Para sentir seus batimentos cardíacos sincronizados enquanto ela pressionava a cabeça contra seu ombro forte. Para se aninhar no único lugar onde realmente se sentira viva. E em casa.

Desde a primeira noite em que se entregara a ele, um estranho.

"Imagino que massagens nos pés sejam excelentes técnicas de bajulação", ela arriscou.

"Imagino que você esteja certa."

"E longas manhãs de domingo na cama."

"Agora", ele estalou a língua. "Isso é uma recompensa, não uma punição."

"Suponho que súplicas não sejam o forte de nenhum de nós." Ela escondeu um sorriso em sua camisa. "Quero recompensá-lo."

"Você é meu maior prêmio", ele disse enrijecendo um pouco enquanto o caos das sirenes de emergência e o barulho dos cascos dos cavalos contra as tábuas sacudiam as docas sob seus pés.

Ela se afastou do abraço dele com um suspiro cansado, deslizando a mão pelo braço dele até entrelaçar seus dedos aos dele. "Sua vida, presumo que sempre será assim." Ela gesticulou para o armazém cheio de caos, os policiais avançando, a multidão curiosa circulando. "Seja você o Inspetor Chefe ou o Cavaleiro das Sombras."

Os olhos dele brilharam com preocupação, uma ruga franzindo a testa enquanto olhava para a maré de pessoas que se aproximava, como se quisesse espantá-la. "Você merece mais do que—"

Ela o virou para encará-la. "Se eu pudesse lhe fazer uma promessa, seria essa. Sei que você é um herói para muitos, mas para mim você é apenas meu marido. Não serei sua amante já que por lei sou sua esposa, e seus filhos não serão bastardos. Não posso viver em uma casa vazia, dormir em uma cama vazia e amar um homem que foi completamente esgotado pelas exigências dessa cidade."

"Eu sei", ele disse.

"Dito isso, tenho orgulho do que você faz", ela o acalmou. "De quem você é, e eu não mudaria isso. Vou te mandar para fora por aquela porta todos os dias. Mas você precisa voltar para casa. Eu preciso te abraçar, te amar e fazer amor com você. Você precisa se alimentar direito, descansar adequadamente e encontrar um maldito hobby, entendeu? Algo que te faça perder tempo, mas que você goste sem motivo algum."

O sorriso dele se transformou em uma careta perplexa. "Um hobby?"

Ela apenas balançou a cabeça. "Vamos discutir isso depois."

Ele pareceu aceitar isso com uma sobriedade tipicamente francesa enquanto se virava para a rua. "Posso mandar a Farah e as outras mulheres te buscarem. Você não precisa enfrentar tudo isso."

A oferta era tentadora, mas ela balançou a cabeça, entrelaçando seu braço no dele. "Vamos enfrentar tudo juntos."

Assim como fariam com tudo dali em diante.

Como uma família.

EPÍLOGO

QUATRO MESES DEPOIS

Morley estava deitado na cama com a bochecha encostada no ombro cremoso da esposa, olhando para a montanha de sua barriga. Ele ouvia apenas parcialmente enquanto ela, esticada de costas e nua sob os lençóis, lia em voz alta um folhetim barato do Cavaleiro das Sombras, parando para rir de uma passagem particularmente inacreditável.

Essa história do Cavaleiro das Sombras estava definitivamente saindo do controle, mas, felizmente, ele havia recrutado alguns homens promissores para assumir o manto ocasionalmente. Era interessante ouvir os relatos contraditórios de criminosos e civis que tinham um encontro casual com ele. Às vezes, ele era de altura mediana, magro, loiro e ágil. Outras vezes, um homem enorme de pele escura, capaz de se misturar com as sombras. Ele era jovem ou maduro. Falava com um sotaque exótico, irlandês, ou o seu próprio às terças-feiras e às sextas-feiras.

Ele havia cumprido sua palavra e não havia sido difícil nem por um momento. Suas noites tranquilas juntos acalmavam sua alma e despertavam tudo o que o fazia um homem. Eles faziam amor incessantemente em posições cada vez mais criativas, à medida que a barriga dela se tornava um empecilho. Depois conversavam, riam ou liam até que um deles, geralmente ela, adormecesse.

Essa noite, ela parecia excepcionalmente inquieta e desconfortável, então colocaram travesseiros sob os joelhos dela e ela prometeu aguentar o desconforto enquanto ela se entretinha com um dos novos romances escritos sobre suas façanhas.

A chuva batia nas janelas, projetando sombras de riachos sobre a cama. O efeito visual o acalmava, assim como a voz animada da esposa.

"Oh, céus", ela zombou. "O Cavaleiro das Sombras está prestes a levar a donzela para os telhados e seduzi-la! Ouça isso..."

Ele se ergueu, segurando as mãos em ambos os lados da barriga dela como se tivesse orelhas. "Peço que poupe ouvidos inocentes", ele provocou. "Isso não pode ser nada apropriado!"

Ela atirou o livro nele, errando de propósito. "Nem as coisas que você diz quando está fazendo amor comigo."

Ele lançou-lhe um olhar repreendido. *"Touché."* Inclinando-se, afastou os lençóis do peito dela e os deslizou para baixo, até que pudesse encostar o ouvido na barriga e fechar os olhos.

Ele adorava ouvir o bebê, e naquela noite um leve toque pressionou sua bochecha contra a pele.

Sua respiração falhou, e a de Pru também, enquanto sua mão descia para acariciar os fios de cabelo dele.

"Eu estava pensando..." ela murmurou sonhadora. "Se um *deles* for uma menina... poderíamos chamá-la de Caroline. Ou isso vai lhe causar dor?"

Ele abriu os olhos, uma dor surgiu em seu peito, amarga e deliciosamente doce ao mesmo tempo. "Dói lembrar, mas seria pior esquecer", ele disse honestamente.

A honestidade havia se tornado a forma padrão de comunicação deles e, por causa disso, eles prosperavam.

"A perda dela se tornou parte de mim. Nunca a esquecerei. Mas ela é uma parte do passado com a qual posso me reconciliar.

Com isso. Com você. E eu adoraria dar o nome dela ao nosso filho. Para lhe permitir a infância que ela nunca teve…"

"Fico feliz que você se sinta assim", ela lhe presenteou com um sorriso beatífico, e o coração dele se iluminou.

Então hesitou.

"Espere." Ele se sentou e olhou nos olhos dela com o coração acelerado. "Você acabou de dizer *um deles*…?"

O rosto dela brilhou para ele, incandescente de orgulho materno.

"Devo ter dito", ela falou puxando-o de volta para que se aconchegasse contra ela em espanto perplexo. "Porque vamos ter gêmeos."

PRÉVIA: À PROCURA DE PROBLEMAS

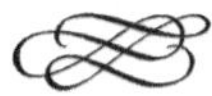

UM ROMANCE DAS GOODE GIRLS

CAPÍTULO 1

LONDRES, NOVEMBRO DE 1879

Titus Conleith frequentemente fantasiava em ver Honoria Goode nua.

Ele nutria uma paixão excruciante por ela desde os dez anos de idade. Agora que, aos quatorze anos era inegavelmente um *homem*, seu amor havia mudado.

Amadurecido, ele ousaria dizer.

O que ele sentia por ela era uma espécie de reverência suave, uma espécie de incredulidade atônita ao vê-la todos os dias. Era simplesmente difícil acreditar que uma criatura como ela existisse. Que ela se movesse por esta terra. Na casa em que ele *morava*.

O fato de ela ter dezesseis anos e ser dois anos mais velha era irrelevante, assim como o fato de ela ser oito centímetros mais alta que ele, ainda mais com suas botas de renda e saltos delicados. Não importava que não existisse nenhuma realidade na qual ele pudesse sequer se aproximar dela. Que ele pudesse ousar falar com ela.

A ideia de estar com ela de qualquer forma era tão incompreensível que não merecia consideração. Ele era o faz-tudo da casa de seu pai, Clarence Goode, o Barão de Cresthaven. Inferior até mesmo à camareira. Varria chaminés e buscava coisas, limpava estábulos e recolhia a sujeira dos cães que comiam melhor do que ele.

Quando ele e Honoria dividiam um quarto, ele ficava aos pés dela, às vezes literalmente. Uma de suas lembranças favoritas era talvez de um ano antes, quando ela precisou montar seu cavalo em um paddock e não havia nenhum bloco de montaria disponível. Titus foi chamado para entrelaçar as mãos para que Honoria pudesse usá-las como apoio para subir na sela.

Naquele dia, ele viu o cano da bota dela e um vislumbre da meia branca como lírio sobre sua panturrilha quando presumiu que ela deveria colocar o pé no estribo.

Foi a primeira vez que ela realmente o olhou. A primeira vez que seus olhares se cruzaram, o sol havia iluminado seus cachos negros como uma auréola, como uma daquelas pinturas caras e lascadas da Madona que ficavam penduradas na galeria do Barão.

Naquele momento, suas feições eram igualmente graciosas.

"Você está sangrando", ela comentou, desviando o olhar para um ferimento superficial na palma da mão dele, onde uma farpa do cabo de uma pá havia penetrado fundo o suficiente para sangrar. Sua bota havia esfregado um pouco de terra no ferimento.

E ele mal sentiu a dor.

Titus cerrou o punho e o escondeu atrás das costas, baixando o olhar. "Não é nada, senhorita."

Metendo a mão no bolso, ela tirou um lenço branco engomado e o balançou na frente dele. "Eu não vi, ou não teria—"

"Honoria!" Sua mãe a repreendera, lançando-lhe um olhar de reprovação enquanto trotava com sua égua entre eles, obrigando-o a recuar para não ser pisoteado. "Perder tempo com eles é uma falta de gentileza, pois você os obriga a interagir com algo para o qual não foram treinados e os afasta do trabalho. Sério, você sabe muito bem disso."

Honoria não disse uma palavra, nem olhou para trás enquanto galopava obedientemente ao lado da mãe.

Mas ele recuperara o lenço dela, que flutuara até o chão em seu rastro.

Daquele dia em diante, era a imagem dela que se pintava na parte de trás de suas pálpebras quando as fechava à noite. Mesmo quando o aroma da água de rosas se dissipara de seu tesouro.

Hoje, duas das três criadas da casa estavam doentes demais para trabalhar, então a governanta atarefada incumbiu Titus de levar a lenha para a ala leste de Mayfair Mansion para acender as lareiras antes que a família acordasse.

Ele acendeu primeiro a do patrão, depois a da patroa, e pulou o quarto de Honoria direto para o berçário, onde as gêmeas de sete anos, Mercy e Felicity, dormiam.

Felicity *não estava* dormindo, pois estava encolhida na cama, a cabeça dourada inclinada sobre um livro enquanto semicerrava os olhos na penumbra da manhã. A menina de bom coração acenou timidamente para ele quando ele entrou na ponta dos pés e acendeu um fogo aconchegante.

Contrariando as normas de etiqueta, ela o agradeceu em um sussurro e corou quando ele lhe deu uma saudação com dois dedos antes de fechar a porta atrás de si com um clique quase inaudível. Depois de cuidar das lareiras da governanta e da segunda irmã Goode mais velha, Prudence, Titus finalmente se viu à porta de Honoria.

Ele olhou ao redor do corredor com culpa, antes de se repreender por ser ridículo.

Ele deveria estar ali. Não podia desperdiçar essa sorte e não aproveitar nenhuma oportunidade para estar perto dela.

Sozinho.

Equilibrando o peso da lenha contra o corpo com um braço, ele alcançou a maçaneta da porta, mas parou, examinando as mãos com desgosto. Flexionou os nós dos dedos manchados de preto por ter cavado e carregado carvão para o queimador do enorme fogão a vapor que aquecia os dois primeiros andares da propriedade. Sujeira dos estábulos e dos jardins incrustada sob as unhas e depositada nas dobras e calosidades da palma da mão.

Uma familiar sensação de constrangimento o invadiu enquanto ele passava a mão pela camisa, na esperança de remover parte da sujeira como se estivesse esfregando uma maçã, antes de tentar abrir a fechadura e espiar pela porta.

Titus adorava que — ao contrário do resto da família — Honoria dormisse com todas as cortinas abertas e a janela mais próxima das trepadeiras de madressilva entreaberta, permitindo que o perfume dos jardins invadisse o ambiente. Não importava a estação do ano ou o clima, ele olhava para a janela dela e a encontrava sempre aberta.

Às vezes, ele cantava enquanto trabalhava lá fora. Se tivesse sorte, o som a atrairia para a janela, ou pelo menos era o que ele imaginava, quando ela contemplava os jardins.

Como o sol, ele não conseguia olhá-la por muito tempo.

E ela quase nunca olhava para ele.

Titus dizia a si mesmo que, se ela fechasse a janela para abafar o som, ele nunca mais pronunciaria uma única nota.

Mas ela não fechava.

Era como se ela não suportasse ficar completamente isolada. Como se não conseguisse fechar as cortinas e se isolar do mundo.

Naquela manhã, o frio de novembro combinava com o cinza-ardósia do céu antes do amanhecer, visível através das janelas de canto. Lascas de gelo penetravam seu colete e camisa fina, fazendo-o apressar-se para aquecer o quarto para ela.

Tremendo por dentro, prendeu a respiração ao fechar a porta atrás de si, tomando cuidado extra para não acordá-la, pois ela estava retraída e quieta havia alguns dias e frequentemente reclamava de dores de cabeça.

Na penumbra, ela era pouco mais que um contorno esguio sob uma montanha de lençóis de seda, enroscada de costas para ele. Sua trança, uma faixa escura como azeviche, contrastava com o travesseiro branco e limpo.

Ela ocupava o segundo quarto mais imponente, por ser a mais velha, com um teto alto o suficiente para ostentar um lustre de cristal que combinava com os apliques menores que ladeavam a cabeceira da cama. Mais de um guarda-roupa se erguia como sentinela contra o lambril branco, contendo sua infinidade de roupas e vestidos, cada um para ser usado em diferentes momentos do dia ou para diversas festas, chás e outros eventos inimagináveis para alguém como ele.

Ela preferia tons vibrantes a pastéis e sedas a algodões e veludos. Com sua vasta cabeleira negra e olhos tão escuros que era difícil distinguir a pupila da íris, cada corte e cor a favorecia infinitamente.

Mas Titus sabia que o vermelho era sua cor favorita. Ela o usava com mais frequência em todos os tons imagináveis.

Na quietude da manhã, ele podia ouvir que sua respiração era errática e irregular, como se ela estivesse correndo em um sonho ou lutando com algum inimigo invisível.

Em tapetes tão macios quanto os dela, seus pés não faziam barulho enquanto ele caminhava na ponta dos pés ao lado de uma cama tão cavernosa que teria engolido três vezes seu humilde catre no sótão acima do estábulo.

Ela estava tendo um pesadelo? Seria uma gentileza acordá-la?

Talvez. Mas ele esperaria ser sumariamente dispensado por sequer ousar fazer tal coisa.

Ele se demorou junto ao fogo, criando a chama mais perfeita já vista. Assim que as chamas crepitaram e estalaram alegremente na lareira, ele permaneceu ali, contente em simplesmente compartilhar o ar que ela respirava.

"Está queimando?"

Suas palavras roucas quase o fizeram pular de susto.

Titus se levantou num salto, derrubando a cesta de gravetos e deixando o atiçador cair sobre as pedras com um estrondo ensurdecedor.

"O — o fogo, senhorita? Sim. Está queimando de verdade agora. Vai aquecer seus ossos, sem dúvida." Comparado ao dialeto refinado dela, seu sotaque de Yorkshire soava como um palavreado incompreensível, até mesmo para seus próprios ouvidos.

"Está me queimando", ela reclamou com a voz rouca, as palavras secas e ásperas como se sua garganta estivesse se fechando sobre elas.

"Senhorita?" Seu coração disparou quando ele se aproximou do lado dela da cama, e então afundou ao ver o que encontrou.

Sua trança estava emaranhada, mechas soltas grudadas em sua testa lisa e têmporas, como se ela tivesse lutado com ela a noite toda. Linhas de dor franziam sua testa e beliscavam a pele ao lado de seus lábios carnudos, finos e brancos.

Ela não estava simplesmente encolhida contra o frio, mas, mais precisamente, encolhida sobre si mesma. Como se para proteger o torso da dor. Embora gotas de suor se acumulassem em sua testa e lábio superior, ela tremia intermitentemente.

Foram seus olhos, porém, que o aterrorizaram. Abertos, mas fixos no nada, sem sequer notar sua aproximação.

"Senhorita?", ele sussurrou. "Você... Você consegue me ouvir?"

De repente, seus membros ficaram inquietos enquanto ela se arqueava e se debatia fracamente, empurrando os cobertores para longe do corpo, revelando que ela havia arrancado o camisola em algum momento da noite.

Honoria Goode estava pálida mesmo nas circunstâncias mais normais, mas seus membros nus e esguios eram quase indistinguíveis dos lençóis brancos, não fosse o rubor vermelho febril que subia por seu torso, sobre seus seios e em direção às clavículas.

"Está queimando minha pele", ela sussurrou, erguendo-se com os braços trêmulos. "Em todo lugar. Apague, rapaz, *por favor*."

Rapaz. Mais tarde, a palavra o atingiria como uma lança.

Ela emitiu um som melancólico que cortou suas entranhas e fez com que ele tentasse rolar para fora da cama.

"Não, senhorita. Você está com febre. Fique quieta. Vou acordar a casa." Sem pensar, ele a segurou pelos ombros, tentando impedi-la de cair.

Ela o surpreendeu ao desabar de volta na cama em êxtase ao seu toque. "Sim", ela suspirou, agarrando suas mãos. "Tão frio. Tão… melhor."

O ar de inverno estava gélido e úmido esta manhã, e acender a lareira não havia feito quase nada para aplacar o frio que penetrava seus dedos das mãos e dos pés.

De fato, a pele dela parecia tão quente quanto qualquer chama sob suas palmas, absorvendo qualquer frescor reconfortante que suas mãos pudessem oferecer enquanto ela o aquecia da mesma forma.

O pânico o invadiu, paralisando seus membros. Como um menino sem instrução, ele sabia muito pouco, mas entendia muito bem o perigo que ela corria. Ela estava queimando por dentro, e se nada fosse feito, ela se tornaria apenas mais um fantasma a assombrar o vazio em seu coração onde seus entes queridos costumavam viver.

Agarrando os lençóis, ele a envolveu cuidadosamente o suficiente para evitar que ela se machucasse antes de sair correndo do quarto.

Ele tocou todas as campainhas, acordou todos os adultos de suas camas com uma intensidade frenética. O Barão imediatamente o enviou para chamar o médico deles, Preston Alcott. Sem querer perder o tempo que o velho mestre de estábulos levava para selar um cavalo, Titus correu os vários quarteirões até o consultório do médico, chegando justamente quando seus pulmões ameaçavam explodir com o ar gélido e impregnado de carvão.

O Dr. Alcott ainda ajeitava os braços no casaco quando Titus o arrastou pela escada da frente em um amontoado de membros, e o empurrou para dentro de uma carruagem. Para economizar tempo, relatou todos os detalhes de sua interação com Honoria, observando seu comportamento febril, sua aparência e respondendo a perguntas complementares, como o que ela havia comido na noite anterior e para onde havia viajado nos últimos dias.

"Você é um rapaz bastante observador", comentou o doutor por cima das lentes dos óculos. Era difícil distinguir, sob a barba ruiva encaracolada do homem, se ele estava sendo elogiado ou repreendido, até que Alcott disse: "Quem dera minhas enfermeiras fossem metade tão detalhistas quanto você."

Embora não fosse sua função, ao chegarem, Titus seguiu o doutor pela grande escadaria e ficou à espreita no corredor perto de um vaso oriental quase tão alto quanto ele, fazendo o possível para se camuflar nas sombras.

Pela porta aberta do quarto de Honoria, ele observou impotente enquanto a Sra. McGillicutty, a governanta, passava um pano frio no rosto e na garganta de Honoria. Os Goode ficaram atrás dela, como se cuidar da sua primogênita fosse algo tão inferior a eles que precisassem de uma criada para fazê-lo.

Honoria jazia de costas, mumificada pelos lençóis, com as pálpebras apenas entreabertas.

Titus pensou que ela estava muito doente. Ela estava tão pálida que ele poderia tê-la considerado morta, não fosse o leve e rápido movimento de subida e descida do seu peito.

O médico dispensou todos e levou apenas alguns minutos de exame para dar o veredicto grave. "Barão e Lady Cresthaven, Sra. McGillicutty, algum de vocês já teve febre tifoide?"

A mãe de Honoria, uma versão mais velha de suas filhas de cabelos escuros, recuou do lado da cama. "Certamente que não, doutor. Essa é uma doença de pobres e miseráveis."

Se o Doutor tinha alguma opinião sobre a reação dela, guardou-a para si. "Nesse caso, terei que pedir que se retire desse quarto. Aliás, seria mais seguro que levasse seus filhos e criados restantes para outro lugar até..."

"Até Honoria se recuperar?" perguntou o Barão, através de seu vasto bigode.

O médico olhou para Honoria com uma expressão suave, quase de tristeza.

Titus queria gritar. Chutar o vaso inestimável ao seu lado e se deleitar com a destruição, só para ver algo tão despedaçado quanto seu coração.

"Eu sabia que ela não deveria ter permissão para comparecer ao evento filantrópico de Lady Carmichaels", gritou a Baronesa. "Sempre defendi que nada de bom pode resultar de aventuras abaixo de Claireview Street."

"Há mais alguém em sua casa se sentindo mal, Lady Cresthaven?" perguntou o médico, abrindo os braços num gesto para que todos fossem conduzidos para a porta.

"Que eu saiba, não", ela respondeu afastando-se apressadamente do lado da filha.

"Duas criadas", disse a Sra. McGillicutty para sua patroa. "Elas foram para cama doentes, ontem à noite."

O médico soltou um longo suspiro de resignação enquanto se aproximavam da soleira. "Ao contrário da crença popular, a contaminação por tifo pode ocorrer com alimentos e bebidas de qualquer pessoa, a qualquer momento. É verdade e lamentável que essa contaminação seja mais comum nas comunidades mais pobres, onde o saneamento básico é lamentavelmente inadequado, mas esse é uma doença que não discrimina status social."

"Exatamente", concordou o Barão no tom imperioso que usava quando se sentia ameaçado ou perdido. "Partiremos imediatamente para o Savoy. Letícia pegue suas coisas."

"Precisarei de alguém para preparar um banho frio para sua filha e me ajudar a colocá-la na banheira", disse o médico, sem alterar sua entonação peculiar. "Se você perguntasse na casa se alguém já teve febre tifoide no passado—"

"Eu já perguntei, doutor", Titus saiu das sombras, assustando os dois Goodes. "Meus pais e minha irmã foram afetados."

Antes daquele momento, Titus não sabia que alguém podia parecer aliviado e sombrio ao mesmo tempo, mas Alcott conseguia.

"De jeito nenhum!" Letitia Goode, Baronesa Cresthaven, não era uma mulher grande, mas seus criados frequentemente reclamavam que sua voz atingia uma oitava capaz de quebrar vidros e ofender cães. "Não vou deixar minha filha mais velha, a joia da nossa família, ser cuidada pelo rapaz que carrega nosso carvão e esterco de cavalo. Isso é muito preocupante, Honoria foi convidada para a festa no jardim da princesa na semana que vem como convidada especial do Visconde Clairmont!"

Titus baixou os olhos. Não por respeito à mulher, mas para que ela não visse as chamas de sua raiva lambendo seus olhos. Nesse momento, o médico bateu o pé no chão, silenciando a todos. "Senhora, sua filha mal tem chance de sobreviver à semana e, quanto mais tempo a senhora e sua família permanecerem sob este teto, mais perigo seus outros filhos correrão. Fui claro?"

"Nós vamos embora", disse o Barão, famoso por seu pragmatismo a ponto de ser implacável, pegando a esposa pelos ombros e conduzindo-a para longe.

Sem sequer olhar para trás para sua primogênita.

O Dr. Alcott levou apenas dois segundos para ignorar a agitação frenética da casa do Barão e puxou Titus para o quarto de Honoria antes de trancá-los lá dentro. "Onde fica o banheiro?"

Titus apontou para uma porta que dava para o banheiro e também para o berçário do outro lado.

"A banheira tem torneira própria ou é preciso carregar água da cozinha?"

"É uma torneira de bomba, senhor, mas acabei de ligar a caldeira e ela só fornece água quente para as cozinhas e o primeiro andar."

"Isso é suficiente." O médico tirou o paletó e o jogou em uma cadeira antes de desabotoar os punhos. "Agora preciso que encha a banheira com água fresca, não gelada, entendeu? Precisamos combater essa febre, mas se a água estiver congelando, ela vai tremer e sua temperatura vai subir."

"Vou até a cozinha e pedir para ferverem uma panela só para garantir que não esteja congelada."

O homem pegou um pedaço opaco de sua maleta médica. "Primeiro, rapaz, pegue este sabonete antisséptico e esfregue as mãos até que toda a sujeira debaixo das unhas desapareça."

"Sim, senhor." A água demorou uma eternidade para ferver, mas parecia que ele precisava de cada segundo para esfregar a sujeira perpétua de suas mãos. Assim que sua pele ficou rosada e irritada, sem um único vestígio, ele encheu dois baldes com água fervente até onde conseguia carregar e os arrastou escada acima.

O Barão e sua esposa passaram por ele enquanto desciam. "Não podemos deixar transparecer que é tifo", dizia ele enquanto sua esposa mergulhava as mãos em um regalo de arminho.

"Você tem razão, é claro", concordou a Baronesa. "Que suposições as pessoas fariam sobre nossa casa? Talvez gripe fosse mais apropriado?"

"Sim, ótima sugestão."

Titus reprimiu firmemente o impulso de despejar a água fervente sobre a cabeça de todos os Goode e correu para o banheiro, com os braços doloridos pelo esforço. Imediatamente trancou a porta do quarto das crianças ao ouvir as perguntas agudas e assustadas que as gêmeas faziam à governanta do outro lado. Tampou o ralo da banheira e abriu a torneira. Encolhendo-se com a frieza da água, ajustou a temperatura o melhor que pôde até que o banho estivesse fresco, e não frio.

Feito isso, voltou ao quarto de Honoria a tempo de ver o médico, vestido apenas com calças e mangas da camisa arrega-çadas até os cotovelos, debruçado sobre Honoria, nua, com as mãos sobre a barriga dela, acima do umbigo.

Mesmo em seu estado catatônico, ela soltou um gemido de

angústia que se silenciou quando as mãos do médico desceram, seus dedos cravando na carne acima do osso do quadril, na linha onde sua pele pálida encontrava uma espiral de cabelos negros.

Uma fúria primal instantânea o invadiu ao ver aquilo. Com um som animalesco que nunca emitira antes, Titus se lançou ao redor da cama e empurrou o médico para longe dela, fazendo-o tropeçar no criado-mudo, derrubando uma caixa de música e sua escova de cabelo favorita.

Titus jogou os lençóis de volta sobre ela, rosnando para o médico enquanto se colocava como escudo contra o homem muito maior. "Tire suas mãos imundas dela."

Em vez de se sentir culpado ou na defensiva, o choque do médico se transformou em irritação e então, enquanto examinava Titus, se dissipou em compreensão. Ele ajustou os óculos e recuou alguns passos. "Escute rapaz. Sou um homem, sim, mas nesta sala, sou apenas um médico. Para mim, este é o corpo de um ser humano moribundo. Devo examiná-la."

Titus estreitou os olhos, desconfiado, imaginando se aquele homem o considerava um tolo. "Não precisa tocá-la *aí*. Não tão perto—"

Alcott o interrompeu bruscamente. "Embora eu esteja convencido do meu diagnóstico inicial, eu lhe faria um desserviço se não descartasse todas as outras possibilidades. Internamente, muitas doenças podem produzir esses sintomas e, portanto, palpar o estômago geralmente me ajudará a garantir que ela não esteja em outro perigo. Você tem um órgão, o apêndice, bem aqui." Ele apontou para a parte inferior do torso, do lado direito, quase na virilha. "Se ele inchar ou perfurar, espalhará febre e infecção pelo sangue. Se esse fosse o caso da Srta. Goode, uma operação imediata seria necessária, ou ela estaria morta antes do meio-dia."

Meio-dia? Titus engoliu em seco, olhando por cima do ombro para o lindo rosto dela, agora pálido pelo suor.

"Sua proteção a ela é louvável. Mas é meu dever manter esta

garota viva", insistiu o médico, aproximando-se ainda mais. "Esta obrigação tem precedência em meus pensamentos e ações sobre qualquer coisa tão banal quanto à modéstia, como deve ter nos seus agora, enquanto você me ajuda a colocá-la na banheira. Você acha que é capaz disso?"

Titus assentiu, mesmo com um nó de pavor e dor se formando em seu estômago.

O médico estendeu a mão e deu um tapinha em seu ombro. "Ótimo. Agora me ajude a colocar o lençol embaixo dela e vamos usá-lo como uma espécie de tipoia."

Ela resistiu enquanto a baixavam — lençol e tudo — para a banheira, antes de finalmente se acomodar com um suspiro de rendição. Após alguns momentos tensos, sua respiração pareceu se acalmar. As rugas de dor em sua testa suavizaram um pouco enquanto seus cílios ônix relaxavam sobre suas bochechas coradas.

Alcott, com seus movimentos precisos e eficientes, saiu da sala de banho apenas para retornar e administrar uma tintura que ela parecia ter dificuldade em engolir.

"O que é isso?", perguntou Titus, olhando para o frasco com interesse.

"Timol. Mais conhecido como cânfora de tomilho. Tem propriedades antipatogênicas que matarão a bactéria em seu estômago, dando-lhe uma chance maior de sobrevivência."

"O médico nos deu naftalina", lembrou Titus. "Ajudou com a febre, mas... depois todos pioraram muito." A lembrança lhe causou uma onda de desânimo no peito, com uma dor pulsante tão forte que ele teve que pressionar a mão contra o esterno para silenciá-la.

Alcott bufou com desdém, sua pele manchada sob a barba. "Naftalina é mais um veneno do que um remédio e, embora seja mais barata e mais fácil de encontrar, é pouco melhor do que enfiar naftalina na boca da sua família e chamar isso de cura. Eu gostaria muito de conversar com esse homem chamado médico."

Quem dera ele soubesse antes. Talvez pudesse ter pedido isso... Timol. "Não sei por que não fiquei tão doente quanto eles. Fiz tudo o que pude para baixar a febre deles. Chá de milefólio e gengibre gelado. Eu não conseguia colocá-los na banheira, eu era menino na época, mas mantive compressas frias em suas cabeças e cânfora e mostarda em seus peitos."

O semblante de Alcott se contorceu com tanta compaixão que Titus não conseguiu olhá-lo sem que lágrimas ameaçassem brotar em seus olhos. "Você se saiu admiravelmente bem, rapaz. Às vezes, apesar de todos os nossos esforços, a morte vence a batalha e somos derrotados."

Para aplacar tanto sua curiosidade quanto sua inescapável ansiedade, Titus questionou o médico sobre bactérias, patógenos, medicamentos, dosagens, apêndices e quaisquer outros órgãos que pudessem se perfurar arbitrariamente, até que Alcott considerasse que Honoria já havia passado tempo suficiente na água.

Era difícil manter a distância clínica que o Dr. Alcott parecia capaz de demonstrar enquanto a conduziam de volta para a cama, a secavam e a colocavam numa cama de dormir limpa. Titus fez o possível para evitar olhar onde não devia, tocando sua pele nua o mínimo possível.

Mas ele sabia que seus dedos não esqueceriam a sensação dela, mesmo que fosse uma desonra para ambos se lembrarem.

O médico a deixou aos cuidados de Titus enquanto foi administrar timol e instruir as criadas, ambas afligidas pela mesma doença, mas não em estágio avançado, com febres altas ou aquele torpor preocupante.

Assim que ficou sozinho, Titus pegou a escova de cabelo e, com mãos trêmulas e meticulosidade, desfez o emaranhado que se tornara sua trança. Alisou os fios úmidos e os espalhou sobre o travesseiro enquanto desembaraçava delicadamente os nós. A textura era como seda contra sua pele áspera, e ele se permitiu o prazer de sentir os fios secos se espalhando pelas ranhuras entre seus dedos. Então, ele trançou o cabelo, como às vezes fazia com os rabos dos cavalos quando precisavam ser transportados *em massa* para o campo.

Ele até amarrou a ponta com uma fita bordô, pensando que ela poderia aprovar.

Seus esforços, é claro, não eram tão magistrais quanto os da criada de Honoria, mas ele examinava o produto final com algo próximo à satisfação quando a aparição do Dr. Alcott ao seu lado o fez se sobressaltar.

O médico, um homem de talvez quarenta anos, olhava para ele com os olhos ainda rosados de exaustão, como se não tivesse dormido muito antes de ser acordado tão cedo. "Vamos deixá-la dormir até a próxima dose de timol. Aqui, vou fechar as cortinas para bloquear a luz da manhã."

"Não", disse Titus, estendendo a mão para o médico. "Ela prefere as janelas e as cortinas abertas. Ela gosta da brisa do jardim, mesmo no inverno."

O médico assentiu, aprovando. "Em minha opinião, ar fresco é o melhor para um paciente doente." Ele moveu a mão para tocar sua testa e verificar seu pulso, parecendo encorajado pelos resultados. Feito isso, voltou-se para Titus, avaliando-o com olhos astutos e penetrantes demais para um garoto acostumado a viver sua vida praticamente invisível.

"Ela significa algo para você, garoto?"

Ela *significava* tudo para ele. Mas, é claro, ele não podia dizer isso.

"Titus."

"*Pardon?*"

"Meu nome é Titus Conleith."

O médico assentiu brevemente. "Irlandês?"

"Meu pai era, mas minha mãe era de Yorkshire, onde trabalhavam nas fábricas. Fomos enviados para cá quando meu pai foi promovido a supervisor em uma siderúrgica. Mas a água do poço era ruim, e a febre tifoide os levou três meses depois."

Alcott emitiu um som que poderia ter sido de simpatia. "E como você foi parar trabalhando na casa de um barão?"

Titus deu de ombros, cada vez mais desconfortável com o interrogatório do homem mais velho. "Uma vez, salvei o velho Sr. Fick, o chefe dos estábulos, de ser esmagado por uma carruagem desgovernada. Ele me deu este emprego para que eu não precisasse voltar para o orfanato, já que suas articulações estão ficando muito doloridas para fazer o que costumava fazer, e nenhum orfanato aceitaria um menino velho o suficiente para causar problemas."

"Entendo. Você tem alguma escolaridade?"

Titus o encarou com cautela. "Sei alguns números e letras. O que isso te importa?"

"Você tem talento para o que eu faço. E estômago também. Tenho um consultório na Lowood Street, você sabe onde fica?"

"Sei."

Ele juntou as mãos atrás das costas, assumindo uma expressão repentinamente séria. "Se o Sr. Fick puder lhe liberar algumas noites por semana, quero que você me visite lá."

"Eu vou", prometeu Titus, algo se acendendo dentro dele, algo que sua preocupação com Honoria não permitia que se transformasse em esperança plena.

Os três dias que ele passou ao lado dela foram os melhores e os piores de sua vida.

Ele lhe contava histórias sobre as travessuras do cavalo enquanto derretia lascas de gelo em sua boca. Ele monitorava os picos de febre e a mantinha fresca com panos úmidos e panos com gelo. O médico até permitiu que ele lhe administrasse o timol e cuidasse da maioria de suas necessidades quando as criadas pioraram.

Ele implorava para que ela vivesse.

Enquanto isso, ele cantava a melodia irlandesa que seu pai costumava cantar para sua mãe nas noites em que bebiam um pouco mais de cerveja e dançavam como jovens amantes em seu velho e escuro chão.

PRETO É A COR DO CABELO DO MEU VERDADEIRO AMOR
Seus lábios são como rosas belas
Ela tem o sorriso mais doce e as mãos mais gentis
Eu amo o chão onde ela pisa.

ELE MAL COMEU OU DORMIU ATÉ A QUARTA NOITE, DEPOIS QUE ELA engoliu várias colheres de caldo de osso de boi. O som profundo de sua respiração mais tranquila o embalou para um cochilo na cadeira ao lado da cama dela. Alcott o acordou com a boa notícia de que a febre dela havia passado e, em seguida, ordenou que ele se lavasse, trocasse de roupa e dormisse no quarto de hóspedes no final do corredor.

Uma comoção o acordou treze horas depois. Sem pensar, ele pulou da cama e correu pelo corredor. Parando bruscamente, por pouco não esbarrou nas costas do Barão.

Todos os membros da família Goode estavam reunidos ao redor da cama de Honoria, quase a bloqueando da vista. Prudence, Felicity e Mercy tagarelavam ao mesmo tempo, e era o som alegre da cadência delas que lhe dizia que ele não tinha nada a temer.

Titus reprimiu um impulso possessivo, parando pouco antes de se intrometer e contorná-los para ver o que estava acontecendo. Aquele momento não pertencia a eles, pertencia a ele.

Ela pertencia a ele.

"Jovem Sr. Conleith, aqui está você." O doutor Alcott, estava de pé na cabeceira da cama ao lado de sua paciente, que ainda estava fora do campo de visão de Titus. "Srta. Goode, você e sua família devem muito a esse jovem. Foi em grande parte graças aos seus esforços incansáveis que você sobreviveu."

Todos se viraram para olhá-lo, desobstruindo a visão dela.

Titus contemplou Honoria sentada sozinha com uma alegria extasiante que ele não sabia ser possível sentir em um mortal. Ela ainda estava pálida e abatida, os olhos semicerrados e os lábios sem cor.

E, no entanto, era a visão mais bela que seus olhos já contemplaram.

Seus dedos acariciavam a fita cor de vinho em seu cabelo, como se buscassem conforto nela.

Seria imaginação dele, ou um toque de pêssego coloriu suas bochechas ao vê-lo? Ele já sabia que estava vermelho como um pimentão, mergulhado no rubor que agora subia até a gola da camisa.

"Obrigada", ela sussurrou.

Cada palavra que ele conhecia se aglomerou em sua garganta, impedindo-o de responder.

"Sim", resmungou o Barão, segurando-o pelo ombro e o guiando firmemente para trás. "Espere nossa gratidão em forma de remuneração, rapaz. Chamarei você ao meu escritório amanhã para discutirmos os detalhes. Isso mesmo."

A porta se fechou em sua cara e ele a encarou por um momento incompreensível. Do outro lado, a voz rouca da Baronesa perguntou ao Doutor se Honoria estaria bem o suficiente para comparecer à festa no jardim do palácio em três dias.

Ele encostou a cabeça na porta e fechou os olhos.

Ela olhara diretamente para ele. O vira pela primeira vez. Ela se lembrava de algum dos dias anteriores? Ouvira algo que ele lhe dissera? Cantara para ela?

Ela o agradecera.

E ele não dissera nada. Sua única chance de realmente falar com ela e ele engasgou.

E então foi ignorado como o estorvo que era. Para eles, os Goodes, ele ainda era um ninguém. Nada. Eles nunca mais pensariam nele depois de hoje, a menos que o cachorro defecasse nos tapetes e alguém precisasse limpar.

Será que ela viria até ele? Será que ela o notara de verdade? Não como um criado ou um salvador, mas como ele mesmo...

Uma pergunta o atormentava enquanto arrastava os pés pelo corredor de volta para o estábulo, sua mão se curvando sobre a lembrança da pele dela.

Será que ele algum dia conseguiria tocá-la novamente?

Quer ler mais sobre a história de Honoria?
Pré-venda "A Procura de Problemas".

TAMBÉM ESCRITO
POR KERRIGAN BYRNE

O ROMANCE DAS GOODE GIRLS
Seduzindo um Estranho
À Procura de Problemas

THE BUSINESS OF BLOOD SERIES
The Business of Blood
A Treacherous Trade
A Vocation of Violence

VICTORIAN REBELS
The Highwayman
The Hunter
The Highlander
The Duke
The Scot Beds His Wife
The Duke With the Dragon Tattoo
The Earl on the Train

THE MACLAUCHLAN BERSERKERS
Highland Secret
Highland Shadow
Highland Stranger
To Seduce a Highlander

THE MACKAY BANSHEES
Highland Darkness

Highland Devil

Highland Destiny

To Desire a Highlander

THE DE MORAY DRUIDS

Highland Warlord

Highland Witch

Highland Warrior

To Wed a Highlander

CONTEMPORARY SUSPENSE

A Righteous Kill

ALSO BY KERRIGAN

How to Love a Duke in Ten Days

All Scot And Bothered

BY KERRIGAN BYRNE AND CYNTHIA ST. AUBIN

TOWNSEND HARBOR

Nevermore Bookstore

Brewbies

Bazaar Girls

Star-Crossed

Sirens

SOBRE A AUTORA

Kerrigan Byrne é autora best-seller do jornal USA Today e vencedora de vários prêmios por seus romances e livros de mistério.

Ela mora em Olympic Peninsula, em Washington, com seus dois cães resgatados, mestiços de rottweiler, e um gato muito carinhoso. Quando não está escrevendo ou pesquisando, você a encontrará na praia, praticando caiaque ou em terra firme, comendo, bebendo, fazendo compras e assistindo a espetáculos de comédia, balé ou assistindo muitos filmes.

Kerrigan adora receber mensagens de seus leitores! Para entrar em contato com ela ou saber mais sobre seus livros, visite seu site ou encontre-a na maioria das plataformas de mídia social: www.kerriganbyrne.com

www.ingramcontent.com/pod-product-compliance
Lightning Source LLC
Chambersburg PA
CBHW021032310726

48969CB00006B/1618